KB169330

황
노
인 실
종
사
건

황노인 실종사건

최현숙
지음

글항아리

차
례

죽겠다는 소린가. 문자를 확인하고 바로 휴대폰을 누른다. "전원이 꺼져 있어 소리샘으로 연결됩니다. 삐 소리 후⋯⋯" 집 전화번호를 찾아 누른다. 하나, 둘, 셋⋯⋯ 신호음을 열다섯까지 세고 끊는다.

화요일이고, 9월 4일이고, 오전 6시 47분. 다시 보니 문자는 새벽 2시 24분에 들어와 있다. 2시부터 깨어 있었는데 놓쳤구나. 한 시간이라도 자보려고 8시에 알람을 맞추려다 문자를 봤다. 우선 놀랐고, 이어 심란함과 떨림, 그러니까 설렘이 섞여 비벼진다. 뭉개진 채 들러붙지 않게 발라내보자. 놀람은 지나갔고, 설렘은 이어지다 상황에 따라 변형되면서 동력이 될 거고, 심란한 일이라면 닥치는 대로 당하고 응하며 통과하면 된다.

잠자기는 틀렸다. 여러 해석의 여지가 주르륵 떠오른다. 누워서 그 여지들을 따지고 있지는 못할 거다. 지금 가자. 꽝이면 다행이다. 아니, 다행이라는 말엔 편향이 들어 있다. 꽝이면 꽝이고, 사고라면 차례차례 업무를 하며 필요할 때 주목하면 된다. 서둘러 챙기면 30~40분 안에 도착한다. 아차! '최근 통화'를 뒤진다. 2시 21분에 하나. 통화 시도를 먼저 했고, 바로 이어 문자를 찍었구나. 다시 통화를 누른다. "전원이 꺼져……" 다시 집 전화. 벨 소리를 세면서, 꿈지럭거리며 느리게 움직이는 노인의 몸과 동선을 떠올린다. 하나, 둘…… 열, 열하나…… 열다섯. 열다섯 번을 두 차례나 울렸다. 좁은 집 안 어디에서 뭘 하더라도 받고도 남을 시간이다. 게다가 오늘은 공공근로를 나가는 날이니 깨어 있을 시간이기도 하다. 지금의 최선은 차분함이다. 가능한 대로 또박또박 하자. 이후 닥칠 상황과 만날 사람들 속에서 말과 표정을 어떻게 연출하더라도, 냉정함만은 견지하자.

원래 오늘 꼭 챙기려 했던 업무는 김영철 노인 일이었다. 김영철은 지난여름 사망한 이승필 노인이 사는 쪽방 건물 옥탑방 401호에 7월 말 새로 들어온 남성 노인이다. 이승필 사망 며칠 후에 402호 이성균을 방문하러 갔다가, 401호에 누가 새로 이사 왔다는 말을 들었다. 오른쪽 무릎 아래가 없고 왼쪽 무릎도 제대로 펴지지 않으며 다른 데도 많이 안 좋아 보인다고 했다. 열린 문 안으로 "안녕하세요? 새로 이사 오셨나보네요"를 먼저 들여보내며 부엌문 밖에서 안을 훑었다. 방문과 부엌문 사이 70센티미터 폭의 방문 쪽 벽에 목발 두 개가 세워져 있다. 알루미늄이 아닌 나무 재질이고, 요즘은 생산하지 않는 구형이다. 겨드랑이가 닿는 부위에 흑갈색 헝겊이 감겨 있다. 나무도 헝겊도 낡았다. 벽에 기댄 채 자신을 향하고 있는 무심한 눈과 마주치자 미경은 얼른 엷은 미소를 만들었다. 소리도 물체도 못 느끼는 듯 표정에 어떤 변화도 없었고, 방 안은 담배 연기로 자욱했다. 작고 깡마른 몸, 황달이 심한 눈의 흰자위. 목발에 감긴 헝겊보다 조금 진한 낯빛. 드러난 피부마다 생명의 기운을 잃어가는 갈색이다. 반바지 바깥으로 오른쪽 무릎 위 절단된 부위에 뭉툭한 흉터가 보인다. 흉터에는 황달로 인한 변색이 없구나.

이 건물은 계단 한 칸마다 높이가 유난히 높고 경사가 가파르다. 성한 다리인 미경도 꼭 봉을 잡고 걸음을 세며 따복따복 내려간다. 평소엔 없는 무릎 통증이 이 집 계단을 내려갈 때면 되살아나곤 한다. 오를 때는 봉을 안 잡는다. 검은색 철제 봉은 차갑고 더럽고 약간 흔들린다.

건물 안에서는 앉은 채 몸을 옮기든, 벽에 기대 절뚝이든, 노인은 목발 없이 다닐 거다. 한눈에 등록 대상자였다. 뒤따라온 이성균이 미경에 앞서 부엌으로 들어서며 "복지사 아줌마"를 소개하고 "독거노인 등록" 얘기를 꺼내는 동안 미경도 따라 들어갔다. 이성균을 보자 표정은 좀 풀렸지만 무관심은 여전했다.

그의 오른쪽으로 소주병과 꽁초가 가득한 깡통이 보였다. 방에 들어가지 않고 돌아서 나오는 이성균을 먼저 보내고, 한 번 더 미소를 띠며 또 뵙겠다고 하고는 부엌을 나왔다. 이성균은 자기가 얘기를 좀 해두겠다고 했다.

이성균은 목수 일을 40년 가까이 해왔고, 육십대 후반인 지금도 가끔 일이 들어온다. 미경이 이 지역을 맡을 때 이미 등록되어 있었다. 아직은 젊은 노인이지만 허리 협착증이 심해 언제 목수 일이 끊길지 모른다. 일할 수 없어지면 기초수급을 신청하면 된다고 했더니, 아직 그 지경은 아니라며 얼굴이 굳기도 했다. 그도 엔간히 말 트기 어려운 남자였다.

그와 통화할 때 휴대폰 저쪽에서 새들이 재잘거리면, 일이 없어 방 안에 들어앉아 있는 날이다. 그런 날에는 새들의 안부를 묻는 것으로 그의 안부를 대신 물었다. 전화 불통이 이틀 넘게 이어질 때면 일 못 나간 지 여러 날 되어 전화 받을 기분이 아닌 것이다. 초기에는 방문하면 방 안에서 "네" 정도의 간단한 인기척만 했고, 후원 물품이라도 전하면 부엌문을 여는 둥 마는 둥 감사하다는 말을 흘리며 얼른 문을 당겨 닫았다. 그는 옥상 한쪽에다 여러 개의 분재와 화초를 기르고 있다. 생일 선물로 내복을 전하러 간 겨울 어느 날, 미경은 옥상에 서서 혼자 머리를 굴렸다. 부엌문을 조금 밀고 얼굴을 보이는 그에게 얼른 비닐로 싸놓은 분재 중 아무거나 가리키며 물었다.

"선생님, 얘 이름은 뭐예요?"

"백동백이에요. 남쪽에는 많은데 서울서는 흔치 않아요. 붉은 동백보다 향이 훨씬 진해요. 해남서는 4월이면 꽃이 피는데, 여기서는 5월은 되어야 피더라고요."

그가 부엌문을 열고 나와 백동백에 대해 길게 설명했다. 하얀 동백이 있다는 걸 미경은 그날 처음 알았다.

"저는 붉은 동백나무를 정확하게 구분하기 시작한 지도 얼마 안 됐어요."

미경이 웃고 그도 따라 웃었다. 그의 얼굴을 제대로 본 건 그날이 처음이었다. 다른 화분들에 대해서도, 이름과 습성과 꽃 색깔에 대해 세세한 설명을 이어갔다. 독거노인 전수조사 때 옥상에 선 채 마지못한 듯 간단히 답한 것들로는 그를 아는 게 불가능했는데, 그날의 얼굴과 대화를 통해 조금은 알 수 있었다. 새 좀 보여달라며 그의 방에 들어갈 수 있었던 건 훨씬 나중의 일이다. 두 개의 새장에 두 마리씩 같은 종의 새가 살고 있었다. 영희와 철수, 은지와 영환. 영양 결핍인 듯 상한 손톱에 거친 손가락으로 하나하나 가리키며 알려주었다. 새 덕인지 남성 노인 혼자 사는 방이 깔끔했고 환기도 잘 돼 있었다. 창문이 작은데 아마 방문과 부엌문을 자주 열어놓겠구나 싶었다. 새를 보고 온 후 전화 불통은 훨씬 줄었고, 불통인 날은 나중에라도 그가 전화를 걸어왔다.

"전화 못 받았네요. 애들은 잘 있어요. 선생님도 잘 지내시죠?"

일주일에 한두 번 이성균을 방문할 때마다 401호 열린 문 안을 들여다보았다. 가능하면 김영철과 눈을 맞춰 인사를 했고, 인사말이 오갔으며, 술에 취한 날이 아니면 미경을 보는 눈빛이 납납해져갔다. 8월 하순 어느 날 미경을 불러 세워 쑥스러운 웃음을 보이며 자기도 등록해달라고 했다. 방 안에 마주 앉아 명함을 주며 독거노인 복지 업무에 대해 간략한 설명을 했다. 등록 신청 서류를 안 갖고 있었고 다른 방문 약속도 있어 시간을 많이 낼 수 없었다. 이틀 후 다시 방문하기로 하고, 등록 여부를 정확히 판단할 가족관계와 경제 상황에 관한 몇 가지만 조심스럽게 물었다. 선선히 답을 했고, 다리에 대한 이야기를 길게 했다.

자식이 있어 기초생활보장 수급자가 못 됐고, 의료 보험료를 오랫동안 못 냈고, 병원 가본 지 3년이 넘었다. 그전 언제 병원 갔을 때 간이 아주 안 좋다는 말을 들었고, 오른쪽 가슴 아래가 아픈 건 훨씬 오래됐다. 아파트 공사장에서 일하다 건설용 승강기가 떨어져 오른쪽 다리가 무릎 바로 위에서 잘려나갔다. 그후 교통사고로 왼쪽 다리도 다쳤다. 치료를 한다고는 했지만 결국 무릎이 다 펴지지 않은 채 굳어버렸다. 이틀 후 '독거노인 복지 서비스 신청서'와 '독거노인 생활실태 전수조사서'를 챙겨 다시 방문했다. 이성균이 새벽 일찍 일을 나가며, 복지사 아줌마 오면 상담을 잘 받으라고 했단다.

김영철. 1944년생, 경북 봉화 출신. 아내와 사별, 자녀 2남, 가족 관계 단절. 사회관계 거의 단절, 기초노령연금이 유일한 수입, 식사는 하루 한두 끼를 대강 먹음. 보증금 없는 27만 원 월세방 1칸. 냉난방 불가. 채광과 환기 열악. 심한 황달, 3년 전 마지막 병원 진료에서 의사가 간이 안 좋다고 함. 오른쪽 다리 무릎 바로 위에서 절단, 왼쪽 다리도 절음. 목발 두 개 사용.

서류 속 질문들에 답을 적어나가고, 넘친 이야기들은 따로 정리했다. 건설 현장 노가다로 오십대 중반까지 일하다 사고로 오른쪽 다리 절단. 산재 혜택은 받았는데 병원비만 나온 정도. 이후 특별한 벌이 없이 통장에 있던 돈을 까먹어가던 중 예순둘에 교통사고. 40년 넘게 살아온 바사동 산동네에서 언덕을 내려오는 공사장 트럭에 치였고, 다리 하나가 없다보니 차를 빨리 피하지 못한 '죄'가 커서 보상금은 고사하고 치료비도 제대로 받지 못함. 그즈음 어려서부터 폐가 약해 결핵병원을 드나들던 아내가 사망했고, 중학교 중퇴 후 돈 번다고 집 나갔던 두 아들과도 연락이 끊기면서 독거노인이 됨.

재작년부터 수십 년 동안 이어져오던 불량주택 재개발 뭐가 갑자기 속도를 내면서 바사 뉴타운이니 가하 래미안이니로 산동네가 다 뒤집어졌단다. 두 칸 월세방에서 시작해 단칸방으로 줄여 살던 건물이 무허가라 보상금도 뭐도 없으려니 했는데, 관리인이 두 달 치 방값을 주겠다고 해서 얼른 받고 나왔다. 그것조차 못 받고 쫓겨난 사람도 많은 판에 자기는 좋은 집주인을 만난 거란다. 보증금 없는 월세방을 찾다가 지금 여기로 왔고, 제일 싼 옥탑방 하나가 비어 있어 들어왔단다. 죽으란 법은 없나보다, 라며 방 빼고 얻는 일이 잘 된 걸 무척 다행스럽게 여겼다.

거기에 대고 법 규정상 이주 보상과 이사비 등을 얼마나 더 받을 수 있었는지를 이제 와 알리지는 말자 싶었다. 이곳도 재개발 이야기가 한창이니 나가란 소리를 하면 아무것도 결정하지 말고 얼른 자신에게 알리기부터 하라고만 강조했다. 더는 못 받아도 받을 수 있는 보상은 받아야 하지 않겠냐는 미경의 말을, 아무리 없이 살아도 남의 돈을 꽁으로 먹을 생각은 없다고 받았다.

냄비와 그릇 몇 개와 휴대용 가스버너가 방 한쪽에 밀려져 있었다. 방문 바로 앞 부엌 공간에 빛바랜 하늘색 플라스틱 슬레이트 지붕이 올려져 있고, 401호와 402호가 같이 쓰는 수도꼭지가 옥상에 들어와 있다. 화장실이 없어 3층 10여 가구가 쓰는 공동 화장실을 오르내리는 게 일상의 가장 큰 문제다. 소변은 페트병으로 해결되는데 대변이 좀 '저기하다'면서도 바사동 산동네서도 이 비슷하게 살았단다. 당장 끼니를 못 챙기는 상황은 아닌 듯해 일단 병원 진찰을 받기로 했고, 기초수급 신청도 다시 해보기로 했다. 며칠 후 함께 주민자치센터 노인복지과를 찾아 긴급의료비 지원 신청 상담을 했다. 본인의 경제 상황과 건강에 대한 질문에서는 작심한 듯 찬찬히 답을 하더니 자식들에 관한 질문에는 역력히 거부감을 보였다.

긴급의료비 신청은 가능하다는 답을 듣고 내친김에 기초수급 신청도 상담하자고 하자, 그건 나중에 하자며 목발을 짚고 앞장서 센터를 나갔다. 병원 가는 것도 계속 미루더니, 어느 날 오른쪽 가슴 아래 통증이 유난히 심해졌다고 했다. 의료보험료를 오래 못 냈다고 걱정해서, 그것과 상관없이 긴급의료비를 지원받을 수 있음을 강조했다. 이튿날 혼자 동네 병원을 갔고, 의사가 진찰하다 말고 당장 큰 병원에 입원해 정밀 검사를 해야 한다며 뭐를 써줬단다. 진찰실을 나와 미경에게 전화해, 큰 병원에 입원하라는데 입원비도 지원되는지 물었다. 긴급의료비 지원은 입원에 최대 300만 원, 통원 치료에 최대 24만 원까지 받을 수 있다고 설명했다. 그 돈이 언제 나오냐고 물었고, 입원하면 미경이 병원 사회복지과에 이야기해 주민자치센터 사회복지사를 연결해줄 거고 병원비는 그 둘 사이에서 주고받는 거라고 답했다. 여의도에 있는 종합병원에 예약했다는 것까지 확인했다.

며칠 후 전화하니 여의도 병원에서도 입원해서 정밀 검사를 하자고는 했는데, 그냥 집으로 와버렸다고만 하고 더는 말하기를 싫어했다. 대강 예상이 돼서 그날은 더 묻지 않고 다음 날 방문했다. 당장 입원하라는 의사의 말을 접수처에 전했더니, 컴퓨터를 들여다보며 이것저것 묻고 어디다 전화를 하더니 보증인을 데려와야 입원을 시켜준다고 하더란다. 그 말에 더 이상 말하고 알아보고 할 것도 없이 그냥 돌아 나왔다는 거다. 다시는 입원이고 치료고 다 안 하겠다며 잡아뗐다. 두 병원에서 지불한 병원비 영수증도 안 주려는 것을, 그 돈도 다 지원해주는 거라며 뺏다시피 해서 받아놓았다.

그러니 오늘의 주요 업무는 김영철 노인과 함께 사하동 주민자치센터를 가서 병원비가 노인 통장으로 입금되도록 조처하는 것이었다. 그 김에 입원 건도 다시 설득하고, 할 수 있다면 기초수급 신청도 할 참이었다. 입원하겠다고 하면 이번에는 입원 절차까지 동행할 참이다. 업무를 벗어난 일이지만, 의료보험료가 장기 미납된 노인을 병원에 혼자 보낸 지난 조처가 부족하기는 했다. 미경이 담당하는 약 30명의 독거노인에게 이런 정도의 서비스까지 하려면 1일 8시간 근무로도 시간이 모자라다.

오늘은 비상 상황이 생길 가능성이 높다. 사정 봐서 주민자치센터에 영수증이나 전해주고, 다른 일은 미뤄야 한다. 가방 속 비닐팩에 들어 있는 영수증을 확인한다. 노트북을 덮기 전 '독거노인 복지 서비스 대상자 목록' 엑셀 파일을 열어 황문자의 비상 연락처인 아들의 번호를 휴대폰에 저장한다. 작년 2월 독거노인 실태조사를 위한 상담을 하면서 기록만 하고 한 번도 사용해본 적 없는 번호다. 누를까? 6시 52분. 나중에 원망 들을 여지를 남기느니 지금 욕먹는 게 낫다. 사고가 아닌 것으로 결말나더라도, 비상非常하다고 해석될 수 있는 문자를 받고 이른 아침에 노인 아들에게 전화한 걸 욕한다면 그건 미경이 상관할 바가 아니다.

"고객님의 전화기가 꺼져 있어……"

연락을 했고 근거도 남겼다. 싱크대 수돗물을 틀어 얼굴을 두어 번 문지르고 머리카락도 두어 번 쓸어올리며 거울을 본다. 옷은? 최악의 경우…… 아니, 자살은 최악이 아닌 하나의 경우다.

만약 자살이라면 어떤 사람들을 만나게 될지 훑는다. 우선 미경의 연락을 받은 사회복지사와 센터장이 가장 먼저 올 거다. 아들과 작은딸 중 하나는 올 거다. 둘째인 큰딸은 일본에 살고 있다. 센터장이 경찰을, 경찰이 의사를 부를 거고, 주민자치센터와 구청 담당자도 올 거다. 센터장에겐 최악일 테지만 기자들도 올 수 있다. 검정 바지에 옅은 회색의 반소매 티셔츠를 입는다. 가방은 평소의 출근 때 메는 검정 백팩.

문득 피어 올라오는 허기와 두통. 새벽 2시에 일어나 혈압약과 물 열 모금과 커피와 담배 말고는 아무것도 위에 넣지 않았고, 대변과 소변이 나왔다. 그렇더라도 평소라면 이 시간에 허기가 오지는 않는다. 뇌의 수선스러움을 위가 알아채고 자기방어부터 하는 거다. 언제 먹을 수 있을지 모르는 하루다. 냉장고를 열었지만 마땅히 챙겨갈 게 없다.

작업 중이던 「황문자 완고 1」과 「황문자 연표」의 문서 끝에 습관대로 '0904 0657'을 찍어, 붉고 굵은 글씨로 설정해 저장하고 끈다. 인터넷 창 닫고, 노트북 끄고, 스피커 끈다. 스피커까지 끄는 걸 보니 차분하구나. 종일 무엇이 어떻게 진행되더라도, 정신줄은 태풍의 눈 한가운데에 잘 붙들어두자. 백팩 큰 주머니에 담배와 라이터와 휴대폰 충전기를 넣고, 작은 앞주머니에 휴대폰을 넣는다. 노트북은? 잠깐 고민하다 포기하고 공책만 챙겨 넣는다. 볼펜은 늘 비닐 팩에 여러 개 들어 있다.

만 예순둘의 미경에게는 짐을 줄이는 게 중요하다. 필요하면 다라마역 앞 공공도서관에서 컴퓨터를 쓰면 된다. 황문자 관련 녹취록과 문서가 들어 있는 USB를 노트북에서 분리해 비닐 팩 안에 챙긴다. 아차! 휴대폰을 꺼내 확인. 묵음이다. 그래서 문자도 전화도 놓쳤구나. 이걸 이제야 알게 되다니. 더 차곡차곡 따지자. 소리로 전환하고 다시 확인. 그사이에 더 들어온 건 없다. 다시 통화를 누른다. "전원이⋯⋯" 새벽 내내 황문자에 관해 글을 정리하는 동안 그녀가 새벽 2시 넘어 전화를 했던 거고, 안 받으니 굵은 손가락으로 느리게 문자를 찍어 보낸 거다. 둘 다 한 차례씩만. 덜 급한 건가? 아니, 단호함인가? 그러고는 휴대폰을 꺼놓았다.

혹은 노인이 지금 미경을 놓고 어떤 수를 쓰고 있는 건가? 복지 수혜자인 노인들은 복지 전달자인 생활관리사에게 때로 빈곤을 과장하거나 가장한다. 어떤 노인의 어려운 처지에 대해 다른 노인과 이야기할 때면, "아구, 그 노인네 말을 그대로 믿어? 김 선생도 참 순진하셔!"라는 말을 듣기도 한다. 황문자도 가끔 그런다. 자신을 포함해 노인네들이란 모름지기 능구렁이 두어 마리씩은 속에 묻어두고 산다는 투다. 그럴 때면 고난을 견디고 살아남은 질기고 의뭉스럽고 노회한 무리에 의해 바깥으로 밀려난 느낌과 함께, 당하게 되면 웬만하면 당하자 싶어진다.

황 노인뿐 아니라 노인들 상대에서는 공과 사에 대한 구분을 명확히 하기 어려운 경우가 많고, 드물지만 돈을 빌려달라는 요청도 받는다. 수혜자와의 돈거래는 금하고 있지만, 사람을 봐서 손해의 마지노선을 내심 정하고 적당히 응한다. 노인들을 상대로 공사를 따지는 것이 불신으로 오해받기도 해서다. 아니, 공사 구분을 불신으로 여기는 가난한 노인들의 판단은 오해가 아닌 정확한 이해다. 마지노선 이상의 손해를 감당하지는 않겠다는 모르고는 몰라도 알고는 속지 않겠다는 미경의 선 긋기다. 가난은 신뢰의 이유도 근거도 아니다. 부富가 그렇듯이. 속지 않기 위해 믿지 않는다.

구청이나 센터가 주관해 정해진 인원수를 채워야 하는 행사들이 잡히면, 생활관리사는 참여 노인 수를 할당받는다. 이런 행사에 대한 노인 각자의 참여와 불참 경향은 또렷한 편이다. 황문자는 적극적 참여형인데 대부분 질문이 하나 먼저 붙는다. "거기 가면 뭘 주냐"는 거다. 미경의 답에 따라 그녀 무릎이 아주 안 좋든가 좀 괜찮든가 한다. 딱히 황문자만 그런 건 아니다. 다만 황문자는 대놓고 묻고, 답을 듣고 정한다.

꽤 친해지고 생애사 인터뷰도 한창 진행 중이던 어느 날, 황문자가 먼저 전화해 긴히 의논할 일이 있다며 한 시간 정도 여유를 만들어 자기를 보러 오라고 했다. 노인 쪽에서 묻거나 요청할 일이 있으면 생활관리사의 안전 확인 전화나 방문 때를 이용하는 게 보통이라 좀 의외였다. 약속 시간에 맞춰 밥상까지 차려놓았고, 돼지고기가 들어간 된장찌개는 일부러 새로 끓인 게 분명했다.

복지 수혜자로부터 소소한 무언가를 받는 건 업무상 금지되진 않았지만 조심스러운 일이다. 더구나 노인들은 거절을 야박함으로 받아들이니 난처한 때도 있다. 황문자가 노린 게 난처함이다. 밥을 잘 먹이고 꺼낸 긴한 의논의 핵심은 자기를 기초수급자로 만들어달라는 거였다. 돈 잘 버는 아들 둔 노인 중 수급비도 꼬박꼬박 받아먹고 병원도 공짜로 다니는 사람이 많은데, 자기가 못 타먹는 건 말이 안 된다고 했다. 없느니만 못한 아들 며느리를 없는 걸로, 말하자면 연락도 안 되고 어미를 버린 걸로 만들고, 증인도 서달라고 했다. 필요하면 돈을 좀 쓰겠다는 소리까지 했다.

대부분의 법이란 게 가진 자들의 재산과 안녕을 보호하는 철조망쯤 된다는 게 미경의 기본 생각이라서, 복지 현장에서 만나는 가난한 사람들을 위한 편법은 할 수 있으면 하는 편이다. 그때도 웬만한 편법이면 공모할 생각이었는데 미경의 영역 밖이었다. 기초수급 자격에 대해 노인이 알고 있는 정보도 틀렸고, '미운 아들 며느리'와의 사이야 정확히는 몰라도 두 딸로부터는 방 보증금과 월세에 생활비까지 그럭저럭 받고 사는 터였다. 미경의 차분한 설명에 황문자는 대놓고 섭섭해했고, 한동안 전화나 방문을 냉랭하게 받았다.

얼마 후 부활절을 맞아 미경의 친구가 다니는 교회에서 이웃 돕기로 현금 지원할 노인 다섯 명을 추천해달라는 요청을 해왔다. 소원해진 관계도 풀 겸 형편으로도 빠지지 않는 터여서 황문자를 명단에 넣었고, 교회 사람들과 동행해 20만 원을 전달했다. 집을 나와 교회 사람들과 헤어지고 바로 전화해, 다섯 분에게만 드린 것이니 다른 노인들에게는 절대 말하지 말라는 당부를 했다. '현금으로 20만 원'씩이나 지원하는 것은 아주 예외적인 상황이어서 분란의 소지가 크다.

"아유, 그런 걱정은 하덜 마셔! 내가 눈치 없는 사람도 아니고. 고마워요, 김 선생. 나를 특별히 생각해줘서."

조금 과하다 싶은 웃음과 감사는 그러려니 했다. 다음 방문 때 노인은 두 번을 눌러 접은 5만 원짜리를 손에 쥐여주려 했고, 미경은 당황하는 중에도 웃음을 만들며 손사래를 쳤다.

"아이구, 그래도 사람 사이가 그게 아니지. 나도 입 딱 닫을 테니 걱정 마. 내가 눈치가 백 단이야, 백 단."

순간 '다섯 분에게만 드린 것'이라는 미경의 말을, 가는 것에 대한 오는 것의 요구로 들을 수 있겠다 싶었다. 투박한 두 손으로 미경의 오른손을 감싼 채 헤픈 웃음을 담은 눈동자까지 마주쳐오며 돈을 안겼고, 정중하고 단호하게 거절해 끝냈고, 노인은 무색해했고, 그러다보니 "어르신 마음만 받을게요. 저한테는 그러지 않으셔도 돼요"라는 말이 나왔다.

얼떨결에 나온 그 말에 노인이 다른 기색을 보이지 않고 자리는 정리됐지만, 미경은 자신의 말을 오래 곱씹었다. 혐오와 기피가 역력한 오만이 무심결에 새어나온 거다. 정작 하려던 말은 황문자 식의 '생존 방식과 마음'을 존중한다는 것이었는데, 그 존중은 겉치레일 뿐 평소 잘 숨기던 구별짓기를 얼결에 꺼내버린 거다. 말하지 않았을 뿐 눈치가 백 단인 노인네는 순간 기분이 더러웠을 테고, 주려던 5만 원을 남긴 것으로 더러운 기분을 퉁쳤을 거다.

생애 대부분을 생계를 위해 버둥거리면서 버티고 전략을 짜며 살아온 노인들의 처지와 내면을, 미경은 충분히 알지 못한 채 가늠한다. 돈을 최고로 치는 사회일수록 가난한 이들이 겪는 삶과 세상의 부조리는 더욱 클 수밖에 없다. 가난한 사람들도 결혼해서 자식 낳아 '정상적으로' 사는 것을 목표로 한다. 그러나 불평등한 사회는 그들의 노력이 결국 빈곤과 상처, 자괴의 대물림이 되게 한다. 부자들이야 내부의 갈등과 상처들에도 불구하고 물려줄 재산과 사회적 자원이 있고 그것 때문에라도 종족을 번식시키며 가족을 유지할 필요가 있지만, 빈곤한 사람들의 종족 번식과 가족주의는 결과적으로 부자들을 위한 싸구려 근로자를 재생산하는 것이란 게 미경의 생각이다. 그러니 그동안 본능이라고 여겨져왔던 종족 보존의 욕망이 요즘 가난한 청년들 사이에서는 거부되고 있는 것이다.

가난한 노인들은 세상의 부조리에 자신이 만든 부조리까지 보태 징그럽게 버티며 수레를 밀어가고 있다. 자잘한 희망마저 품지 않는 건 노인들도 미경도 불가능하다. 작정하고 싸울 때 말고는, 미경은 누리고 사는 사람들에게 관심이 없다. 가난한 노인들과의 관계 맺기에서 미경이 할 수 있는 최선은 순간순간 떠오르는 께름칙한 판단과 느낌을 눌러 의심하며 두고두고 되씹는 것이다. 많이 줄었지만 아직도 무작정 튕겨 올라오는 불쾌함과 기피의 순간이 있다. 대부분은 입장과 처지의 차이에서 오는 이물감이다. 일단 감정을 숨겨 기피부터 한 후 되짚어 역지사지를 가늠하면서, 자기 안의 불쾌감을 두고두고 뒤적이며 노려본다. 좀 나아졌나 싶으면 비슷하거나 새삼스러운 혐오가 파드득 걸려 올라온다. 살아 있는 한 계속될 거다. 빈곤한 현장에 미경이 붙들리는 이유 중 하나는 제 꼬락서니를 자기 자신에게 들키는 맛 때문이다.

노인의 5만 원을 밀어내던 순간, 어린 시절 장면 하나가 쑤욱 떠올랐다.

초등학교 3학년 무렵 노량진 시장 야채 노점 할머니 한 분이 미경에게 '일수를 끊어'주면서 "어린 나이에 너무 일찍 돈을 알면 안 좋은데……"라며 걱정했고, 미경은 자신이 이미 할머니가 말하는 '안 좋은 아이'가 되어버렸다는 생각을 했다. 할머니 말이 자신의 미래에 대한 '암시'처럼 여겨져 섬뜩했고, 이후 많고 다양한 도벽의 순간에 그 할머니의 얼굴과 말이 떠오르곤 했다. 그 장면에 이어 다른 장면도 자주 걸려 올라온다. 시장을 돌며 일수 걷기를 하는 동안 반찬거리를 사오는 심부름도 했다. 생선 노점 할머니 둘이 나란히 앉아 마감 떨이를 하는 중이었다. 갈치 1000원어치를 사오라는 심부름이 있었고, 두 할머니 앞에서 잠시 고민하다 두 분 모두에게 500원어치씩 달라고 했다. 두 할머니는 어린 여자아이의 속을 아는 듯 서로 눈을 마주치며 기특해했다.

그렇게 '공평'과 '도둑질'은 어린 미경 안에 공존하고 있었고, 이후 내내 미경을 헷갈리게 했다. '나는 대체 어떤 아이인가?' 어느 쪽으로든 떨어져 눌러앉지 못하고 늘 경계에서 휘둘렸다. 태어날 때부터 착하기만 했을 듯싶은 아이들이 밉도록 부러웠고, 악으로 삶의 방식을 결정한 듯싶은 사람들의 확고한 입장은 두렵지만 편해 보였다.

그즈음이면 이미 시작된 아버지와의 갈등이 무작무작 자라나고 있을 때다. 그는 오 남매의 큰딸인 미경을 양반집 규수로 만들고 싶어했고, 미경은 이미 그 궤도를 벗어나 있었다. 경제적 가장이 되지 못한 열등의식을 순종하지 않는 딸과 아내에게 폭력으로 푸는 아버지. 어떤 폭력에도 마음과 태도가 포기되지 않는 미경. 세 살 위 아들에게는 돈 심부름을 시키지 않는 엄마, 큰딸에 대해 갖은 단속을 하면서도 시장 파장 직전인 야밤에 어린 딸을 일수 심부름으로 내보내는 아내를 막아서지 못하는 무능하고 이중적인 아버지.

한동안 황문자와 문자 주고받기를 많이 했다. 한글 배운 지 7, 8년 됐다는 양반이 휴대폰 문자 보내는 거를 "아르켜"달라고 했다. 사흘을 내리 방문해 문자 찍기를 알려줬다. "아따, 이 양반 참말로"를 찾는 미경의 농 섞인 구박에 노인은 "굵은 손꾸락" 탓을 하며 깔깔거렸다. 머리통을 맞대고 반복 학습을 마치고도 스무 번도 넘게 문자가 오간 후, "이 정도면 마스타!"라며 엄지 척도 주고받았다.

그게 두어 달 전이고, 그 후로도 둘 중 아무나 먼저 문자를 보내고 답장하는 것으로 안부 확인을 대신 하기도 했다. 맞춤법이나 띄어쓰기는 되는대로여도 무슨 소린지 알아먹는 데는 문제가 없었다. 오밤중이나 이른 아침에 문자가 온 적은 있지만, 새벽 시간엔 처음이다. 게다가 죽음 예고로 읽힐 수 있는 문자다. 성격이나 작금의 정황상 자살 가능성은 낮다. 그렇다고 가능성에서 제외할 수는 없다. 알고 지낸 지 1년 반이 넘었고, 생애사 인터뷰는 작년 5월에 시작해 지금은 완고를 정리하는 단계. 하긴 살 거 다 살았다는 생각을 넘어 할 말 다 했다는 생각에 죽을 작정을 할 수도 있겠다. 그 정도 나이에 더는 사는 이유를 추구하기 어려우면 미경은 스스로 죽을 생각이다. 누구 책임도 아닌 본인의 선택이다.

「황문자 완고 1」 중에서

학교라구는 댕겨본 적이 없으니 내가 글씨를 하나도 몰랐잖아, 칠십 여섯꺼정. 학교는 고사하고 애기 낳아서 하는 그거도 안 했더라구. 출생 신고? 맞다, 그거, 출생 신고. 학교라도 넣을 생각을 했으면 그 때라도 그걸 했을 건데, 다섯 살에 아버지 돌아가시고 깡촌 여편네가 없는 살림에 큰딸년 학교 보낼 생각을 했겠어?

　나 태어난 데가 경상도 진주 근처라는 거만 알아. 진주서도 한참 더 들어가는 깡촌인데, 멀리 어디 바닷가가 있었나봐. 근데다가 여덟 살에 경기도 김포로 이사를 왔으니 딱 그때가 학교 들어갈 때잖아. 출생 그게 안 됐으니 학교 넣으라고 종잇장 그런 것도 안 왔겠지. 이사했다는 신고도 안 했더라구. 옛날이구 지금이구 부모들이 알아서 출생 그거를 해줘야 하는 거잖아. 그래, 출생 신고. 동네 이장들이 많이 해줬대는데, 아버지는 해달랬는데 이장 놈이 까먹은 건지, 이장 놈이든 아버지든 안 하고도 했다 그랬는지, 그거야 알 길이 없지, 하하하. 그래가지구인저, 아버지야 일찍 가셨으니 그렇다고 치고, 엄마가 우리 셋을 전부 출생, 그걸 안 했던 거야. 새끼들 굶길까봐 벌어먹구 사느라고 정신도 없었겠지만, 일자무식이니 면에 가서 뭐 하는 거는 아예 생각을 안 했던 거야. 면사무소 가는 거를 파출소나 감옥 가는 걸로 여겼던 거라, 그게. 죽을 때까정 아예 까막눈으로 산 할망구지.

하여튼 새신랑이 결혼 그거를 할라구 보니까, 그래 혼인 신고. 그걸 할라구 보니까 출생 그것도 안 돼 있대. 이사 그것도 안 돼 있고. 이북서 넘어온 사람들은 혼인이고 출생이고 이사 그런 거를, 아 그래 혼인 신고 출생 신고, 또 뭐? 그래, 전입 신고 그런 거를, 아주 재깍재깍 해요. 그걸 젤로 중요하게 여긴다니까. 아구 안 되겠다. 어디 종이에다 큰 글씨루 써놔, 안 까먹게. 왜 자꾸 '신고' 그게 입에서 안 나오냐고? '간첩 신고'랑 같은 신고잖아 그게, 하하하.

그녀가 하자는 대로 전화기 옆에 놓인 공책 한 페이지 가득하게 매직으로 '혼인 신고' '출생 신고' '전입 신고'를 써주었고, 황문자는 그걸 들고 댓 번 되뇌고는 눈앞에 내려놓고 이야기를 이었다.

그러니 혼인을 하구 나서야 출생…… 출생 신고랑 그런 걸 다 한 거지. 뒷돈 주고 했어. 그게 다 법을 안 지킨 거라 그러더라구. 그걸 그때야 알았어. 내 동생 것두 그때 같이 했고. 그러느라고 내가 세

살이나 많게 출생……(글씨를 가리키다 말고 아예 공책을 더 끌어다가 글자를 짚어대며) 이거가 돼버렸어, 출생 신고가. 원래는 올해 만으로 팔십셋인데 팔십여섯으로 돼 있잖아. 태어난 게 36년인데 33년으로 만들어놨더라니까. 아구, 말도 마요. 친정아버지 죽었다는 그거도, 그래 사망 신고, 그것도 또 신고네, 뭔 놈의 신고를 그렇게 많이 하는 거야. 나는 간첩 신고만 신곤지 알았더만, 하하하. 그래가지구인저, 아버지 죽었대는 그 신고도 안 돼 있더래. 엄마 아버지 결혼, ('혼인 신고' 글자를 짚으며) 이거는 누가 챙겼는지 돼 있고. 아버지가 좀 배운 사람이었으니까 그거는 챙겨서 했나부지. 그러고는 아버지도 나하구 내 밑의 아들을…… (글씨를 보며) 출생 신고를 안 한 거야.

아들이야 일찍 죽었으니까 그렇다고 쳐. 그때는 아무리 아들이래도 돌 지나야 호적을 만들었대. 돌 안에 많이들 죽기도 하고, 돌 전에 그런 걸 하면 부정 탄다. 삼신할매가 노한다, 뭐 그래서 한 돌 지나야 그걸 했대는 거야. 그 밑의 여동생은 아버지 죽을 때 엄마 배속에 있었으니까 당연히 안 한 거구. 그 얼어죽을 호적 어쩌구 때문에 내가 영감한테 신혼 초부터 얼마나 쪽팔렸는지. 그때는 신혼 초니까 심한 말은 안 했지만, 나 혼자서 챙피한 거지. 속으로는 저도 얼마나 기가 차고 무시가 됐겠어. 신고래면 아주, 아닌 말루 잠자리에서 그거 하다 말구두 쫓아가서 하는 사람이니까. 삼팔3.8따라지들이 싹 다 그래.

글씨 모르는 걸 말을 안 하고 결혼했지. 뭐한다고 그런 소리를 했겠어? 근데 신랑이라고 아직 낯도 선 사람이 종이 쪼가리에 뭐라고 끄적끄적한 거를 디밀면서 뭐다 뭐 해라 그 지랄 염병을 하는데, 내가 도대체 무슨 소린지 알아먹을 수가 있어야지. 그래서 못 들은 처억 하매 피하다 피하다 말고 확 불어버렸어. 나는 무식해서 글짜 같은 거 모른다, 많이 배운 당신이 다 알아서 혼인이고 출생이고 하든가 말든가 맘대로 하라고. 그때 쟤들 아버지 아는 사람 하나가 개성서 경찰관 하다 내려와서 가차이가까이에서 대서방代書房을 하고 있었어. 그 사람한테 술 퍼멕여가면서 뒷돈 주고 그걸 한 거야. 근데 지들 맘대로 그 대서방 여편네 나이랑 같게 한 거래. 내가 36년이래는 거를 분명히 얘기해줬댔거든. 내가 태어난 해는 확실하게 외고 있었거든. 근데 영감이 지랑 나랑 나이 차이를 쪼끔이라도 쭐일려고 그렇게 세 살을 늘린 거야 그게. 나는 열아홉이고 영감은 서른셋이었거든. 그러니 어떻게 돼? 맞어, 열네 살 칭하차이를 열한 살로 쭐인 거야.

그 덕에 내가 지하철 공짜랑 노인 연금이랑을 3년 일쩍 받아먹기 시작했지, 하하하. 새벽 쓰레질 그거는, 나이로 짤르는 게 아니고 무릎 그거로 하고 못 하고 하는 거래서 3년 많은 게 아무 저기가 안 돼. 걸어 나가서 청소만 할 수 있으면 신청을 하게 해. 근데 그것도 사람이 많아서, 하구 싶다고 다 하는 건 아니지.

그래가지구인저, 그렇게 여동생이랑 내 꺼 출생 신고를 먼저 하고, 그걸로 이사했대는 거랑 혼인 신고도 한 거지. 야, 인저 안 보구두 잘 하네. 전입 신고 이거는 너무 어렵다. 몰라도 돼. 그건 동사무소 가서 방 계약서만 보여주면 되더라고. 이거 절루 치워도 되겠어, 하하하. (공책을 한쪽으로 밀어둔다) 근데 그때는 출생 신고 안 되구 이사 신고 안 되구 그런 일이 많았어. 글쎄 모르는 사람이 아는 사람보다 더 많았구, 이북서 내려온 사람들도 아직 호적 없는 사람이 많을 때야. 그러니까 대서방들이 잘 벌어먹구 살던 때지. 쟤들 아버지는 이북에서 엄청 공부를 많이 했대요. 재산이 많았다니 공부도 많이 시켰겠지. 호적에 나이 늘어난 걸로 손해 보고 한 거는 별로 없어. 식당이랑 공장 다닐 때랑은 그런 거 떼오란 데도 없었어. 낭중에 파출부 할 때는 그걸 떼오라고 그러드라구. 그래 맞어, 주민등록등본. 파출부는 혹시 도둑질할까봐 그러는지 떼오라 그랬는데, 떼다주면서 3년이 잘못됐다고 하니까 다들 거짓말로는 안 듣더라구. 내가 젊어 보여서 그래. 그때만 해도 호적보다 열 살은 아래로 봤어. 근데다가 우리 때 여자들은 호적 제대로 된 여자가 외려 드물더라구. 죽나 안 죽나 봐서 3, 4년 지나고도 하고, 죽은 언니 호적으로도 살고 그랬더라니까. 면에 가서 죽었다 태어났다 그 신고하기가 귀찮아서 그냥 죽은 언니 호적이랑 이름으루 사는 거지. 기집애들한테는 그렇게들 많이 했더라구.

아구야, 한 여자는 보니까 죽은 오빠 이름으루 살았다더라구. 이름이야 뭐 큰 문제는 아닌데 남자 여자가 바뀐 거잖아. 그걸 고치느라구 아주 복잡했다더라구, 하하하.

내가 한글을 몰라가지구 평생 혼자 깝깝하구 무시당하구 애를 무지하게 먹었잖아. 전에는 어딜 가든 "이거 써오세요" 하면서 종이를 내주고 했거덩. 은행을 갈라면 내가 맨날 오른쪽 손꾸락 오 두 개를 붕대루다 둘둘 감고 갔어. 우리 같은 사람이 은행 갈 일이 뭐가 있겠어? 저금할 돈이 있어, 은행에서 돈을 빌릴 수가 있어? 동사무소에서 나오는 돈, 그거 받을 때나 가는 거지.

　새벽 쓰레질 하면 달마다 20만 원을 통장으로 넣어주거든. 지금은 좀 늘었어. 옛날에는 그게 10만 원이나 됐나 어쩼나, 하여튼 그래. 그럼 그 돈을 빼야 쓸 거 아냐. 아가씨가 종이 내주면 붕대 감긴 손을 보이면서 "손꾸락 다쳐서 못 써요. 좀 써줘요" 그래. 그러면 어떤 아가씨들은 잘 써주는데 어떤 기집년들은 "아구 할머니, 그것두 못 써요?" 쌀쌀맞게 그 지랄을 하구는 종이를 홱 뺏어가. 그때는 그런 못돼처먹은 년들이 있었어. 근데 지금은 글 아는 사람한테도 노인이면 다 써주더라구. 아구 옘병할, "어서 오세요, 고객님. 무엇을 도와드릴까요?" 아주 요러면서 써비스가 좋아. 일찌감치들 좀 그렇게 싹싹하게 했으면 오죽 좋아. 아주 세상이 달라졌다니까. 그런 거 보면 '아유 젠장 씨팔놈의 꺼, 내가 그 6, 7년을 줄창 고생하고 다니면서 괜히 배웠나?' 그 생각도 들더라니까.

　근데 그게 아니지. 글자 아니까 얼마나 좋은지 몰라. 젤 아쉬운 게 은행이랑 동사무소 가서였거든. 다른 데야 뭐 젊은 연놈들 보내면 되는데, 돈은 내가 찾아야 되고 동사무소는 꼭 본인이 가야 되는 게 많잖아. 근데 요즘은 또 은행 일을 다 컴퓨터에다 하면서 은행이 자꾸 없어지잖아. 근다구 내가 지금 컴퓨터까지 배우지는 못하지. 그건 못하구 죽는 거야. 그러니 어쩌겠어? 곯은 무릎으루 은행을 더 멀리까지 다니는 거지. 아유, 세상이 못 배운 노인네들을 아주 없는 사람 취급을 한대니까.

　뭐 하다가 컴퓨터까지 간 거야? 아 맞다, 글씨 얘기. 쟤네 아부지가요, 아구 내가 증말, 술만 한잔 들어갔다 하면 글 몰른다고 나한테다 대고 대한민국 사람이 아니래는 거야. 이북서 온 사람들일수록에 뚝하면 '대한민국' '대한민국'을 찾아쌓더라구. 그게 다 자격지심이야. 지네는 목숨 걸구 죽을 똥 살 똥 내려와서 대한민국 국민이 된 거잖아. 호적도 새로 만들고. 우리야 뭐 출생 그거를 했든 말든 생겨나면서부터 여기 사람이잖아. 근데 나더러 맨날 대한민국 글씨를 모르니까 대한민국 국민이 아니래는 거야. 개뿔도 젠장, 저는 공부는 우라지게 많이 했대면서도 돈 한 쪼가리를 벌어온 적이 없고 글씨 모르는 내가 다 벌어 먹였는데, 나를 그러구 구박을 했대니까.

그러다가 일흔다섯인가 여섯이 돼서 한글 교실을 쫓아다니며 글씨를 배우기 시작했다. 손녀딸이 자기 친구네 할머니가 다닌다는 어디 동사무소 한글 교실을 알아다준 거다. 그 동사무소 한글 교실이 배울 사람이 적다고 중단되고, 두 번째 어디 한글 교실은 선생이 갑자기 지방으로 가서 중단되고, 세 번째는 정식 성인 학교 한글반이라 여편네에 할머니들도 많고 안 없어지는 반인데 이번에는 황문자가 "칠판이 까매지며 교실이 배앵 도는, 신경 쓰면 안 되는 뭐에 걸려서" 또 쉬고, 몇 달 만에 다시 갔더니 "이번에는 양쪽 눈에 허연 뭐가 끼어가지구 칠판이구 글씨구 뿌우연허니 그래서 그거를 한 짝씩 두 번을 긁어내느라고" 또 쉬고, 새 학기에 다시 들어갔더니 "이번이야말로 뭐를 좀 오래 딜이다볼라구만 하면 골치가 골치가 마악⋯⋯."

그래가지고 아예 접어버린 게 한글에 관한 5년간 그녀의 사정이었다. 그렇게라도 한글을 깨치기 시작한 게 7, 8년 전이었다. 당신 꿈이 "너무너무 기맥히게 살아온 거를 내 손으로 좌악 써서 책으로 좀 내는 거"였는데 그걸 못하고 중단해서 아쉽지만, "그래도 뭐 읽는 거는 아주 복잡한 거 말고는 안 틀리고 잘 읽고, 쓰는 것도 무식한 사람이나 내 글을 못 알아보지 많이 배운 사람은 다 알아먹"는단다. 그래서 사람은 많이 배워야 한다는 거고, 그렇게 그만뒀어도 이젠 뭐 사는 데 깝깝한 거는 별로 없다는 거다.

영감은 첨부터 주민번호도 줄줄줄줄 외고, 주민증도 꼭 가지고 대니드라고. 내가 그 주민번호 외우느라고 몇 밤을 잠을 못 잤는가 몰라. 애들 아버지가 뚝하면 그걸 외워보라고 시험을 봤다니까. 그래가지구인저, 지금도 버스 같은 거 타고 우두커니 있을 땐 혹시 까먹었나 해서 또 외워보고 꺼내보고 그래. 맨날 어디 가면 무슨 간첩 암호대는 거처럼 그 주민번호를 대래는데, 사람들이 주민증을 늘 갖고 다닌 게 뭐 몇 년이나 돼요? 아주 중요한 거래니까 잃어버릴까 봐, 장롱 깊숙이 숨겨놓고 그러든 거잖아. 회사 다니는 남자들이나 지갑에 넣고 다녔지, 살림이나 하고 닥치는 대로 하루 벌이나 하는 여편네들이 그걸 뭐 한다고 가지고 다녔겠어?

여러 날을 잠 안 자고 외우고 버스에서도 화장실에서도 뚝하면 꺼내 외우니까, 이젠 동사무소 가서 주민등록 대라 그러면 보지도 않고 큰 소리로 줄줄줄 대줘. 내가 또 천상 목소리가 크잖아. 그러면 직원들이고 노인네들이고 "아니 세상에 나이가 팔십이 넘는 양반이 어떻게 그 긴 거를 그렇게 줄줄줄줄 외요?" 그러고는 다들 놀라더라구. 그러면 내가 "아, 주민번호인데 외워야지요. 대한민국 국민이면 당연히 외워야지요. 나는 맨날 외워요. 잊어먹을 만하면 외우고 또 외우고, 자꾸 맨날 외워요" 그래. 영감 살았을 땐 그 입에서 대한민국 국민 소리만 나와두 속으루 웃고 자빠졌다 했는데, 죽고 나니까 내 입으로 그 소리를 하고 다니드래니까. 빌어먹을 놈의 영감…….

첫 만남에서도 주민등록번호에서부터 온갖 이야기가 고구마 줄거리처럼 이어져 나왔다. 실태 조사 항목 순서대로 미경이 묻고 노인이 답하면 미경이 빈칸을 채워나가는 방식으로 조사서 작성을 진행했다. '성명' 다음 첫 문항이 '생년월일'이었다. 생년월일을 물었는데, 주민번호 숫자 열세 개를 단숨에 달렸다. 톤도 높고 소리도 컸다. 조사지 네모 칸들에 '330928'을 채워 적으니, 숫자 열세 개를 한 번 더 달렸다. 마저 쓰라는 거다. 뒷자리는 안 적어도 된다는 말 중간에, "영감이 세 살을 늘려놨"단 소리를 쑥 끼워넣더니만, "죽은 지 40년 가차이 됐"다는 재들 아버지를 끌어다놓고 욕을 하고 깔깔대다 말고, 공부를 많이 한 사람이어서 점잖았다나 어쨌다나. 제 흥에 옛날이야기가 술술 나왔고 기억도 세세했다.

그날은 시간이 없었다. 핵심어들을 머리에 챙기고 뒷일 생각해서 추임새도 넣어가면서, 조사 항목 질문을 노인이 알아듣는 말로 풀어 물으며 진도를 뺐다. 묻는 것에 답은 대충 하면서도, 넋두리는 동서남북을 넘나들었다. 금은방, 이북, 한글, 오색 꽃무늬 손수건, 청계천 같은 게 줄줄이 엮여 올라오더니, 한강 모래사장에 카바레도 있었단다. 저 정도 입담에 저 정도 내력이면 나중에 살아온 이야기로 책 내자고 해도 백번 좋다고 할 양반이다. 섣불리 들이대지 말고 뜸을 잘 들여야 한다.

몇 남 몇 녀를 두셨냐는 질문에 와서는 연놈들에 대한 넋두리로 넘어가더니 정작 숫자는 안 나왔다. "며느리 년을 잘못 들였대"고, "막내 년은 처녀가 애를 배어서" 어쨌다는데, 처음 본 사람한테는 내놓지 않음 직한 얘기들에까지 욕설과 한숨과 웃음과 눈물이 비벼졌다. 손주들 자랑은 발라내고, 친척들 얘기도 골라내고, 나름대로 직계 비속만 추려가면서 확인차 수차례 물어 얻은 답은 1남 2녀였다. 비상 연락처를 묻자 아들 번호라며 휴대폰 숫자판의 1을 길게 눌러 보여주고는 얼른 끊었다. '010 206'까지만 눈에 남았고 나머지는 뒤섞였다. 한 번 더 보여달라고 하니 1을 다시 꾸욱 눌렀다. 아까보다 좀 길게 걸어서 신호음까지 두 번 울리자 얼른 끊었다. 뒷자리 다섯 개를 마저 적었다.

"하나 있는 아들 새끼 번호도 못 외우는 멍충이가 돼버렸다"는 말 중간에 '아들 새끼'한테서 전화가 왔나보다. 받지 않고 덮어버리기를 두 번 하더니, 세 번째는 받았다. 큰 목소리를 더 키워 쌀쌀맞게 "잘못 누른 거야. 끊어!" 하며 덮어버리고는, "지 애비 닮아서 물러터진 놈"이라고 했다. 미소만 살짝 짓고 얼른 다음 질문으로 넘어갔다. 요 대목에서 붙잡혔다간 그 집에서 그날 해가 다 넘어가버릴 참이었다. 주거 환경, 사회활동, 경제활동…… 그럭저럭 진도를 빼던 실태 조사가 답 칸이 한 줄밖에 없는 '건강 상태'에서 또 하세월이었다. 제일 문제는 무릎 관절 통증인데, 미쳐버리겠다는 거다. "다라이에 연탄을 담아 이고 봉천동 산꼭대기 하꼬방^{판잣집} 동네로 연탄 배달을 했다"는 말을 기억에 새겼다.

그날 황문자에 관한 미경의 첫인상 메모는 이랬다.

> 약 158센티미터의 키와 약 68킬로그램의 몸무게, 가난한 생애 속 당찬 마음과 말투, 얼굴 표정과 특히 눈빛에 낙천성과 고생과 전략이 뒤엉킴, 대화하면서 상대의 눈을 거의 내내 주목함, 말의 내용과 그때 심정에 따라 손짓과 표정이 수시로 바뀌며 따라붙음, 고난의 대목마다 해학과 넉살, 욕쟁이 할머니, '그래가지구인저'는 수시로 튀어나오는 후렴구이자 접속사, 아주 훌륭한 이야기꾼, 경청하되 이야기의 향방을 내 쪽에서 적절히 관리할 필요.

9월 4일·2

그 조사가 작년 2월 말경이었다. 연초마다 진행되는 65세 이상 '독거노인 생활실태 전수조사'차 방문한 자리였다. 그녀는 미경이 새로 맡은 '관리' 대상 노인 중 한 명이기도 하다. 작년 2월 초 미경이 근무하는 독거노인 돌봄센터는 생활관리사들의 담당지역을 제비뽑기로 모두 바꾸었다. 그전까지는 한 사람이 같은 지역을 6년 이상 맡기도 했는데, 작년 초에 싹 바꾼 거다. 센터장은 서비스 제공자와 수혜자 사이에 있을 수 있는 관행적 오류를 막기 위한 조처라고 설명했고, 앞으로는 3년에 한 번씩 바꾸겠다고 했다.

오래된 생활관리사들은 불만이 많았다. 당시 근무 경력 2년 차인 미경으로서는 센터장의 결정에 반대 의견만 있는 것은 아니었다. 서비스 제공자와 수혜자 사이의 적절한 거리 두기와, 공정한 서비스 제공을 위한 시스템은 복지의 기본이다. 하지만 노인 입장에서는 새로운 사람에게 빈곤과 소외를 다시 설명하고 심지어는 과장과 거짓말까지 하게 되는 거여서 서로 미운 사이가 아니고서는 생활관리사 교체를 마음에 안 들어했다. 어떤 노인들은 마지막 인사를 하는 생활관리사를 붙잡고 섭섭하다며 고마웠다며 눈물을 보이기도 했다. 물론 노인이건 생활관리사건 속마음들이야 제각각 복잡할 수 있다. 이 변화가 이익이 될지 불편이나 불이익이 될지가 불안할 수 있는 거다.

그날 방문은 새로 맡게 된 지역 '관리' 대상 노인들과의 첫인사 자리기도 했다. 미리 전화로 약속을 잡고 집집이 방문해서 제대로 된 인사도 할 겸 전수조사를 했다. 보건복지부는 이 조사를 전국의 생활관리사들을 통해 매년 1회 진행하고 있다. 빈곤이든 건강이든 독거노인들의 상황이 상당히 불안정하다는 측면에서 매년 조사하는 게 타당하기는 한데, 노인들 입장에서는 주는 것도 없이 맨날 조사만 해간다는 불만이 많다.

당시 미경은 비非독거를 포함한 경제 상황 하위 70퍼센트에 해당되는 사하동 일부 지역 65세 이상 노인 200여 명의 전수조사를 3월 15일까지 마쳐야 했다. 조사지를 챙겨넣으며 "어르신, 나중에 살아오신 이야기 좀 꼭 해주세요" 하고 다시 침을 발랐다. 인사말로 들었겠지만 대답은 흔쾌했다. "나는 너무너무 할 말이 많다"는 거였고, 미경 쪽에서 책 얘기는 꺼내지도 않았는데 "내 얘기는 책으로 내야 된다"고도 했다. "무릎이 웬수"라면서도 기어이 1층 쪽대문까지 배웅 나온 노인이 계단을 다 내려간 것을 확인하고서, 미경은 길모퉁이에 쭈그려 앉아 수첩을 꺼내 기억을 되돌리며 후루룩 핵심 단어들을 추려 적었다. 우선 이름을 적어 동그라미를 치고 별 세 개를 크게 그렸다. '주민번호, 이북 출신 남편, 금덩어리, 문맹, 1남 2녀, 무릎 통증, 봉천동 달동네 다라이 연탄 배달, 지하 1층, 호탕과 넉살.' 이렇게 해야 미경도 까먹는 걸 막는다.

그렇게 시작된 두 사람의 관계가 1년 7개월을 이어오고 있다. 세 차례의 정식 인터뷰와 두 차례의 추가 인터뷰에 수시로 녹음기 누르고 만난 일상 녹음들까지 골라 풀어 녹취록 원본을 잘 보관해놓고, 뒤죽박죽인 녹취록을 이리 뒤집고 저리 엎으며 수정하면서 초고 1, 초고 2, 초고 3을 만들어가다가, 이제 드디어 「황문자 완고 1」이라는 파일 이름으로 정리 중이다. 하긴 최종본이 나올 때까지 황문자 인생이 또 어떻게 될지 모르는 데다, 했던 이야기마저 다르게 할 수 있다. 그러니 살아 있는 사람의 생애사는 별수 없이 어느 지점에서 딱 '여기까지'를 작정하는 수밖에 없는데, 그게 또 그렇게 작심한 대로 모르쇠가 되는 게 아니다.

현관에서 운동화와 굽 없는 구두 중 구두를 고른다. 발이 아플 수 있지만, 누가 뭐라든 '나는 신경 썼음'을 증명하는 선택이다. 현관문을 나서기 직전 휴대폰과 집 전화로 한 번 더 연락한다. 똑같이 답이 없다. 현관문을 잠근 게 7시 3분. 지하철로 네 정류장이니 7시 30분 전에 도착할 거다. 가나역 쪽에 있는 가나시장 입구를 들어오자마자 왼쪽에 있는 다이소 건물의 301호가 미경이 사는 집이다. 가나동을 아는 사람 중에선 저 정도 설명으로 모르겠다고 한 이는 아직 없다. 3층에 한 가구밖에 없으니 그냥 '가나시장 다이소 3층'으로 통한다.

추석이 일주일 앞으로 다가온 시장은 벌써 바삐 움직이고 있다. 미경의 방 창문 건너 1층 '가나축산'은 이 시장에서 가장 큰 가게다. 매일 새벽 6시경 냉동 탑차가 와서 머리와 배 속과 발 없이 처리된 소와 돼지의 몸통들을 부린다. 오늘 새벽엔 무지하게 많은 고기를 부려놓는 듯했고, 지금은 평소보다 일찍 출근한 직원 세 명이 몸통들에 칼질을 하고 있다. 그 바로 오른쪽 고추 가게 할아버지는 이 시장에서 가장 먼저 문을 연다. 최대한 단출한 살림을 중요한 원칙으로 삼는 미경인 데다, 평소 고춧가루나 참기름은 일부러 정해놓고 사는 가게가 따로 있으니 새로 살 필요도 없다. 그 할아버지에게는 꼬박꼬박 인사나 하며 지나간다. 사실 혼자 사는 미경에게 가나시장 전체 가게가 큰 용도는 없다.

가장 자주 이용하는 곳은 시장 끝에 있는 그릇 가게다. 시장 안에서 유일하게 담배를 판다. 일부러 많이 사지 않고 한 번에 두 갑만 산다. 가능하면 자주 이 가게를 드나들고 싶은데, 그릇 살 일은 없으니 담배 살 일이나 만드는 거다. 담배 진열대가 널따란 가게의 가장 안쪽 계산대 쪽에 놓여 있어 다행이다. 덕분에 들어가고 나오는 동안 주인과 대화할 수 있다. 시장 통로 근처에 담배 진열대가 있었다면 그 넓은 가게를 들어가지 못하고 담배나 달랑 사고 말 수밖에 없었을 테다. 노부부와 아들 며느리가 가게를 하는 이 집은 시장에서 두 번째로 오래됐다. 기회만 된다면 노부부 중 어느 한쪽이라도 생애사 주인공으로 삼고 싶다. 그러니 자주 보여 눈에 익은 사이를 만들려 하고, 특히 노인들을 만나면 두어 마디라도 친절하고 편한 말투로 대화를 유도한다. 말하자면 침을 발라놓은 대상에게 기회 되는 대로 밑밥을 뿌려놓는 거다.

"여기서 장사하신 지 오래되셨다면서요?"로 시작해 들락거릴 때마다 질문을 하나씩 챙겨서 이미 여러 내용을 알아냈다. 선거 이야기나 동네에 생기는 대형 마트 이야기를 슬쩍 꺼내 사회적 성향을 파악하기도 한다. 여든 근처의 할머니와 할아버지가 예순 근처 여자가 하루 걸러 담배 사가는 일을 어찌 생각할지 염려되긴 하지만 그건 어쩔 수 없다. 하루 한 갑의 담배가 필요하고, 가게를 들락거릴 명분은 담배 말고는 없다. 그릇이나 냄비 같은 걸 사본 게 10년은 족히 넘었다.

가장 오래된 가게는 시장 한가운데 즈음에 있는 쌀 가게다. 그릇 가게보다 더 넓다. 쌀이나 잡곡뿐 아니라 고추와 한약재도 팔고, 고추 방아 기계, 기름 짜는 기계, 깨 볶는 기계까지 들여놓았다. 제품 목록상 드나들 일이 많은 집이어서 이미 상당히 편한 관계를 만들어놓았고 여러 이야기도 들었다. 심지어 미경 자신이 글 쓰는 사람이라는 말도 슬쩍 흘려놓았다. 이 집에서 파는 물건은 다른 가게에서 사지 않고 가능하면 이 집에서만 산다. 이 집도 노부부와 아들 며느리가 함께한다. 정확히 말하면 가나시장이 생기기 전 노부부가 젊을 적 이 근처에서 노점을 시작했고, 돈을 벌어 작은 가게를 얻었고, 가게와 노점들이 늘어선 거리가 시장이 되면서 옆 가게까지 얻어 품목을 늘렸고, 그걸로 2남 2녀를 먹이고 가르쳤다. 대학도 가고 좋은 직장도 얻고 결혼해서 자식까지 둔 큰아들이 어느 날 직장을 때려치우고 장사를 잇겠다며 눌러앉았다. 한바탕 난리를 치른 뒤 옆 가게를 하나 더 사서 벽을 트고 큰아들네에게 전체 운영을 맡긴 게 7, 8년 전이다. 작은아들네 부부도 자주 보인다. 시장통을 지날 때마다 미경은 그릇 가게와 쌀 가게 노인들한테는 일부러 눈을 마주쳐 인사를 해놓는다.

가나시장 안으로 이사 들어온 이유는 그저 재미 삼아서였는데, 와서 살다보니 시장 상인들의 구술생애사 작업을 해야겠다는 생각이 들었다. 그 외에도 '천상 여자' 외모에 목소리가 과하게 쩡쩡해 다른 상인들에게 미움을 사는 생선 가게 여자, 손님 없는 오전이면 독서에 열중하는 양말 노점 할머니, 암 환자라면서도 언제나 늘 참기름 바른 송편처럼 생글생글한 떡집 여자, 얼굴에는 돈복이 덕지덕지 묻은 칠십대 중반의 두부 노점 할아버지, 툭하면 손님과 싸우는데 늘 대기 줄이 기다란 족발집 여자 등에게 오며 가며 밑밥을 뿌리는 중이다.

가나역 정류장에서 아들에게 전화를 한 번 더 넣어보고 문자를 남긴다. 비상 상황일수록 공식적인 느낌을 풍기는 자국을 적당히 만들어야 한다. '가하구 독거노인 복지센터의 황문자 어르신 담당 생활관리사 김미경입니다. 연락 부탁드립니다'라고 찍었다가, '입니다'를 '이에요'로 고치고 한 번 더 눈으로 읽은 뒤 보낸다. 너무 공식적이면 당혹감이나 거부감을 줄 수 있다. 혼자 사는 엄마 일로 아침 7시경에 관官으로부터 부재중 전화 두 통과 문자 하나가 와 있는 것만으로도 충분히 상서롭지 않을 테다. 다른 얘기를 아직 상세히 안 한 것은, 사건 사고가 아닐 가능성에도 대비해서다. 노인은 아들네와 2, 3년간 연락을 안 하고 산다고 했다. 그 말을 믿지는 않고 '그렇게 말했다' 정도로 정리한다.

지하철은 아직 붐비기 전이고, 노인석에는 빈자리도 있다. 흰머리를 염색하지 않아서 좋은 점 중 하나는 편한 마음으로 노인석에 앉을 수 있다는 것이다. 황문자와의 마지막 통화와 방문 날짜를 떠올린다. 둘 다 이틀 전이다. 무슨 일이 벌어졌더라도 추궁당할 일은 없다. 노인이 보낸 문자를 복사해 붙여놓고 상황을 설명하는 내용을 앞뒤에 넣어 2조 담당 사회복지사 이승혜에게 보낸다. 통화는 아직 이르다. 카톡카카오톡과 문자 중 카톡을 골랐다. 문자로는 너무 길다. 이젠 카톡도 공식성이 높은 소통 수단이 되어가고 있다. 센터의 공식 업무도 카톡으로 소통한다.

황문자 어르신으로부터 오늘 새벽 2시 24분에 '끈내두한댈거업서 요인저미안해오'라는 문자가 와 있네요. 바로 전 2시 21분에 휴대폰 통화도 들어와 있고요. 아침 6시 51분에 확인하고 바로 연락 드렸는데, 휴대폰은 꺼져 있고 집 전화는 안 받으세요. 여러 번 통화 시도했고 지금까지 같은 상황. 아드님 휴대폰도 꺼져 있어요. 아드님에게는 연락 달라는 문자만 간단히 남겼고, 나는 지금 어르신 댁으로 가는 중입니다.

나누지 않고 한 번에 다 넣는다. '저는'과 '나는'을 놓고 '나는'을 고른다. 더 공식적이다. 사고로 확인되면 경위서를 쓰게 될 테고, 경위서 전반부에 들어갈 내용을 다소 구어체로 쓴 정도다. 상황이 확인되지 않은 지금부터 문서 티를 너무 내는 것은 과잉이다. 철저함은 좋지만 과잉은 하지 말자. 지금까지의 경과와 수행한 업무 사항을 확실하게 짚는 보고다. 아직 신입인 사회복지사가 놀랄까봐 간단한 카톡을 하나 더 넣는다. 상대는 미경보다 서른 살은 더 어리다.

평소 우울증 없는 호탕한 분이고, 문자 내용으로 상황을 예단하기는 좀 이르다고 보여요. 다시 연락할게요.

'속단'과 '예단'을 놓고 '예단'을 골랐다. '속단'은 사고 가능성에 무게를 두는 단어다. 사실 최악이라고들 말하는 상황을 직업상 대비하는 것뿐, 내심 새벽부터 서두른 업무상 대비 결과는 꽝일 거라는 느낌이다. 불확실성 앞에서 예측은 긍정 쪽으로 향해도 일단 최악의 경우까지 대비하는 것이 미경의 평소 방식이다.

황문자라서 믿는 바가 있다. 문자를 확인한 순간 두 가지 생각

을 동시에 했다. '첫째, 업무 절차대로 적확하게 하자. 둘째, 별일 아닐 거다.'

평생 고생이 심했던 노인은 "요즘이 가장 행복하다"고 했고 미경도 좀 이해가 됐다. 미경은 '행복'이라는 단어의 용도와 실체를 늘 의심한다. 가진 자들이 그 단어를 쓰면 저절로 분노가 인다. 그런데 모진 인생과 걸쭉한 입담을 지닌 노인네 입에서 그 단어가 나오자, 생경함만큼이나 진심이려니 하는 마음이 들었다. 산전수전 다 겪은 여전사가 여린 속살을 살짝 보여주고 후딱 감춘 듯, 그 행복을 조금은 알 만했다.

사실 빈곤 노인 현장에서 만나는 고령의 독거 할머니들로부터 "지금이 젤로 좋은 시절"이라는 말을 자주 듣는다. 혼인 전이든 후든 대부분 남자들에 비해 더 힘들었고, 인생 막판에 와서야 오만 가지 돌봄 노동과 감정 노동에서 벗어나 편하고 자유로운 거다. 있는 사람들의 동정하는 시선과 달리 평생 가난했던 사람들은 현재의 가난에도 익숙하다. 아직 안 떠난 자식이나 떠났다 돌아온 자식들과 함께 사는 경우도 많은 요즈음, 독거 할머니들에게 눈앞에 매일 보이는 걱정거리는 일단 없는 거나 마찬가지다. 일찍 갈라섰거나 영감이 먼저 죽어준 것이 그야말로 편하고 자유로운 노년에 가장 큰 보탬이다. 문제는 늙고 병든 몸인데, 늙음이든 질병이든 대체로 갑자기 닥치는 것은 아니어서 당사자에게는 그런대로 익숙하다. 돈 많은 노인네야 여전히 누리고 싶은 게 많겠지만, 가난한 노인들로선 오래전에 포기한 욕망들이다. 체념의 이면은 평안이다.

그러니 만에 하나 황문자가 지금 죽었거나 자살했더라도 '그러셨구나. 부디 덜 고통스럽게 가셨기를……' 하는 게 미경의 심정이다. "다 죽는데 나 하나 죽는다고 억울할 게 뭐야?"라던 그녀의 말은 적어도 진심의 한 면이라 여겨졌다. 죽음을 집어들 작정까지는 못하더라도, 알아서 닥치는 죽음에 대해서는 '오케이'일 거다. 고난과 가난에 익숙한 사람일수록 '결국 죽는다'는 사실은 더없는 위안이다. 상황 종료까지 들키지 말아야 할 미경의 속내다.

오십쯤이나 됐을 때야. 어느 날 길을 가는데 처음 본 여자 하나가, "아주머니, 절에나 좀 댕기세요" 그래. "절에는 왜 댕겨요?" 했더니 "그래도 나이 드시고 하면 종교를 하나 가지고 있는 게 든든하고 좋지요" 그러더라구. 그 말도 또 맞다 싶드라구. 그래서 "나는 절이 어디 있는지 어떻게 가는지를 모르니 아줌니 갈 때 데려가주세요" 그랬어. 그렇게 해서는 약속을 잡구 그 여자랑 절에를 한 번 갔어. 같이 가서는 아주 솔직하게 깨놓구 말을 했지. "절이니까 절을 하기는 해얄 건데 어디다 대구 어떻게 절을 하는지를 모른다" 그랬어. 그랬더니 그 여자가 어느 방으로 데리고 가 스님 하나한테 인사를 시켜줘. 그러구는 젠장 뭐 자기는 갈 데가 있다구 먼저 가더라구.

봉원사인지 봉국사인지 정릉에 있는 절 있잖아, 그거더라구. 사십대 중반이나 돼 보이는 스님인데, 앉아서 나를 멀끄러미 쳐다보더라구. 그런가부다 하면서 나도 그냥 앉았는데, 한참을 그러구 앉았더니 드릴 말씀이 있다면서 말을 꺼내. 말인즉슨 "보살님은 평생을 아무리 노력해도 잘 되는 일이 없다. 아무리 애를 써도 그 애쓴 대가를 별로 받지를 못한다. 아득바득해서 주변 사람들 굶지 않도록만 멕이는 사람이지, 평생에 큰돈도 없고 영화도 없다. 자식이든 누구든 남들 덕으로 해서 보살님한테 뭐가 잘 되고 하는 그런 사람이 아니다. 그러니 그저 남들한테 해주는 거에 만족하고 대가를 바라지 마라. 대가 바라면 오히려 보살님 마음만 힘들고 자식이나 주변 사람들이랑 힘들어지기만 한다. 마음을 넉넉하게 먹고 노력은 하되 열매도 대가도 바라지 마라. 그러면 마음이 편하고 오히려 그게 복이다. 복 빌 생각이라면 더 올 거 없고 마음 닦을 생각으로나 절을 오시든가 하라" 그러는 거야 글쎄.

그 말 들을 때는, 아니 젠장, 뭐 이런 놈의 땡중이 다 있나 하구 기분이 나빴지. 그럴 거 아냐? 지가 나를 언제 봤다고 묻지도 않았는데 첨 보는 사람 붙잡구 모진 팔자 얘기부터 하느냐구. 그러구는 다른 일이 있다면서 저는 나가버리네. 기분이 드럽더라구. 읎이 보여서 무시당한 거 같고. 그래가지구인저 절을 더 다니고 말고 할 거도 없었지. 먹고살기도 힘든 년이 도 딲자고 절 다닐 시간이 어딨어? 근데 내가 살아오면서 가만 생각해보면 그 스님 말이 맞는 거야. 해주기만 하고 대가를 안 바라는 게 힘들어서 그렇지, 그게 내 팔자인 거야. 더 볼 일이야 없었지만, 살면서 어려울 때마다 그 스님 말이 생각나면 마음이 좀 덜 힘들기는 하더라구. 그러니 운명이니 팔자니 그런 거를 아무리 안 믿을래도 자꾸 믿어지고, 믿어버리는 게 더 맘이 편하더라구.

빌어먹을…… 나는 평생 내 손으로 식구들 먹여 살려야 하는 팔자였어. 지금이 외려 제일…… 뭐랄까…… 그래, 행복해. 혼자 사는 거는 좋아, 속도 편하고. 허리 아프네 무릎 아프네 해도 지금이 젤 편해. 쌀 떨어지면 누구 돈으로든 한 포 못 들여놓겠어? 새끼들 멕일 걱정 가르칠 걱정 없으니 지금이 젤로 편한 거야. 옛날 같으면 굶는다고 쌀 주구 돈 주구 하는 게 어딨어? 그냥 새끼들 끌어안고 굶고 앉았거나 거렁뱅이 짓이라도 하는 거지.

근데 지금 세상은 얼마나 좋아? 노인들 통장에 돈도 꼬박꼬박 넣어주고, 없이 산다고 쌀도 주고 뭐도 주고. 노인들이 더 바라면 안 되지. 나라도 힘들고 젊은 사람들도 힘든데, 노인들이 나라 고마운 줄을 알아야지. 옛날에는 저녁 먹고 나면 아침 걱정, 아침 설거지 하면 저녁 걱정. 아구, 지랄…… 그걸루 세월을 보낸 거야. 근데 지금은 떨어질 만하면 어디서 주고, 아무 데서도 연락이 없다 싶어서 통장 찍어보면 안 굶을 만큼은 들어와 있더라구. 그래가지구인저, 굶게 생겼는데도 없으면 달라고 하면 되지 뭐. 내가 쌀 떨어졌다구 알리면 김 선생이 누구 껴라도 연결을 해줄 거 아냐, 그치? 저엉 없으면 동회든 구청이든 쫓아가서 달라고 하면 되지 뭐, 하하하.

이 없으면 잇몸으루 살구, 내 꺼 없으면 남의 껄루 먹구살면 돼, 안 그래요? 아무리 늙구 없이 살아도 무릎하고 틀니만 있으면 살 만해. 어디서 뭐 먹으러 오라 그러면, 틀니는 끼고 나서야 할 거잖아. 무릎 더 망가지면 집으로 가져오라 그러지 뭐. 요즘은 도시락 배달해주는 데들도 있더라구. 나더러 목소리 크다고 죽은 영감이랑 애들이랑 평생 뭐라고 했는데, 난 하고 싶은 소리 다 하고 살아서 맺힌 게 없어.

이런 양반이니 요즘 뉴스거리인 극빈 우울, 소외에서 이어진 '독거노인 자살'을 하는 것은 가당치 않은 일이다. 만에 하나 자살을 했더라도 기사가 저런 식으로 뽑히며 불쌍 타령을 하면, 미경이라도 나서서 녹취 자료를 들이대며 정정 보도를 요구할 거다. 송장째로라도 뻘떡 일어나 욕지거리를 퍼부을 노인네다. "아, 증말 쪽팔려서 가만 죽어 자빠졌을 수가 없네. 야 이 씨팔것들아, 너네가 날 알아? 불쌍? 지랄하고 자빠졌네. 나 가난한 거를 내 힘으로 버티고 살았는데 내가 왜 불쌍해? 할래믄 불쌍 말고 존경을 해! 이 펜대나 굴리구 살아온 것들아!" 그 비슷한 욕을 퍼부으며 관 뚜껑을 젖히고 튀어나올 거다. 다시 관 뚜껑을 덮고 드러누워 혼자 통곡을 할지언정. 만에 하나 자살이더라도, 다른 맥락이 있을 거다. 적어도 미경만은 수긍하면서 황 노인의 깔깔대는 웃음을 떠올리고 "잘 하셨습니다" 하며 이별할 수 있는 스토리 말이다.

미경은 스스로가 왜 계속 가난과 고난에 관심을 갖는지에 대한 의심을 품고 있다. 사회 구조에 대한 문제의식, 고난을 견뎌온 사람들 속의 힘을 확인하는 것, 35년 묵은 운동권 기질 등이 이제껏 미경 스스로 정리한 설명들이었다.

그런데 고난이나 가난의 현장과 그 안의 사람들에게 가까이 갈수록 그 설명들 말고 더 깊은 자기 안의 요인이 있다는 느낌이 의심의 꼬투리가 됐다. '천성'이니 '원래'니 하는 단어를 싫어하는 미경은 '양심' 또한 학습된 사회문화적 요소로 여긴다. 애초에 온전히 사적인 것은 없다는 생각이지만, 구태여 사적 자아와 공적 자아로 구분한다면 위의 설명들은 대체로 공적 자아에 해당되는 것이다. 스스로 공적 자아가 다른 사람에 비해 더 크다고는 생각하지만, 그것 외에 더 깊은 자기 안의 원인이 있어 보인다. 남의 생애를 듣다보면 자꾸 자기 살아온 이야기가 되짚어진다. 특히 남의 상처와 어두움을 듣고 쓰다보면 자기 안의 그 비슷한 것들이 헤집어지면서 남과 나 사이가 연관되어 있다는 것을 알게 된다. 물론 단순하고 편편한 연결이나 연관은 아니다. 때때로 뒤틀리고 충돌하며 배반하거나 신경질을 뿜으면서 결국 자신 속 상처와 어두움을 노려보고 파헤치는 동력이 되었다가, 또다시 바깥으로 향한다.

미경은 스물넷에 한 결혼 이후 대체로 중하위 계층으로 살아왔지만, 결혼 이전까지는 중상층에 속했다. 특히 삼십대 초반 이후로는 계속 다양한 가난의 현장을 떠나지 않을 뿐 아니라 쫓아다니고 살다보니, 여기에는 뭔가 더 사적이고 심리적인 원인이 있다고 여기게 되었다. 물론 가난한 살림에 가난한 노동을 하니 근처에 가난이 널려 있는 편이지만, 남의 가난을 속속들이 알고 싶은 마음은 사회적 관심 이전에 자기 내면의 욕망과 이어진 거다. 아무리 글을 쓰고 싸워대도 빈부의 세상이 뒤집힐 가능성은 고사하고 점점 더 악화되는 사회에서, 소위 "희망 없이! 하염없이!"를 되뇌며 남의 가난을 도둑질해 그것을 재료로 글을 쓰고 강의하며 자기 삶을 운영하는 것은 아닌지도 의심하게 된다. 가난에 대한 관찰이나 경로 찾기가 단지 구경이나 간접 체험 정도로 멈추거나 심지어

대변代辯 따위를 명분 삼아 생활비도 벌고 필명도 얻는 것에서 그친다면, 남의 가난을 훔쳐 가공해 팔아먹는 짓이라는 생각도 한다. 여차하면 '훔쳐 먹기'에 머무를 수 있음을 경계하면서, 흔한 윤리나 표백된 언어들 말고, 다른 유의 음침하고 질긴 힘줄이 자기 내면과 연관되어 있음을 최근 들어 자주 생각한다.

특히 글쓰기를 생계와 삶의 방식으로 삼게 된 최근 10여 년간, 갈수록 그 의심에 대한 추적이 멈춰지지 않는다. 관음증이나 노출증 혹은 가학이나 피학의 징후도 있어 여차하면 그중 어느 쪽으로 찍 미끄러져서 시행착오를 넘어 다시 망신의 나락으로 떨어져버릴 수도 있겠다 싶다. 예순 넘어서 오는 망신은 회복 불가능할 수 있다는 생각이 들어 위태로운 추적에 조심操心도 섞지만, 위험한 경계야말로 추적을 멈출 수 없게 하는 쾌락이며 글 쓰는 자로서 미경이 선택한 윤리적 위치다. 그러니 그 추적을 멈추는 것은 미경에게 게으른 타락이거나 죽음이다. 자기 안을 향한 이율배반적이고 분열적이며 질긴 힘줄을 놓치지 말고, 안심하지도 말고 내내 의심하며 끝끝내 붙들고 늘어지며 즐기고 힘겨워하다가, 몸의 기운이 다하면 싹둑 잘라내 끝을 내면 된다.

'나는 왜 가난과 고난을, 고통을 듣고 관찰하고 쓰는가? 아니 그전에 왜 쓰고 싶은가?' 이 의심이 이른 아침 황 노인의 안부를 확인하러 가는 미경의 동력이고, 자살 예고일 수도 있는 문자를 읽으면서 무의식중에 솟아오른 심란함과 설렘의 이유다. 이번엔 심란해서 더 설렌다. 터놓고 말해 남의 심란함이다. 자신은 당하지 않으니 잘 관찰하고 기록하면 된다. 실은 미경 자신에게 닥쳐오는 고통 역시 당하는 김에 가능하면 관찰하고 쓴다. 그 경우 당연히 설렘은 나중에 오고 심란함이 먼저 온다. 그럼에도 가장 독한 재미는 자신의 고통을 대할 때 생긴다. 관찰 대상과의 밀착도가 높아 더 독하게 속속들이 노려볼 수 있어서다. 그래봤자 이쪽에도 '왜 쓰는가?' '왜 쓰고 싶은가?'에 대한 적확한 답은 없다. 답인가 싶다가도 다시 의심이 이어진다. 그러다가 죽을 거다. 아직 살아 있으니 닥친 김에 의심의 진도를 더 나가보는 거다.

기가 차고 이른 죽음이 널려 있는 요즈음, 자살이든 자연사든 고립사든 자식들이 임종한 죽음이든 죽음과정의 차이는 별도로 치고, 여든셋의 죽음은 어쨌든 타당하다. 나아가 여든셋 아니라 몇 살이더라도, 태어남을 선택할 수 없는 인간이 죽음을 스스로 선택하는 것은 고유한 권리다. 늙음과 죽음에 대한 두려움과 연민은 혐오의 이면이며, 틀에 박히고 게으른 고정관념이다.

자살을 반드시 막아야 한다고 생각하지 않는데, 미경 업무의 주요 목표는 독거노인의 자살과 고립사 예방이며 이를 위한 핵심 업무로 주 2회 전화와 주 1회 방문을 해야 한다. 업무 교육 중 연 1, 2회 있는 자살 예방 교육은 거의 같은 내용을 되풀이하는데, 매번 뛰쳐나오고 싶을 만큼 신경질이 난다. 구조적 관점으로 본 원인과 대책에 대해서는 거의 언급하지 않기 때문이다. 고립사나 자살이 빈곤과 소외와 깊은 관계가 있다면 생애 동안의 불평등이 가장 큰 원인일 것이다. 낙인이나 자괴 역시 그 불평등에서 이어진다. 그런데 특히 '독거노인'이라는 단어로 대표되어버린 빈곤한 노인에 관해 국가가 관심을 두는 부분은 우선 고령사회로 인한 국가 재정 문제 아니면 자살이나 고립사 등 죽음의 방식 정도다. 정리하면 노인이 안 죽어서 문제가 크다는 것이고, 그러니 죽는 것은 필요한데 죽는 방식은 산 사람 생각해서 보기 좋게 죽으라는 요구다.

미경의 관심은 노인 삶의 구체적 내력이고, 타인과 사회의 해석으로 오염되지 않은 가난한 노인들이 삶에 대해 스스로 내리는 해석이다. 문제는 노인들 자신의 해석이 사회의 고정관념에 이미 오염되어 있다는 점이다. 한 노인의 고립사와 자살을 놓고 개인적이고 사회적 상황을 살펴야겠지만 그 자체만을 막겠다는 것은 산 사람들의 마음을 위한 일이며, 빈곤과 외로움과 죽음에 대한 혐오이자, 보고 싶지 않다며 또 한 번 덮어버리는 일이다. 진심으로 죽고 싶은 늙음과 질병과 빈곤과 소외가 널린 세상이다. 원인에 관한 정책이 빠진 자살 예방 대책은, 산 사람들을 위해 그런 식으로 죽지 말라는 무리한 요구이자 무례다. 고립사와 시신 상태와 죽음 의례에 관한 왈가왈부 역시 산 사람들을 위한 일이다.

센터가 최악으로 여기는 사고는 '관리' 대상 노인의 자살과, 자살이든 자연사든 홀로 죽어 뒤늦게 시신이 부패한 채 발견되는 고립사다. 아니, 그 자체라기보다 그것이 보도되어 센터 안팎이 시끄러워지는 일이다. 이른 시간에 미경이 일단 노인 집으로 가는 것 역시 시끄러움을 막기 위한 업무다. 첫째, 고립사나 자살이더라도 일찍 확인하자. 둘째, 막을 수 있다면 막아보는 것도 업무다. 셋째, 별일 아니라면 하던 대로 하자.

하지만 미경의 내심으로는 다른 이유가 먼저다. 혹 죽음이 맞다면 목도하고 싶다. 자연사든 자살이든. 노인복지 현장에서 밥을 벌거나 다양한 활동을 하면서 가능한 한 죽음에 가까이 다가가려 했고, 할 수만 있다면 목도하려고 했다. 독거노인이 자기 집에서 사망하면 생활관리사가 죽음을 목도할 가능성은 상당히 높다. 죽음을 목도하고 싶은 이유 중 하나는 죽음에 관한 흔해빠진 소문이 거짓임을 확인하기 위해서다.

지난 2일 잠깐의 방문에서 황 노인은 별다른 기색이 없었다. 원래는 전화로만 안부 확인을 할 생각에 오전 9시 30분경 통화를 했는데, 노인이 오전 중으로 꼭 와달라고 했다. 의외다 싶었고, 근처 다른 노인도 방문할 일이 있어 오전 11시 좀 넘어 황 노인에게 갔다. "어르신, 저 왔어요" 하며 계단을 내려가는데, 기다렸다는 듯 현관문을 열고 올려다보며 "40만 원인데 좀 맡아줘요" 하며 봉투를 내밀었다. 오늘은 좀 바쁘다고 했다. 집에 들이지는 못한다는 말이다. 그동안 너덧 번 미경에게 돈을 맡겨왔고, 금액은 20만 원에서 30만 원 정도였다. 빌려달란 것도 아니고 맡기는 거여서 구태여 마다할 것이 없었다. 노인은 돈을 몸에 지니고 있으면 자꾸 나갈 일이 생긴다는 거였고, 은행으로 들어오는 돈이 필요할 때마다 조금씩 찾으러 들락거리기에는 무릎이 삭았다고도 했다. 이해 못할 일도 아니고 미경이 실수만 안 하면 문제 생길 일도 아니어서, 하자는 대로 해왔다. 이 정도의 친밀관계가 복지 전달자와 수혜자 사이에 흔한 일은 아니지만, 구술생애사의 주인공과 필자 관계이기도 해서 예외를 만들어왔다.

그날도 늘 하듯 재미 삼아 증거를 남겼다. 봉투에 '9월 2일, 황문자가 김미경에게 40만 원 맡김'이라고 미경이 쓰고 노인에게 이름을 쓰게 한 후, 5만 원짜리 여덟 장을 봉투 바깥으로 반 정도 보이게 펼치고 두 얼굴과 함께 사진을 찍어 노인 휴대폰으로 보냈다. 자기 휴대폰으로 온 사진을 보며 "영수증이네, 이거 봐, 알뜰폰도 할 거 다 한다니까" 하고 깔깔 웃었다. 늘 하듯 무릎은 좀 어떠시냐고 물었고, "아구 젠장할, 이놈의 무릎이야 늘 그렇지 뭐. 톱으로 쓱쓱 썰어가지구는 수돗물 좌악 틀어서 쇠수세미로 싹싹 씻어 내버리면 좀 시원할 거 같아"라고 해 둘이 또 한바탕 웃었다. 바쁘다며 집 안으로 들어가려는 노인에게 식중독 조심하시라는 말을 했을 거다. 요즘 독거노인 안부 확인의 주요 멘트는 '무더위와 식중독'이다. 그날 별다른 기색이 있었나. 상황과 말과 표정을 여러 번 되돌려봐도 없다.

지하철 사하역 3번 출구로 나가는 계단을 올라간다. 이 계단은 몹시 가파르고 길어서 미경에게도 무리다. 계단 밑에서 위를 올려보기만 해도 벌써부터 막막해진다. 계단을 오르면 곧 숨이 차고 3분의 2를 넘어설 즈음이면 무릎과 허벅지가 뻐근해진다. 이 역의 엘리베이터는 두 번을 갈아타도 지하 1층까지만 간다. 3번 출구 쪽에 사는 무릎 아픈 노인들이 지하철에서 내려 지상으로 올라오려면 경로가 복잡하고 힘든 경로를 지나야 한다. 우선 지하 2층에서 엘리베이터를 타고 지하 1층까지 와서 개찰구를 통과한 후, 지하 1층에서 2번 출구 쪽 에스컬레이터와 계단을 이용해 지상 1층 길거리로 올라온 후, 신호등 있는 건널목을 건너 3번 출구 쪽으로 가야 한다. 그렇더라도 노인들에겐 그 경로가 미경이 지금 오르는 길고 가파른 계단보다 낫다.

명절이나 어버이날처럼 동일한 후원 물품을 짧은 시간 내에 여러 명에게 전달해야 할 때 미경은 3번 출구 앞 인도를 사용한다. 미경이 담당하는 노인들은 3번 출구 인근에 가장 많이 산다. 그다음이 2번 출구 인근이다. 1번 출구 쪽 아파트 단지의 임대 아파트에도 세 명이 있다. 사하역 인근 도로는 사거리고 로터리 바로 근처에 네 개의 건널목이 있다. 어느 출구 쪽에 살든 3번 출구 앞 인도로 오느라 계단을 오르내릴 일도 없고, 건널목을 건너느라 멀리 돌아갈 일도 없다. 지하 2층에 '만남의 장소가 따로 만들어져 있지만, 노인들로서는 계단을 오르내리지 않아도 되는 길거리가 물품 받기에 가장 좋은 장소다. 10킬로그램 이하의 쌀이나 4킬로그램 정도의 김장김치를 10여 명에게 한꺼번에 나누는 날은 센터 측에서 각 생활관리사의 담당 지역마다 한 곳의 거점을 정해 차로 한꺼번에 부려놓아준다.

　생활관리사는 해당 노인들에게 시간과 장소를 알리면서, 간단한 짐을 실을 수 있는 캐리어나 노인용 유모차, 보행 보조기를 끌고 올 것도 알린다. 남성 노인 중 일부는 어깨에 짊어지고 가기도 한다. 저 정도의 물량을 노인 방까지 일일이 가져다주는 것은 불가능하다. 거동이 심각하게 힘든 경우를 제외하곤 3번 출구 앞까지 모두 나온다. 남들의 시선을 신경 쓰는 노인이 없지 않지만, 짧은 시간 안에 무거운 물품을 배분하기 위해서는 불가피하다. 까다롭게 따졌다가는 아예 자기 몫이 없어지는 것을 노인들은 안다. 생활관리사가 그 물품의 지원 대상 목록에서 노인을 빼는 거다.

　황 노인 집도 3번 출구 인근이다. 계단을 다 올라와서 확인한 시각은 7시 24분. 출구 방향으로 직진해서 150미터쯤, 오른쪽으로 꺾어서 30미터쯤, 두 시 방향으로 난 골목으로 꺾으면 노인이 사는 집이 보인다. 정확히는 노인의 지하 방으로 내려가는 계단을 외부와 막아주는 유리창들이 보인다. 골목으로 들어가 10여 미터를 걸어 1층 현관문. 이 문은 닫혀만 있지 잠그지는 않는다. 지하 1층에는 두 개의 현관문이 있다.

　오른쪽 현관문을 두드리며 노인을 부른다. "황문자 어르신!" 대답이 없다. 다시 부르며 손잡이를 돌린다. 잠겨 있다. 휴대폰을 누른다. 꺼져 있다. 집 전화번호를 누르자 집 안에서 신호음이 울린다. 현관문을 열면 거실 겸 부엌이 있고, 거실 건너 안쪽에 방이 있다. 전화는 그 방 안에 있다. 소리로 봐서 방문은 닫혀 있다. 옆 현관문을 두드릴까 하다 그만둔다. 너무 이르고, 그 집 사람은 한 번도 만난 적이 없다.

다른 때라면 오전 7시 30분은 노인이 공공근로를 나가 있거나 나갈 준비를 할 시간이다. 주 3일 하루 세 시간을 일한다. 그 수입과 기초노령연금이 노인의 정기 수입이다. 이젠 자식들이 용돈을 안 준다고 했다. 자식들과의 돈 문제를 노인들이 생활관리사에게 솔직히 말할 거라고 기대하진 않는다. 가난한 노인들이 후원을 더 받자고 가난을 과장하는 건 당연하다. 속지 않는 방법은 믿지 않는 거다.

지희수 할머니에게 연락해볼까 생각하다 접는다. 지희수는 황문자와 같은 공공근로 팀이고 미경의 대상자이기도 하다. 이렇게 이른 시간에 황 할머니가 일을 나왔는지를 묻는 것은 예삿일이 아니라는 느낌을 준다. 9시 이후로 미룬다. 불가피한 사람들을 빼고는 아직은 어떤 낌새도 풍기지 않는 게 낫다.

계단을 올라와 길에 선다. 주택가여서 등교하거나 출근 중인 사람이 여럿 지나간다. 길 한쪽 돌에 걸터앉는다. 뇌는 돌아주는데 몸통은 쉬자고 한다. 여전히 꽝일 거라는 예감과 건조한 냉정을 함께 붙든다. 온 김에 집 안을 확인하자. 이 집 화장실을 쓴 적이 있다. 현관문과 대각선 방향으로 화장실 문이 있다. 변기와 수도와 세탁기와 다라이 등이 있는 화장실 공간은 애초에 집에 딸린 게 아니었다. 집 벽과 담 사이에 플라스틱 슬레이트를 얹고 바닥 공사를 한 거다. 폭 0.8미터, 길이 2.5미터 정도의 기다란 공간이다. 그 끝에 있는, 안집 마당을 향한 비닐 문을 본 듯하다. 정확하지 않지만, 안집과의 편한 출입구로 당연히 있을 만하다. 집을 끼고 골목을 돌아 대문으로 간다. 이 길을 지나간 적은 있지만 그 대문으로 들어선 적은 없다. 대문은 잠겨 있다. 사람을 부르지 말고 가능하면 혼자 하자. 목격할 것이라면 첫 목도는 혼자서 찬찬히 하고 싶다. 대문 바로 옆으로 좁은 골목이 보인다. 골목이라기보다 담과 담 사이에 사람 하나가 겨우 비집고 들어갈 만한 틈이다. 3미터쯤 안쪽 담에 쪽문이 보인다. 잡풀과 쓰레기를 밟으며 들어가다 찍 미끄러져 넘어질 뻔한다. 쓰레기 썩는 냄새와 시궁창 냄새. 모든 악취마다 미경은 자신의 암내를 떠올린다.

합판으로 만든 쪽문. 문을 밀자 흙먼지와 나뭇잎들이 떨어지고, 문짝 귀퉁이들이 덜그덕거리다가 열린다. 들어서니 마당 귀퉁이다. 노인 집 화장실에서 본, 비닐과 각목으로 만든 문이 있다. 다가가 당기니 열린다. 노인 집 현관문 쪽에선 지하 1층이고, 대문 쪽에서는 1층이구나. 신발을 벗어들고 들어가며 노인을 부른다. 화장실에서 부엌으로 들어가는 문은 30도 정도 열려 있다. 안은 어둡다. 들어서지 않고 다시 부른다. 목소리가 가라앉아 있구나. 새벽 2시 이후, 아니 어젯밤 11시경 잠자리에 들면서부터, 아니 어제 저녁 어느 시간 이후 말을 안 했다.

황문자는 말했었다.

"뉴스에 나오는 거처럼 혼자 죽구 썩어서 찾아지는 거는 안 당해야 할 텐데. 밉든 곱든 자식들한테 그 꼴을 당하게 할 순 없잖아. 죽은 나야 뭘 알겠어? 내가 계속 전화 안 받으면 얼른 와서 나 좀 딜이다봐요. 나한테 젤로 자주 전화해주는 사람은 김 선생이니까."

심장 박동도 빨라져 있구나. 인식은 틀어쥐고 있는데, 몸은 제멋대로 무조건적 반응을 한다. 쪽대문과 화장실 들어오는 문까지는 떨리지 않았다. 긴가민가하며 찾은 문들이 열려주기까지 해서 다행이라는 느낌만 있었다. '여기서부터는 떨리는 사람이구나, 나도.' 낯설고 위험한 현장에서 홀로 미확인된 것과 불확실을 하나씩 꼽아 지워가며 통과하는 일은 위태로워서 매혹적이다. 불안과 설렘. 청년 시절 도벽 증상이 발동할 때마다 맨 먼저 왔던 떨림이다. 젖무덤 사이에서 비릿한 쇠 냄새가 묻은 예리한 통증이 온다. 문득 자신 안에서 나왔다가, 제 할 일을 하곤, 다시 자신 안으로 들어간다. 통증과 떨림을 건조한 냉정으로 다독거리며 위험한 경계를 넘어선다. 멈추지 않겠다. 그렇게 길을 만들어왔다. 해독 불가능한 도벽증에서 건져낸 미경의 알맹이다. 담배를 안 피웠구나. 긴장하고 있는 거다.

그 시절엔 멈추고 싶었고, 멈출 수 없었다. 그 시절 이후 '도벽'이라는 단어를 머릿속에 수도 없이 떠올리며 살았지만, 쉰이 넘어서까지 혼자 있을 때조차 글씨로도 소리로도 만들어내지 못했다. 일기장과 메모장, 컴퓨터 한글 파일에 꼭 써야 할 때에도 '도○'이라고만 했다. 손과 심장이 후들거렸다. 오십대 중반, 십대와 이십대의 도벽을 우선 스스로에게라도 해명하고 싶다는 생각이 왔다. 오십대 초반부터 사람들의 생애를 듣고 쓰는 일을 하는 동안 계속 자신의 생애가 돌아봐졌고, 특히 자신 속의 해결되지 않은 상처와 어두움을 되돌아 끄집어내 거리 두기를 하고 글로 쓰면서 자기 안에서 힘이 자라났다.

'도벽'이라는 막강한 검은색 차돌멩이는 내면 어딘가에 처소도 없이 박혀 있다가 꿈에서건 생시에서건 무시로 떠올라 자신의 꼬라지를 보여주었다. 오십대 중반 이후 일부러 두 글자를 온전히 쓰기 시작했고, 발음도 했고, 생각과 문장으로 정리해나갔다. 그러면서도 늘 그 단어 앞에서 일단 멈춰졌다. 심장의 빠른 박동과 통증을 느끼며 기억을 세세히 뜯어내고 풀어가고 해석을 이어나갔다. 다른 글이나 일 때문에 중단하다 다시 하기를 반복했다. 집중적으로 이어가기엔 너무 힘겨운 일이기도 했다.

차차 해명의 실마리가 풀려갔다. 작년에 월간 정기간행물에 1년간 칼럼을 쓰기로 하면서 혼자 하던 짓을 이제는 공적인 글로 만들어야겠다는 생각을 했다. 「나는 도둑년이었다」라는 제목의 첫 원고를 보냈고, 넉 달에 걸쳐 그 주제의 글 네 편을 연재하고 마쳤다. 충분히 풀어내지 않은 기분이었지만, 남의 정기간행물에 지독히 사적인 것에서 시작하는 동일한 주제의 글로 4회 차를 넘기는 것은 자기중심적으로 느껴졌다. 지금도 자신뿐 아니라 타인에 의해 이 단어가 언급되는 모든 순간에, 심장 박동이 빨라지고 혼신이 집중되며 숙연해진다. 도둑질 현장마다 반복되던 증상이다. 도

벽에서는 빠져나왔는데, 몸과 뇌의 증상들은 거의 그대로 남아 있는 거다.

'도벽'의 낱말 뜻, '습관적으로 물건을 훔치는 버릇'. 과거 한동안 자신의 일면이었던 것에 관한, 간결하고 정확하며 반론의 여지가 없는 설명이다.

증상 시작의 맥락을 수도 없이 되돌아봤다. 어린 시절 엄마는 시장이나 동네 사람들을 상대로 '돈놀이'를 했고, 미경이 초등학교 2학년 즈음부터 돈 심부름을 시켰다. 학용품이나 학교에 필요한 돈에는 많이 야박했고 잔소리와 불만이 붙었다. 남편이 경제적 가장의 역할을 하지 않는 상황에서 엄마는 자식 다섯을 키우며 늘 불안해했고, 지출을 줄이고 돈을 모으는 것에 아등바등했다. 돈 심부름은 시키면서 필요한 돈은 주지 않으려는 엄마. 엄마의 기분 상태를 살펴 힘들게 돈을 달라고 말하는 미경에게 엄마는 돈 벌지 않는 남편에 대한 불만을 쏟아냈다. "니 아버지한테 달라고 그래!" "여편네가 아침부터!" 그러면서 부부싸움이 이어졌다. 자신으로 인해 또 부부싸움이 시작됐다는 자책감과 불안과 싫음. 학교 갈 시간에 엄마와 아버지의 신경질과 고함 사이에서 탁구공처럼 오락가락 넘겨져야 했던 어린아이.

학교 친구들에게 돈을 자주 빌렸고, 갚지 못했고, 기억이 분명하지만 까먹은 듯 핑계를 대곤 했다. 친구들 사이에서 '빚쟁이'라는 별명이 붙었다. 심부름하던 엄마 돈에서 삥땅을 시작했다. 초등학교 2학년 즈음부터 가끔, 학년이 높아지면서 점점 자주, 그러다가 선을 넘어 중독증으로 건너갔다. 그렇게 단선적이고 평평하지 않다. 그 시절 여러 혼돈이 뒤엉켜 있었다. 아버지와의 싸움, 액취증, 명랑하고 똑똑한 아이와 '계집애답지 않은 년'.

휴대폰 벨 소리. 심장에 뭉툭한 충격이 떨어진다. 순간 숨도 멎는다.

별수 없구나, 나도.

무리 속에 살면서 무리의 통속을 자신에게서 확인하는 건 때론 안심이고 대체로는 나태의 증거다.

임종이 닥쳤다는 엄마에게 갈 때, 걸어서 15분 정도의 거리를 택시를 집어타고 갔다. 택시비 생각이 났고, 이 상황에 택시비 생각이 나는 자신이 흥미로웠다. 장례 중 필요한 옷가지를 미리 챙겨둔 캐리어를 끌고 밤 12시 20분 즈음의 밤길을 걷는데, 걷기 힘들 정도로 다리가 후들거렸다. 후들거림이 생경하고 반가웠으며, 나중에는 두고두고 후들거림의 이유가 의심스러웠다. 혹 엄마의 임종을 놓칠까봐 조급했던가. 아니 '엄마의' 임종 따위는 그때나 지금이나 미경에겐 없다. 엄마는 죽게 되어 있었고, 어서 가시라고 그만 편히 가시라고 자식들도 서방도 모두 응원하고 있었다. 한 사람의 죽음의 순간을 밀착해서 고스란히 목도하고 싶었다. 하지만 그 후들거림은 조급함이나 목도 욕망에서 오는 것은 아니었다. 자신의 시작인 엄마가 자신과 물질적으로 회복 불가능하게 분리된다는 것에 대한 몸의 반응이었나. 엄마가 아닌 황 노인의 죽음을 목도하러 가는 지금도 몸이 떨린다. 그렇다면 그 후들거림은 죽음에 바짝 다가가는, 생명 있는 존재들의 자기 보호 본능인가. 뒤집자면 삶의 궁극인 죽음에 대한 불안과 설렘인가. 그 위태로운 경계에 선 자의 후들거림인가.

전화를 건 이는 이승혜다. 손에 들고 있던 단화를 변기 맞은편 담에 세워놓고, 변기 뚜껑을 덮고 앉아, 목소리를 가라앉히고 전화를 받는다. 저쪽은 톤이 높고 흥분해 있다. 상황을 간략히 설명하려는데 질문이 이어진다. 적당히 응하고 지금 방에 들어가려고 하니 나중에 이야기하자고 말한다.

"혼자서 괜찮으시겠어요?"

'지난봄'

지난봄 센터에 사건이 있었다. 30평형 고급 빌라에 혼자 사는 칠십대 초반의 남성이 여러 날 전화를 받지 않았다. 휴대폰은 있지만 생활관리사에게 번호를 알려주지 않았고 방문도 허락하지 않아, 집 전화와 연 3회 정도의 불가피한 방문으로 관리하는 대상자였다. 평소 전화도 잘 안 받다가 모처럼 통화가 돼 안부를 물으면, 귀찮다는 듯 낮은 목소리로 "안 죽었어요" 하고 끊곤 해 센터에서 유명한 노인이었다.

대체 이 남자가 어떻게 명단에 들어왔는지 내역을 아는 사람은 없었다. 아마 퇴직한 누군가가 오래전 등록시킨 듯했다. 수혜자가 요청해 서비스를 중단할 수 있음을 알린다면 당장 중단하라고 할 사람이지만, 이런 노인일수록 고위험군이어서 '주 2회 전화, 주 1회 방문'은 못하더라도 최대한 연락하며 주목하는 예외 사례로 관리되었다. 노인 말대로 죽었나 안 죽었나를 확인하기 위해서라도 명단에 두어야 했다. 담당 생활관리사는 그에게 전화할 때마다 심장이 떨린다고 했다.

연이어 닷새째 통화가 안 되자 사회복지사와 센터장에게 보고했다. 여기까지는 다른 생활관리사 중에서도 아는 사람은 알고 있었는데, 그날 센터장은 생활관리사와 사회복지사의 입단속을 단단히 했다. 연락이 끊긴 지 일주일째 되는 날 생활관리사가 방문했다. 다른 방문 때는 사람은 못 만나도 늘 안에서 개가 짖었는데, 그날은 짖지 않았다. 아흐레째 되는 날 남성 사회복지사와 생활관리사가 방문했고, 주변 이웃들에게 수소문했지만 그에 관해 아는 사람은 없었다. 아내와는 이혼했고, 유일한 자식인 아들은 외국에 살고 있으며, 센터에는 아들의 연락처도 없었다. 경찰이 왔고 열쇠공을 불렀다. 노인은 목을 맨 채 죽어 있었고, 개는 없었다.

경찰이 구청 담당 직원과 의사를 불렀다. 의사는 사망 시점을 이틀 전으로 추정했다. 시신 확인 사흘 뒤, 주간 정기 회의에서 센터장은 노인과 생활관리사의 이름을 말하지 않은 채 자살을 의미하는 애매한 단어들로 사건을 공지했다. 입단속을 강조하고 자살 예방을 위한 업무를 언급한 후 죄 많은 영혼의 구원을 위해 다 같이 침묵으로 기도하자며 눈을 감았다가 약 10초 후 떴다. 사건은 보도되지 않았다. 정황상 생활관리사나 센터 측에 책임이 물어질 사안은 아니었다. 다음 정기 회의에서 센터장은, 지난번 일이 선생님들 입조심 덕에 뉴스에 나지 않은 것에 대해 감사하다고 했다.

그날 퇴근길에 박지영이 미경에게 전화해서 말을 안 하면 돌아버릴 것 같다고 했다. 센터에서 두 정거장 떨어진 찻집에서 만났다. 노인이 목을 맸다는 것도, 같이 확인한 사회복지사가 삼십대 초반의 남성 조관수라는 것도 그때 알았다.

센터장은 지영에게 여러 차례 별도로 연락해 입단속을 했단다. 대체 인력이 없다는 이유로 지영과 조관수는 하루도 쉬지 못하고 계속 출근했다. 지영은 너무 힘들고 자주 악몽을 꿔 정신과 상담과 처방을 받고 있었다. 이를 센터장에게 말했는데 힘내시라는 말과 함께 다시 입단속만 강조했다. 미경은 믿고 이야기해줘서 고맙다고 했다. 병원비와 병가를 요구할 수 있고, 하겠다면 도와주겠다고 했고, 지영은 마다했다. 엿새 뒤 그녀는 일을 그만두겠다고 했고, 보름 뒤 신규 생활관리사가 들어왔다.

생활관리사들은 자신이 담당하는 25~30명의 독거노인 중 자살과 고립사 고위험 노인들을 은연중에든 업무상이든 분류하게 된다. 현장에서 느끼는 고위험의 여지는 가족과의 단절, 빈곤, 질병과 노쇠 등과는 상관도가 낮다. 사회에서의 고립이 가장 큰 원인이다. 물론 통계 자료는 다르다.

자살과 고립사는 여러 이유로 제대로 분류되지 않을 가능성이 높다. 빈곤층 노인이나 노쇠 정도가 심한 독거노인들은 복지망이나 보건 의료 등 돌봄 시스템에 들어와 있어, 고립사와 자살의 가능성이 낮다. 독거노인 중 고위험군에는 대체로 젊어서는 잘나가

다가 노년에 초라해진, 정확하게는 초라해졌다고 인정하지 못하는 남성 노인들이 많다. 경제적으로 중간 계층이고, 직장 이외의 가족이나 지인들과의 관계가 원만하지 않은 사람이다. 그런 남성일수록 직장에서 은퇴한 자신을 퇴물로 여기며, 혼자 살면서 불가피하게 해결해야 할 청소, 빨래, 조리 등을 할 능력이 없을 뿐 아니라 그런 일을 초라하다고 여긴다. 우울증이 상당하지만 치료나 상담은 받지 않고, 복지란 극빈층이나 받는 시혜라고 생각해 복지와 연결되는 것을 싫어한다.

　노인 복지를 포함해 대부분의 복지 현장 노동자들은 '자살예방도우미' 혹은 '생명지킴이'로 등록되고, '생명지킴이님! 생명존중 실천 잊지 않으셨죠? 힘들고 지친 이웃에게 희망이 됩시다' 유의 문자를 자주 받는다. 그럴 때마다 미경은 마음이 꼬인다. 특히 '생명존중'과 '희망'이라는 단어에 그렇다.

　더 이상의 수모와 모멸과 빈곤을 견디지 않겠다는 자살이나, 가치관과 소신으로 자신은 여기에서 삶을 끝내겠다고 판단하고 실행하는 '자유죽음'에 대해, 미경은 마음으로 이해하며 최소한 반대만 할 일은 아니라고 생각한다. 자유죽음은 죽음을 준비할 수 있다는 면에서 좋은 죽음이기도 하다. 미경 자신도 자유죽음을 작심하고 있고, 장례 또한 혈족을 떠나 공영장례로 할 것이라고 기회 될 때마다 글과 말로 언급하며 혈족과 지인들에게 뜻을 알린다. 특히 혈족에게 자신의 소신을 충분히 이야기하는 이유는, 자살자의 혈족이 겪는 심리적 고통을 덜어주기 위해서다. 충분히 노력했음에도 고통을 겪는다면 그건 그들의 몫이다.

한편 어떤 수모와 모멸에도, 나아가 이후 희망조차 보이지 않는 상황에서도 살기 위해 기를 쓰는 타인에 대해 미경은 별다른 판단을 하지 않는다. 어떤 상황에선 생존 자체가 유일하거나 최상의 목적일 수 있다. 살아지는 대로 사는 것에 동의하지 않지만, 그 또한 각자의 선택이다. 다만 미경 자신은 그렇게 살아지지 않았고, 이후에도 그렇게 살지 않겠다는 거다. 자살과 자유죽음 역시 모든 인간의 고유한 권리이며 다양한 측면에서 논의되어야 할 사회적 의제다. 인간 이외의 생명에 대해서는 모르겠다. 인간의 감성을 투사해 인간종 바깥의 생명을 해석하는 것에 미경은 별로 동의하지 않는다. 비인간 생물이 '하등'이라는 생각에서가 아니고, '고등'이라는 인간 동물의 감성을 불신하기 때문이다. 인간의 감성과 양심조차 정상 규범에 갇힌 게으른 타성이자 연극이라는 의심을 놓을 수 없다.

고립사나 자살로 뉴스거리가 되는 노인들의 죽음에 대한 해석은 판에 박혔다. 고립사나 자살이 빈곤과 상관 정도가 높다는 면에서, 그것은 중요한 사회적 의제다. 또한 빈곤한 사람들은 가진 자들에 비해 세상의 불평등과 부조리에 맞서 더 많은 고투와 저항을 하며 살아왔다. 하여 고립사나 자살에 대해 산 자들이 할 일은 그들의 고투와 저항의 내력과 쓸모에 이어 세상의 불평등과 부조리에 대한 관심과 실천이다. 하지만 고립사와 자살에 대한 언론과 사회의 관심은 자살의 방식과 송장의 모습에 머물며 비참과 불쌍 타령이나 하곤 곧 잊어버린다.

황문자는 평소든 생애사 인터뷰에서든 죽음에 대해 각별한 생각이 없는 듯했다. 평생을 가난하게 산 노인들의 생각과 크게 다르지 않았고, 이랬다저랬다 했고, 비교적 호탕하고 솔직했다.

죽는 거가 뭐가 무서워, 안 죽어지는 거가 겁나지. 좀 힘들더라도 잠깐이겠지 뭐. 평생 안 해본 거 없이 다 하고 살았는데 남들 다 겪는 죽음이 힘들어봤자 얼마나 힘들겠어? 헐레벌떡이든 헐렐레든 꼴까닥이든 그러다가 끝나겠지. 서방 죽는 걸 봐도 그렇구, 테레비 보면 다 그러구들 가드라구. 자다 죽으면 젤 큰 복이고. 두고 가는 게 많은 연놈들이야 그거 아까워서 죽기 싫겠지. 우리같이 없이 살아온 사람들이야 끝이 있는 게 다행이지 뭐. 죽으면 끝이잖아. 가난도 끝이고 고생도 끝이고 질긴 인연들도 다 끝나는 거야. 끝이 있어서 다행이지 뭐야. 아유, 끝이 없어봐. 뭘 바라고 견뎌? 죽을 게 뻔하고 누구나 다 죽는 건데, 자기 죽는 게 무섭다는 그게 말이 되는 거야? 웃기는 거지, 하하하.

나는 지금이 제일 좋아. 아무리 아프구 없어도 맛있는 거 재미난 일들이 전보다 훨씬 많거든. 그래서 죽는 게 쫌 억울하기는 해, 근데 더 살아봤자 무슨 험할 꼴을 당할지 알 게 뭐야? 그러니 순서 오면 가는 거지 억울하고 말 것도 없어. 나 평생 살면서 공평한 세상 꼴을 못 봤는데, 가만 보니까 '누구나 죽는 거' 그거 하나가 딱 공평하더라. 그거 하나는 좋더라구, 하하하. 이병철, 이건희 뭐 그런 사람들 죽는 거 보면, 그래 너도 죽는구나, 그런 마음이 들어.

게다가 요즘은 뭐 노인이 오래 살아서 문제가 크대매. 테레비에 나오는 게 허구헌 날 그 소리야. 참 내 기가 차서. 늙은이들이 나갈 돈두 없구 무릎 땜에 나갈 수도 없구, 그러니 죙일 테레비 켜놓고 그 앞에 앉았는데, 거기다 대고 주구장창_{晝夜長川} 노인들 안 죽어서 문제가 많대는 소리를 해대는 거야. 돈 없는 노인들이 젤 큰 문제래. 아니 새끼들 멕이구 갈치느라 기를 쓰구 살았지만 새끼들이나 나나 결국 요모냥으루밖에 못 사는데, 내가 왜 문제냐구? 그렇게 생겨먹은 세상이 문제지. 없는 노인들을 아주 대놓고 죄인 취급을 하드만. 그러니 천날만날 방에 혼자 들어앉아 그런 거 보는 노인들이 자살들을 해쌓는 거야. 그러면 또 노인 자살이 문제래면서 개지랄들을 하고.

방송 나와서 떠드는 교수니 뭐니 하는 것들, 지네는 안 늙을 거 같아? 알아, 나두 알아, 노인이 많아지면 나라가 문제가 된대는 거. 그걸 모르는 건 아닌데, 같은 말이래도 그렇게 싸가지 없이 하면 안 되지, 노인들이 젤 많이 보구 앉았는 테레비에다 대고 말이야. 이거는 꼭 책에 써. 한 마디두 빼뜨리지 말구 고대로 써.

자신의 죽음에 대한 미경의 작심은, 몸과 정신 능력의 '어떤 지점'에서 스스로 죽음을 집어 들겠다는 것이다. '어떤 지점'에 대한 기준은 '자존감'과 '사회적 쓸모'다. 부디 그 지점을 숙고하되 단호하기를. 자신에 대해 마지막까지 원하는 것은 글쓰기 기능과 능력이다. 기능이야 다른 방식으로 대체한다 하더라도 생각하는 능력은 대체가 불가능하다. 그러니 죽음을 선택할 시점은 각별한 사고가 없다면 생각을 밀고 나가는 능력의 정도에서 결정될 가능성이 많다. 몸이 노쇠할수록 일상활동 중 선택할 가짓수가 줄어들 테고, 그러니 가능하고 필요한 일들에만 집중하게 될 것이다. 이 또한 장담할 일은 아니니 세세하게 계획할 일도 아니다. 오는 대로 최선을 다해 자신을 살다가 적당한 때를 놓치지 않으면 된다.

9월 4일·4

"어쨌든 확인부터 해야 하니까 들어가야지요. 곧 연락할게요."

전화를 끊고 부엌문을 안으로 민다. 집 안에 노인이 있다면 시체일 거다. 계단 쪽 반투명한 창으로 빛이 들어와 실내가 아주 어둡지는 않다. 부엌으로 들어선다. 방문은 닫혀 있다. 눈으로 벽을 훑어 전등 스위치를 찾는다. 계단으로 나가는 현관문 왼쪽 벽에 있다. 스위치를 올리자 싱크대 위쪽에서 형광등이 켜지면서 어수선한 살림살이가 드러난다. 현관문 잠금장치를 풀고 문을 바깥으로 열어놓는다.

"어르신 안에 계셔요?"

방문 손잡이를 돌리고 안으로 최대한 민다. 갇혀 있던 열기가 얼굴을 덮친다. 안집 마당으로 난 작은 창문엔 두꺼운 커튼이 쳐져 있어 빛이 거의 없고, 부엌 불빛으로 방 안 일부가 눈에 들어온다. 형광등 스위치는 문 안쪽 오른편 중간 정도에 있다. 인터뷰 내내 어두운 방에서 이야기를 풀던 노인이, 손주 사진을 찾느라 형광등 켜는 걸 본 기억이 있다. 방은 여전히 어둡지만 사람 크기의 물체를 못 알아볼 정도는 아니다. 천장과 방 안을 훑는다. 없다. 문턱에 오른발을 올리고 왼손으로 스위치를 더듬어 누른다. 방 안이 확 드러난다. 들어서서 방 전체와 천장을 찬찬히 둘러본다. 없다.

　방은 늘 있던 대로다. 화장대 쪽 바닥 전화기 옆에 있는 공책을 집어 펼친다. '출생 신고'와 '혼인 신고' 등이 적힌 페이지가 열린다. 다른 페이지를 뒤진다. 크고 투박한 글씨로 이름과 휴대폰 번호들이 적혀 있고, 미경이 아는 노인 몇 명의 이름과 번호도 있다. 그 외에 알 만한 사람은 없다. 딸 이름 대신 '누구 엄마'라고 써놓았을 거다. 아들에게는 연락해놓았고, 아직 그 이상에게 연락할 단계는 아니다. 고개를 들고 일어서다가 화장대 거울 속 여자를 보고 흠칫한다. 백팩을 그대로 맨 굳은 얼굴. 순간, 옛날 어느 밤 우물에 비친 자기 얼굴을 귀신의 얼굴로 여겨 놀라 허둥대다 물에 빠져 죽었다는 사람 이야기가 떠오른다.

　뒷걸음질하며 천장이 최대한 들어오는 사진과 방바닥이 최대한 들어오는 사진, 부엌 천장과 바닥이 최대한 들어오는 사진도 찍는다. 방과 부엌 전체를 360도 돌며 동영상을 찍는다. 그러면서 날짜와 시간과 찍는 경위를 녹음한다. 천장이 드러나도록 각도를 잡아 화장실 공간 전체를 한 장에 담는다. 다시 방에 들어가 화장대 옆 벽에 붙어 있는 비상연락망을 찍는다. 미경의 이름과 연락처, 센터 이름과 연락처가 적혀 있다. 새로 써서 눈에 잘 보이는 곳에 붙여놓고 사진을 찍어 조장에게 제출하는 것이 지난 폭염 업무 중 하나였다.

지금 찍는 사진과 동영상은 보고용이 아닌 미경의 보관용이다. 화장대 위를 찍다가, 돌돌 말린 흰 종이를 휴대폰 카메라 화면 안에서 발견한다. 고무 밴드를 빼고 펼친다. 황문자의 영정사진이다. 순간 숨이 멎는다. 죽음에 관한 사람들의 통상을 늘 의심하고 반론하면서, 죽음에 관한 구체적인 물질들 앞에서는 통상적 반응이 먼저 오는구나. 통상은 물론이고 몸의 무조건적 반응에 속지 말아야 한다.

자잘하고 엷은 색 꽃과 새들이 수놓인 옅은 연두색 바탕에 자주색 고름이 달린 저고리, 화장과 머리 손질, 다양한 색깔과 옷감과 치수의 한복과 양장과 양복 윗도리들, 액세서리들, 이발과 면도. 모든 것은 복지관에 준비되어 있었다. "사진에는 상체만 들어가요. 아래는 아무거나 편하게 입으시면 돼요!" "활짝 웃으세요!" 작년 봄 인근 노인복지관에서 '장수사진 봉사단'을 만들어, 70세이상 노인 중 원하는 분들에게 영정사진을 찍어드렸다. 노인복지에서는 흔한 일이고 대부분의 고령 노인들은 별 거부감이 없다. 미경의 노인 중에도 여섯 명이 신청했고 황문자도 그중 하나였다.

준비를 도울 겸 구경 삼아 미경도 참석했다. 모두들 즐거워했다. 복지관 측은 사진이 들어 있는 액자를 군청색 상자에 담아 분홍색과 푸른색 보자기에 싸서 센터로 한꺼번에 배달해줬고, 담당 생활관리사들이 노인들에게 각자 전달했다. 황문자는 만족해했다. 가느다란 은박 테두리가 둘러진 짙은 갈색 액자 속에 씩씩하고 환한 얼굴 사진이 들어 있었다. 액자가 걸려 있던 화장대 위 벽이 훤하다. 액자를 내려 사진을 빼놓고, 액자만 가져갔다.

사진을 다시 말아 고무 밴드를 채우다가 화장대 거울에 끼워져 있는 어른 손바닥 크기의 가족사진을 발견한다. 황의 얼굴로 보아 찍은 지 10년 정도 된 사진이고 늘 그 자리에 끼워져 있던 것 같은데, 황문자 옆 얼굴 하나가 어깨 위에서 깔끔하게 오려져 없다.

전화벨이 울린다. 덜 놀란다. 8시 5분. 주인 아닌 사람이 전화 받기에 아주 이상한 시간은 아니다. 둘러댈 말을 떠올리며 수화기를 든다. "엄마?" 아들이다. 놀람과 화가 묻어 있다. "아, 저는 아까 연락드렸던 생활관리사 김미경이에요." "아, 네……" 금세 감정이 누그러진 목소리다. 자초지종을 찬찬히 설명하고, 같이 공공근로 하는 친구분들에게 연락하며 우선 집 근처에서 노인을 기다려보겠다고 한다. 죄송한데 지금 올 수는 없다며, 여동생에게 연락해서 오게 할지를 묻는다. 호프집을 한다는 막내딸은 잠자고 있을 시간이다. 좀 상황을 보고 자녀분들이 오셔야겠다고 판단되면 바로 연락하겠다고 한다. 가장 최근 통화나 만남이 언제였는지 묻자, 4, 5일 전에 통화했다고 답한다. 어머니가 먼저 하신 거냐고 물으니, 좀 머뭇거리다 그렇다고 답한다. 통화하는 동안 가래를 비집고 올라오는 기침 소리가 여러 번 들린다. 노인은 최근 2, 3년 동안 아들이 전화 한 번을 안 했고 그래서 자기도 연락을 안 한다고 했다. 통화 때 각별한 말은 없었냐고 묻자, 5초 정도의 침묵과 한숨과 기침에 이어 그냥 안부 전화였다고 답한다. 통화를 마치고 가방에서 공책을 꺼내 새 페이지에 '0904 황문자 실종 건'이라는 제목을 달고 메모를 시작한다.

　　오전 8시 5분 노인 집 전화로 아들이 연락. 4, 5일 전에 엄마가 먼
　　저 연락해서 통화한 것이 가장 최근 소통. 좀 머뭇거리면서 안부
　　전화였다고. 무언가 용건이 있었을 수 있음.

　방 형광등 끄고, 방문 닫고, 현관문 잠그고, 부엌 형광등 끄고, 화장실 문 빼꼼히 열어놓고, 화장실을 통과해 마당으로 나와 신발 신고, 화장실 문 닫고, 쪽대문으로 집을 나온다. 아직 안집에서는 인기척이 없다. 허기를 넘긴 탈진과 두통. 다리가 휘청거리고, 설렘과 떨림은 변형되고 잦아들어 잠복 상태다. 골목을 빠져나와 집을 끼고 돌아 다시 지하 1층 현관문. 메모를 써서 붙인다. 모르는 사람은 낌새를 모르게, 누군가 노인의 변고를 아는 사람은 연락하도록.

황문자 어르신, 김미경 생활관리사예요. 010-300○-○○○○.
연락 부탁드려요~^^

신작로로 나와 2분 정도 멈춰 섰다 24시간 해장국집으로 들어
간다. 7000원. 올해 최저시급과 거의 같다. 요양보호사로 최저임
금 시급 노동을 시작한 2008년 이후, 일을 위해 자기 돈으로 혼
자 밥을 사먹는 일은 거의 없다. 대부분의 최저임금 중장년 여성
노동자들이 그렇다. 하루 일정을 예상하며 찐 고구마나 냉동실의
묵은 떡이나 간단한 김밥을 준비해, 길을 걸으면서 혹은 버스나
지하철에 앉거나 서서 배를 채웠다.

요양보호사로 일할 때 오전 네 시간과 오후 네 시간 근무 사이
한 시간의 이동 시간이 있었다. 오전 9시에 시작하는 창신동 치매
할머니 돌봄은 늘 15분 정도 늦게 끝났다. 끝날 때쯤이면 할머니
가 '재를 저질러문제를 만들어'놓곤 했다. 치매여도 미경이 나갈 때 즈
음임을 아는 걸까? 그보다는 할아버지가 집에 돌아오면, 미경이
곧 퇴근한다는 것을 알았을 거다. 미경이 없으면 할아버지의 구박
은 더 심한 듯했다. 미경에게 갖은 욕을 하고 생떼를 부리면서도
노파는 미경이 필요했나보다.

오후 2시에 근무가 시작되는 통인동 할아버지네 집을 가는 건
간단하지 않다. 지하철을 한 번 갈아타야 하고 걷는 거리도 꽤 길
었다. 경복궁역 지하철 화장실 맨 안쪽 칸에서 밥과 김이 뭉개진
김밥과 김치를 먹기도 했다. 처량한 마음이야 혼자 처리할 일이

고, 그나마 안정적으로 먹을 수 있는 공간이지만 냄새와 소리를 남이 알아챌까봐 신경 쓰였다. 오십대 중반을 넘으면서 배를 안 채우고 일하면 이내 팔다리가 후들거리고 진땀이 난다. 남들의 식사 시간과는 별도로 돌아가는 자신의 밥때마저 놓치고 몸이 휘둘리는 날이면, 그날 밤이나 이튿날 탈이 나곤 한다. "밥심으로 산다"는 노인네들의 말을 이젠 문자 그대로 안다. 감기 몸살로 이어지거나, 잦았던 무릎 통증, 오래전에 삔 오른쪽 발목 통증, 치주염과 치통이 삐져 올라오곤 한다. 그러니 일정을 봐서 백팩 안에는 늘 대충 먹을거리를 준비한다. 오늘도 냉장고를 열었는데 들고 나올 것이 마땅히 없었다.

무슨 일에 부딪힐지, 몸이 언제까지 버텨야 할지 예측이 어려운 날이다. 잠을 두 시간만 잤고, 새벽 2시 이후 입으로 들어간 건 혈압약과 물과 커피와 담배 연기가 전부다. 더 고민 없이 혼자 밥을 사먹으러 들어가는 자신이 낯설고 기특하다. 허기란 그런 거구나. 이럴 때 돈이 없으면 서럽거나 분노가 치밀겠구나. 황문자도 그 미련스러움에 대해 말한 적이 있다.

젊어서 내 입에 들어가는 걸로 종종거렸던 게 너무 화가 나. 이젠 웬만해선 돈 있으면 사먹어. 사다놓은 것도 맛있는 거부터 먼저 먹어. 전에는 새끼들 줄려구 나는 못생긴 거 상한 거만 골라 먹었는데 이젠 그 미련을 안 떨어. 과일도 싱싱하고 잘생긴 거 먼저 먹어. 좋은 거 다 떨어지면 그때사 못난 걸 먹고, 상한 거는 미련 없이 버려.

그게 내가 달라진 거야. 혼자 사는데 뭐 한다고 좋은 걸 남겼다가 썩혀?

　남희숙과 만난 날이었다. 미경도 저걸 못했었는데, 여든 넘은 두 여자가 주고받는 이야기를 옆에서 들은 날부터, 미경도 일부러 짚어가며 자기 버릇을 고쳐나갔다. 잘 되지는 않지만 나아지고 있다. 미경도 독거다. 현재의 돈 사정으로 봐선 그녀들과 미경이 크게 다르지 않을 거다. 두 할머니를 보며 자신의 노년도 그럭저럭 살아질 거란 안심이 된다.

두 할머니

황 노인이 그 말을 한 건 올해 4월, 남희숙 할머니의 임대 아파트를 나오면서다. 남희숙은 황문자보다 한 살 아래지만 죽음에는 먼저 바짝 다가서 있었다. 작년 추석 밑에 위암이 확인되었고, 그 후 빠르게 쇠약해지는 중이었다. 황문자가 먼저 같이 병문안을 가보자고 했다. 남희숙도 미경의 담당 노인이었고, 황문자와는 공공근로를 하면서 알게 된 지 오래였으며, 임대 아파트에 들어가기 전엔 황문자의 바로 옆 셋집에 살았단다.

남희숙이 임대 아파트에 '당첨'된 건 2년 반 전으로, 남희숙이 황 노인 옆에 살던 시설 미경은 이 지역 담당자가 아니었다. 황문자 말로는 사는 데가 멀어지면서 사이도 멀어졌단다. 멀어졌다고 해봐야 젊은 사람 걸음으로 10여 분 거리지만, 둘 다 걸음이 힘들기는 했다. 암으로 많이 아프다는 말은 들었지만 혼자 가기는 좀 뭣했는데, 미경과 같이 가면 좋겠다는 거였다. 남희숙이 워낙에 까탈스러워서 자기랑은 좀 안 맞았단다. 자기 목소리가 시끄럽다고 대놓고 조용히 좀 말하라고도 했고, 배웠다고 유세를 하는 건지 자기를 여영 무시하곤 했단다.

미경이 담당하는 노인들은 같은 동네 가까운 거리에 살기 때문에, 특히 할머니들은 서로 살아온 내력이나 사는 형편을 속속들이 아는 경우가 많다. 그러다보니 친한 사이도 있지만 유난히 미운 사이도 있다. 먼저 둘이서 날을 잡았고, 남희숙한테 미경이 물어보기로 했다. 전화했더니 남희숙도 반가워해서 이틀 후 4시로 방문 약속을 잡았다. 남희숙은 황문자에게 보고 싶다는 말을 전해달라고 했다.

당일 오전 양쪽에 전화로 약속을 확인하고 아파트 정문에서 4시 10분 전에 만났다. 황문자는 팥죽을 쑤었다며 분홍색 보따리를 받쳐들고 찔뚝거리며 왔다. 남희숙이 사는 아파트는 사하역 1번 출구에서 바로 이어지는 새 아파트 단지의 임대 아파트 13층이다. 임대 아파트는 두 동이고 단지 내 가장 구석진 곳에 있으며, 정문 말고 입구가 따로 있다. 황문자네 골목을 나와 사거리에서 건널목을 두 번 건너면 바로 남희숙네 아파트 정문이다. 3번 출구와 1번 출구는 사거리에 코를 맞댄 대각선 위치다.

팔십대 중반의 노인 걸음으로는 먼 것도 사실이고 둘의 성격이 안 맞았던 것도 사실이지만, 둘이 멀어진 진짜 이유는 임대 아파트 때문이다. 있는 사람들이 임대 아파트를 놓고 무슨 소리를 하든, 가난한 독거노인들에게 임대 아파트 당첨은 '하늘의 별 따기' 고 그만큼 시샘의 원인이다. 서울에 남은 묵은 동네마다 재개발 재개발 하듯 사하동 역시 오래전부터 여러 구역에서 재개발이 진행되었고, 사하역 사거리 일대 중 가장 먼저 재개발이 끝난 결과물이 2014년 사업 승인이 난 가하 자이 2차 아파트였다. 남희숙은 황문자 말로 "뭔 재수가 좋았는지 뭔 빽으로 꼼수를 부렸는지 이젠 죽을 때까지 집 걱정은 없어진 거"고, 평생 셋방을 전전한 황 노인으로선 부러움을 넘어 시샘하는 게 당연하다.

남희숙은 딸 하나만 낳아 길렀고, "서방은 환갑도 못 찾아먹고 죽었다"고 했다. 딸은 중앙대학교를 나와 공무원이랑 결혼해 대구에서 시부모 모시며 살고, 손주들이 서울서 대학을 다니고 있다. 남희숙의 보람이자 자랑거리다. 그것만으로도 황문자로서는 샘이 날 만하다. 손녀는 아파트에서 두 정류장 거리인 대학교를 다니며 할머니와 거의 동거하는 것 같은데, 미경은 모르는 척했다. 암 환자인 노인에게 그런 손녀가 있다는 게 다행일 뿐이다. 방문하러 갔다가 손녀와 마주치기도 했는데, "아유, 손녀가 와 계시네요"라며 먼저 핑계를 대줬다. 행정상 '독거노인 복지'의 해당 노인은 주민등록과 상관없이 '실제 혼자 거주하는 65세 이상 노인'이지만, 본인의 서비스 요청이 있고 정황상 정기적 안전 확인이 필요하면 모른 척 대상자에 포함시키거나 이미 포함된 것을 문제 삼지 않는다.

작년 추석 전 어느 날 남희숙이 갑작스러운 위경련에 꺼져들어가는 목소리로 연락을 해왔다. 미경은 손녀가 같이 있는지부터 물었고, 노인도 얼결에 엠티를 가서 없다고 답했다. 119부터 불러 노인이 평소 다니던 세브란스 병원으로 가게 하고 미경은 택시를 타고 가면서, 대구 사는 딸에게 상황을 전했다. 의사가 단순한 위경련이 아니라며 보호자를 찾아서, 딸과 통화하게 해주었다. 위경련만 우선 가라앉히고 입원실로 옮겨 필요한 검사를 받았다. 저녁나절 딸이 왔고, 위암이 확실하며 나이나 몸 상태를 생각해 의사도 딸도 수술을 안 하기로 했다. 딸은 엄마한테 '나쁜 거'라고만 했고, 남희숙은 미경에게 '위암'이라고 했다. 미경은 병명에 대해서는 아는 척을 안 했지만, 임대 아파트뿐 아니라 3번 출구 쪽 아는 노인들 사이에서 소문이 퍼져 있었다. 원래 작고 마른 체구의 남희숙은 빠르게 말라갔다. 그사이 손녀는 계획하던 해외 어학연수를 갔다.

　정신은 말짱한 남희숙은, 저 정도면 충분히 받을 수 있는 노인 장기요양제도의 재가 요양 서비스 신청을 끝까지 마다했다. 자기 성질이 워낙 까탈맞아서, "내 집에 남이 정해놓고 드나드는 게 싫다"는 거였다. 딸이 만들어서 냉장고에 쟁여놓고 가는 음식을 데워 먹으며 버텼다. 미경의 방문은 늘 반가워했고, 그럴 때마다 혼자 청소까지 하는 눈치였다. 김치도 잘 먹고 스팸도 좋아했다. 스팸류는 치아가 나쁘고 '움직거리기 힘든' 노인들이 좋아하는 육가공품이다. 살날이 길지 않은 노인들에게 첨가제가 몸에 해롭고 어쩌고를 따질 일은 아니라는 생각에, 본인이 원하면 스팸류는 남희숙 비슷한 노인들에게 연결한다. 작년 겨울 초입엔 보름 넘게 입원 중이어서 김장김치 지원에서 빼야 했는데, 그걸 두고두고 아까워하고 섭섭해했다. 상태는 점점 안 좋아져서 월 2회의 정기검진 외에도 응급실행이 한 달에 두 번 이상으로 늘어났다. 딸은 정기검진마다 대구에서 상경해 병원에 동행했다.

살짝 열린 아파트 현관문 아래쪽에 슬리퍼 한 짝이 괴어져 있었다. 현관에서 바로 이어진 부엌 겸 거실에 남희숙이 누워 있었다. 여름에는 방을 놔두고 거실에서만 기거한다.

"아유, 문을 아예 열어두셨네. 그러다 나쁜 놈이라도 들어오면 어쩌시려고."

홀로 사는 할머니들을 대상으로 강도를 겸한 성폭력 사건들이 늘어나고 있다. 여름이면 주민자치센터에서는 여성 독거노인들을 따로 불러 문단속과 성폭력에 관한 교육을 했다. 여성 노인은 당하고도 신고를 안 하는 경우가 많다. 남 할머니는 외출을 할 수 없어, 교육 내용과 자료를 미경이 전해줬다.

"누웠다가 문 열려면 시간이 많이 걸리잖아요. 그래서 아까부터 열어놨지."

꾸물꾸물 일어나려는 걸 "뭐 하러 일어나시냐?"며 도로 눕게 했다. 남희숙은 늘 이부자리를 펴놓고 누워 지냈다. 한 살 많은 황문자에게 인사 삼아 일어나려는 거다. 황문자가 손사래를 치며 일어날 필요 없다고 말하고서 남희숙 옆에 앉는다. 여러 개의 약 봉지 무더기, 전화, 휴대폰, TV 리모컨, 효자손, 메모지와 펜 등이 베개 근처 손 닿을 만한 위치에 가지런하다. 점심으로 누룽지를 끓였는지 사기 공기에 누른 밥풀 조각 두어 개가 붙어 있었다. 간단히 끓여 먹는 건 아직 혼자 할 수 있다. 큰일은 열흘 정도마다 오는 딸이 해주고, 간단한 청소며 빨래는 꼼지락거리며 당신이 하고 있었다. 한번은 청소와 빨래까지 해주는지를 미경에게 슬쩍 물어왔는데, 그건 요양보호사들 업무고 생활관리사 업무는 아니라고 답했다.

황문자가 두 다리를 힘겹게 뻗은 채 앉은걸음으로 다가가더니 검고 투박한 손으로 표백제로 손질된 뽀얀 닭발 같은 남희숙의 손을 쓰다듬는다. 남희숙의 몸은 30킬로그램 근처다. 팔꿈치 위아래의 굵기가 거의 같을 수 있구나. 낮은 찻상에 올려놓은 두 발을 모포로 덮고 누워 있는데 허벅지 아래로는 심하게 부었다. 황문자가 팥죽을 열어 보이자, 환하게 웃으며 지금 먹고 싶다고 한다. 몸을 뒤틀며 일어서려는 황문자를 앉히고, 미경이 일어나 사기그릇에 덜어 전자레인지에 데웠다. 황문자가 팥죽을 담아온 그릇은 올해 센터에서 노인들 생일 선물로 준 뚜껑 있는 유리그릇이다. 황문자가 아주 좋아했던 선물이다. 남희숙의 그릇을 찾아 남은 팥죽을 옮기고, 황문자의 그릇은 씻어 보자기에 싸서 현관문 앞에 내놓는다. 황문자의 부축을 받아 일어나 앉은 남희숙이 팥죽을 맛있게 비운다. 황문자가 또 쒀올 테니 잘 먹고 살 좀 붙으라고 한다.

"내가 원래 살이 없었어요. 그래서 이렇게 말라도 살이 늘어지지 않으니 다행이지 뭐예요."

남희숙에게 몸은 평생의 자부심이자 노동력이었다. 일제와 해방과 전쟁의 와중에 십대 여학생 희숙은 작은 두 발에 몸과 욕망을 싣고 춤을 추며 행복해했다.

"내가 무용을 계속했으면, 그걸루 대학교수라도 됐을 거예요. 소학교랑 여중 다닐 때 늘 구령대에 올라가서 무용이랑 체조랑 시범을 보였어요. 나를 예뻐한 여자 체육 선생님이 꼭 무용과를 가라고 당부하셨는데, 아버지가 '양반집 여식이 무슨 놈의 무용이냐'며 호통을 치셨어요."

미경한테는 말을 놓는데, 황문자 앞이어서 '요' 자를 자주 붙인다. 미경은 이미 여러 번 들은 이야기다. 아마 황문자는 듣지 못했을 거다. 숙명여학교에, 양반에, 대학 무용과까지 나오는 이야기를 학교라고는 다녀본 적 없는 황문자가 듣는 게 마음에 걸렸는데, 황문자는 아주 재미지다는 표정으로 맞장구를 치고 있다.

그래도 꿈을 접지는 않았는데, 여고를 다니던 중에 6·25전쟁이 났다. '양반' 나부랭이를 내던질 수밖에 없었다. 사변 중에 아버지가 혼처를 정했고, 사변 끝나자 바로 혼인했다. 영감이 돈을 안 벌어와서 평생 당신 몸으로 살았단다. "이북서 온 놈이나 이남서 태어난 놈이나 평생 돈 안 벌어온 사내새끼들은 그냥 다……." 말은 험하면서도 황의 표정은 웃고 있다. 이야기를 채가려나 싶었는데, 그 말만 하고 도로 남희숙에게 넘겼다. 몸이 작아 큰 힘 쓰는 일은 못했지만, 여자들 일은 안 해본 거 없이 다 했단다. 안 해본 거 없이 다 한 걸로 치면 황이 몇 수 위인데, 황문자는 이 말에도 웃음과 끄덕임으로 맞장구만 쳐줬다. 남희숙은 손끝이 깔끔해서 일이 안 끊어졌다. 그래도 덜 고생시키려고 그랬는지, 딸 하나만 생기고 끝이었단다. 황문자가 끼어들었다. "복이지 복이야! 새끼 더 안 생긴 거는 천만다행이야. 나는 그냥 뚝하믄 애가 들어서가지구서 네 넷이나, 아니 참 셋이나 키우느라구……." 늦게 얻은 외동딸 마음고생 시킬까봐, 딸 결혼시키고도 쉬지 않고 닥치는 대로 일했다. "미련해서 그런 거야 그게. 당신이나 나나 미련해터진 거야." 여든 하나였던 작년 추석 전까지도, 새벽 공공근로에 남의 집 가서 애 보는 일까지 했다. 말로는 운동 삼아 했다는데, 그러다가 쓰러진 거다.

병세가 빠르게 진행되면서 남희숙에게 하는 '안전 확인' 전화는 그야말로 죽었나 살았나를 확인하는 일이 되었다. 통화 목소리는 보통 들릴락 말락 했다. 종일 휴대폰도 집 전화도 안 받으면 딸에게 연락했다. 대부분은 병원에 가 있는 날이었다. 모처럼 기운이 돌아온 날이면, 통화에서든 방문에서든 말을 많이 하고 싶어 했다. 듣는 사람이 조마조마할 정도로 실오라기처럼 가는 말소리가, 통화가 끊어질세라 말끝을 누가 채갈세라 느리고 애타게 이어졌다.

남희숙은 앉은 김에 더 있어보겠다더니 이내 눕고 만다. 그러면서도 중간중간 숨을 몰아쉬며 이야기를 이었다. 다른 자리였으면 수십 번도 더 말을 채갔을 텐데, 황은 안 끼어들고 있다. 마저 다 하라는 듯 간단한 맞장구로 추임새를 넣어주고 있다. 미경이라도 가끔 끼어드는 건 잠시라도 남희숙을 쉬게 하려는 의도다.

"내가 친구들 가자는 여행 한 번을 같이 못 따라갔어요. 노인정 가서 화투래두 한번 치고 놀아봤으면 지금 좀 덜 억울하겠어요. 남들은 서방 죽으면 연애도 잘 하던데 20년 전에 서방 보내고는 더 기를 쓰고 일했어. 성님도 알다시피 남의 돈 한 푼 받으려면 오장육부를 다 빼놔야 되는 거잖아요, 그게.

어느 때는 돈에서 냄새가 다 나더라구요. 징글징글한 비린내가. 뭣두 모르는 딸년은 지년 시집가고 나서는 맨날 나한테 하는 소리가 쉬엄쉬엄 다니라는 거야. 남의 돈 받는 일인데 쉬엄쉬엄이 되냐구요? 아파도 끌고 나가고 밥 먹을 시간도 없이 다니고. 여자들 일이 더 그렇잖아요. 저 고생 안 시키려고 그러는데 쉬엄쉬엄 어쩌구 하면, 그 소리가 그렇게 듣기 싫구 밉더라구요.

내가 빤쓰 하나 사는 게 겁나서 다 떨어진 거를 기워가면서 입었어요. 딸이 내 서랍 정리하다가 그걸 보구는 궁상떤다고 난리를 치더라구요. 지가 동대문시장 가서 짝으로 사오겠다나 뭐라나. 근데 그게 글쎄 그걸 맨날 까먹구 안 사와요. 서울 오면 지 딸 데리구는 여기저기 다니면서도, 내 빤쓰 사오는 거는 까먹는 거에요. 지 새끼 옷만 사 입히고 들어와서는 나더러 이쁘냐구 물어보는 거에요. 내가 얄미워서 아무 대답을 안 해도, 그년은 애미 빤쓰 생각을 못하는 거에요, 글쎄. 자식 키워봤자 아무 소용이 없어요."

미경이 남희숙 듣기 좋으라고 딸 편을 좀 들었다. 미경도 그 딸을 좀 안다.

"아유, 그래도 그 딸이 효녀지 뭐예요. 시부모 모시고 대구 살면서 서울 사는 친정 엄마 병원을 달에 세 번 네 번을 꼬박꼬박 챙기는 게 쉬운 일이 아니에요. 그런 딸이 어딨어요? 그리구 아닌 말로 아들이었으면 엄마 팬티 걱정을 했겠어요? 딸이니까 속옷 서랍도 챙겨드리구 팬티 걱정도 해주는 거지. 저는 딸이 없어서 어르신이 제일 부럽네요."

남희숙의 고생 타령과 자식 타령에 황문자는 속으로 배시시 웃고 있을 거다. 과거야 어떻든 지금 황문자는 살날이 더 많은 쪽이다.

"이 집 딸이야 효녀지. 손주들도 잘됐구. 그래도 동상, 딸이구 사우구 손주구 아예 기대를 하지 말아. 그래야 내 속이 안 상해. 해주는 거는 그저 '그래, 고맙다' 하며 받으면 되구, 그러면서두 기대는 하지 마라 그 말이야. 남이면 기대도 안 하니까 속 뒤집어질 것도 없지만 자식한테는 자꾸 기대를 하게 되고, 그러다보면 나만 늘 속을 끓이게 되더라구. 나한테 하는 말이야, 이 말이."

모처럼 나온 황문자의 말을 남희숙이 받기 전에 미경이 얼른 끼어들었다. 본인은 못 느껴도 미경의 눈에는 피곤함이 역력히 보였고, 목소리도 더 가늘어지고 있다.

"맞아요. 우리 엄마를 보든 저를 보든 다른 어르신들을 보든, 자식 때문에 제일 상처받는 거는 다 똑같아요. 핏줄이 최고라지만, 핏줄이 또 웬수인 거지. 아, 오죽하면 '전생에 웬수가 가족으로 만난다'는 말이 있겠어요. 이승에서 잘 풀어야 저승에서 좋게 만나든 안 만나든 한대요."

황문자는 껄껄 웃었고, 남희숙도 웃다 말고 말꼬리를 잡아갔다.

"호호호, 그거 말 되네. 그래도 내가 고생한 끝이 있지. 그 딸이 공부를 잘해서 숙명여고 나오고 중앙대까지 나와서 결혼한 거야. 손주 둘도 모두 서울서 대학 다니고. 이젠 나 하나만 걱정 안 끼치고 살다 가면 되는데, 작년 딱 요맘때쯤 이렇게 된 거야. 내가 이럴 줄 누가 알았겠어요? 여든 넘어서도 몸이 가벼우니까 훨훨 날아다녔잖아요, 내가. 억울해, 억울해…… 너무 억울해요, 성님. 죽어서 쓰는 사진, 그래 장수사진, 듣기 좋으라고 장수사진이지, 사실 영정사진이지 뭐. 그거 찍은 게 벌써 2, 3년이 됐는데, 그때만 해도 40키로 가차이 나갈 때였어요. 근데 사진 나온 거 보니까 딱 귀신이더라구요…… 왜 그렇게 섬찟했나 몰라. 가져온 아줌마는 이쁘다 곱다 그러는데 내 눈에는 귀신 영화에 나오는 할망구 귀신 같더라구요. 화장에 머리 손질까지 했는데 그게 더 섬찟해 보여. 이젠 거울을 안 봐. 거울 보면 나도 무서워요. 성님은 아직 거울 보지요? 얼굴이구 몸이구 살이 있으니 얼마나 좋아요. 거울 보는 거는 아직 살날이 많은 거예요."

남희숙은 딸 얘기를 하면서 미경과 황문자 사이를 오락가락하며, 푸념과 자랑을 들락날락했다. 미경한테야 편해서 그런다 치고, 황문자한테까지 푸는 건 먼저 죽을 사람의 위세다.

"성님, 잡숫고 싶은 거 있으면 미련 부리지 말고 꼭 잡숴요. 이러구 혼자 누워 있으면 먹고 싶었는데 참고 못 먹었던 게 하나하나 다 떠올라요. 그게 젤로 억울해서 나도 모르게 눈물이 주르르르 흐르는 거예요. 아이구 바보 천치에 미련한 인생아…… 내가 이런 얘길 누굴 붙잡구 하겠어요. 딸년한테 하면 쌈이나 되구, 이웃이 들으면 악착 떨더니 저렇게 됐다구 숭이나 보겠지요."

"숭은 무슨 숭? 어떤 년이 숭을 봐? 돈 많은 년들이나 숭을 보지, 없이 산 여자들은 그 속을 모를 수가 없지. 나도 그랬어. 새끼들 키울 때는 계란 하나 온전한 걸 통으로 먹어보지 못했어. 그래봤자 뭐가 나아졌냐고들 하겠지만, 그러지 않았으면 자식들 못 키웠어. 미련 떠는 거라는 소리는 이제 와서 하는 말이고, 그 미련을 안 떨었으면 새끼들을 키울 수가 없었어."

여든 넘은 두 선배 여자에게 댈 건 아니지만, 미경 역시 그 미련을 떨고 살았다. 자식이나 가족과의 거리 두기가 평생의 과제이자 궁지였고, 돈 쓰씀이에 대해서는 더욱 그랬다. 아니, 지금도 그 미련의 습이 쑥쑥 불거져나와 스스로 한심해한다.

대학 땐 학생운동도 안 하다가 만 여섯 살과 세 살의 두 남자아이를 키우며 사회운동이라는 걸 시작한 게 1987년이다. 남편이 가장 반대했고 양쪽 집안 모두, 소위 운동 좀 했다던 사람들까지 반대했지만, 미경은 하지 않을 수 없는 사람이었다. 집안 살림과 운동 사이의 칼날 위에서 균형을 잡으려 늘 종종거렸고 누구의 원망이나 질책에도 당당한데, 환갑을 훌쩍 넘겨서도 엄마 손에 얻어먹지 못해 작고 깡마른 아이가 꿈에 나오곤 한다. 꿈에서 깨어 무의식에까지 세뇌된 모성을 노려본다.

올여름 폭염에는 딸도 미경도 남희숙이 잘못되는 줄 알았다. 중환자실에 입원했고, 일주일 내내 서울에 와 있던 딸에게 미경은 거의 매일 전화했다. 다행히 딸은 고마워했다. 그 김에 작년에 간 미경의 엄마 이야기도 나눴다. 외동딸인 그녀는 미경의 남매가 다섯이라는 걸 제일 부러워했다.

올해 3월 미경은 남매 모두에게 단절을 선언했다. 가치관과 관점은 물론 계급성이 아주 다른 남매들 사이에서 우애를 연출하는 '가족 놀이 무대'에서 내려왔다. 자기 자신으로 존재할 수 없는 그들과의 시간이 늘 아까웠다. 미경에게 엄마의 죽음은 긴 연극에서 퇴장하는 계기였다. 돈 많은 사람이라는 면에서 관심 없었지만, 혈육관계여서 밀착이 가능한 여성 노인의 죽음까지를 관찰함으로써 그녀에 대해 자신이 하고 싶은 것을 다 했다. 장례에서 확인하는 돈과 족과 인적관계의 번성함에 미경은 신경질과 공분이 일었다.

남희숙의 눈이 게슴츠레해지자, 황문자가 미경에게 눈치를 줬다. "이젠 좀 주무시라"며 일어섰다. 온몸을 사방으로 뭉그적대며 겨우 일어서는 황 노인을 미경이 부축했다. 남의 방에서는 뭘 잡고 일어나야 할지 마땅치가 않은 거다.

"자식새끼들 집에 가도 만사가 어설퍼. 내 집에서는 요거 잡고 일어서서 조거 잡고 삐대고 가서 뭐 붙잡고 뭘 할지, 그게 다 쪼로록 몸에 익었거든. 생각 안 해도 몸이 저절로 해. 기어가더라도 요리조리 기어갈 길이 나 있고. 근데 남의 집 가면 앉았다 일어나는 것도 큰일이야. 기는 꼬라지를 자식한테 보이기도 싫고."

신발을 신으며 미경이 분홍 보따리를 챙겨 드는데, 남희숙이 누운 채로 "거기 보이는 쇼핑백에 미역 넣어놨으니 하나씩 가져가"란다. 엘리베이터 안에서 황문자가 먼저 입을 열었다.

"아구우, 가야지…… 이제 가도 되겠어……. 본인도 그렇고 자식도 얼마나 고생이야. 저렇게 되면 난 내 손으로 끝을 낼 거야. 평생 못한 말을 다 하고 죽으려구 작정을 했나, 왜 그렇게 말을 잘해? 원, 나 시끄럽다고 구박을 그렇게 하드니만…… 나는 할 소리 못할 소리 펑펑 다 하구 살았으니, 죽을 때는 조용허니 갈래, 하하하."

황문자는 혼자 두 번을 더 갔다. "노인 연금 나온 날 쪼맨한 봉다리 하나에 1만9000원이나 하는 비싼 국산 잣"에 찹쌀도 사서 죽을 끓여 갔더란다. "식모살이할 때 쥔주인 여자 쒀주다가 간 보려고 주걱에 붙은 거 찍어 먹어나봤지, 평생 먹어본 적도 사본 적도 없는 잣"이란다. "그걸 동상이 너무너무 맛있게 먹더"란다. 어느 날은 동생이 전화를 해서, 딸 시켜서 잣 많이 사다놨다며 와서 같이 끓여 먹자고 하더란다. 찹쌀만 물에 담가놓고 누워 있으라고 하고는 얼른 뛰어갔단다. "뛰어가기는 젠장. 마음만 뛰지 내 다리가 뛰어졌었어? 하하하." 믹서기 말고 작은 사기 절구에 찹쌀이랑 잣을 갈아 냄비에 잣죽을 끓이는 동안, 누워 있던 동생이 다 기어들어가는 소리로 뭐라고 뭐라고 말이 많은데 도무지 알아듣지를 못하겠더란다. 그 '비싼 놈의 잣죽'을 둘이 한 사발씩 나눠 먹고 남은 거는 편하게 데워 먹게 작은 그릇 여러 개에 담아 냉장고에 넣어줬단다. 동생이 집에서 끓여 잡수라고 기어코 들려준 잣과 찹쌀을 받아왔고, "그걸 안 먹고 애꼈다가 한 번 더 같이 끓여먹으러 가려던" 차에 미경에게서 남허수이 사망했다는 소식을 들었다. "잘 갔어! 축하해야 돼……." "그럼요. 더 고생 안 하고 잘 가셨지요……." 황 노인 앞에서 차마 축하의 말을 보태지는 않았다.

올해 7월 말 즈음, 이틀 내내 남희숙과 통화가 되지 않았다. 첫날은 집 전화와 휴대폰 모두 받지 않았고, 둘째 날은 집 전화는 안 받았고 휴대폰은 꺼져 있었다. 딸도 휴대폰을 받지 않았다.

연이틀 간접 확인이 안 된다는 건 당장 직접 확인을 해야 함을 의미한다. 특히 남희숙 정도면 언제 사망해도 그럼직한 노인이다. 남희숙은 입원해 있는 동안에도 대체로 휴대폰은 잘 받았다. 사흘째 아침에도 통화가 안 되었고, 바로 아파트로 찾아갔고, 문은 잠겨 있었다. 다시 딸에게 연락했고 이번에는 받았다. 이틀 전에 돌아가셨고, 지금 대구의 병원에서 장례를 치르는 중이라고 했다. 정기 검진 겸 입원했다가 갑자기 위급 상황으로 넘어갔고, 깨어나지 못했단다. 정신없을 듯해 간단한 인사만 하고 끊었고, 이후 피차 더 연락을 안 했다. 거기까지로 족하다. 황문자에게 알렸더니 잘 갔다고 했던 거다.

　업무보고 온라인 시스템 두 개와 사무국에 종결 서류를 제출했다. 종결 사유 '사망'. 사망 원인 '병사'. 기타 항목에 '위암으로 입원 중 사망, 가족이 대구에서 장례'를 적었다. 쓸데없는 일이고 누군가에 의해 삭제될 거다. 고립사나 자살이 아닌 한 국가도 센터장도 사망의 주요 경로인 병명조차 묻지 않는다. 혹시 통계를 위해 필요하다면 건강보험공단이 병원에 묻는다. 독거노인 복지는 병원 이후에 대해 묻지 않는다. '사망'을 기록하는 이유는 복지 종결을 설명하기 위해서다. 노인을 직접 만나지 않는 사회복지사와 센터장과 국가에게 노인은 서류상으로만 살다 죽어, 일정 기간 후 폐기된다. 남희숙의 사망 소식을 전하자 황문자도 동네 노인들도 "죽을 복은 가지고 태어났나보다"라며 부러워했다.

　지병이 있지만 그럭저럭 경로당을 나오거나 동네를 다니던 노인의 몸이 어느 날 갑자기 안 좋아지면, 자식들에게 연락이 가고 입원'시킨'다. 사망하거나 다시 동네로 돌아오지 않는 한 요양 병원이나 재활 병원을 거쳐 요양원으로 가거나 아주 드물게 자식 집으로 잠시 갔다가, 그중 어디서 죽는다. 동네 친구들로서는 어느 날 노인 하나가 안 보이기 시작했다가 이후 어떤 소식도 듣지 못하고, 시간이 지나도 무소식이면 죽었으려니 하는 거다. 장례식에는 자식들의 휴대폰에 들어 있는 사람들만 온다. 미경은 가능하면 사라진 노인의 안부와 사망과 장례까지를 동네 노인들에게 알린다. 노인들은 "소식 전해줘서 고맙다"고들 한다. 죽음 이후의 결정권을 자식들에게만 주는 것으로 인해 노인의 말년은 삭제되기 십상이다.

옥인동 왕 할머니

남희숙을 함께 방문한 날, 아파트 앞 사거리에서 황문자와 헤어지고 돌아오는 길에 미경은 옥인동 할머니를 떠올렸다. 7, 8년 전 요양보호사를 하면서 만났던 큰 부잣집의 92세 왕씨 할머니였다. 넓디넓은 정원 안에 멀찍이 떨어진 2층집 세 채가 같은 대문을 썼다. 가장 큰 집이자 한옥인 1층 안방에 그 할머니가 있고, 2층에는 마흔 살은 족히 더 젊은 '비서'와 함께 '회장님'이 살았다. 매일 회장과 함께 출근하고 퇴근한다는 그 비서를 미경이 본 적은 없고, 파출부 아주머니가 해준 말로는 아침저녁으로 큰며느리가 차리는 회장님 밥상에 '비서 년'도 앉는단다. 큰아들네와 작은아들네는 자식 손주들과 함께 각각 2층짜리 양옥 한 채씩을 썼다. 노인 돌봄 일을 하면서 가능하면 부자 노인은 사양해왔으면서도 그 할머니를 수락한 이유는, 그녀의 상태와 주변을 관찰하며 새로운 것을 배우거나 질문을 얻고 싶어서였다.

앉혀 기대놓으면 앉아 있고, 눕히면 누워 있고, 일으켜 세우면 발만 바닥에 닿을 뿐 몸을 전혀 가누지 못했고, 걷기는 불가능해 두 명이 힘들게 옮겨야 했다. 파출부와 미경이 힘겹게 부축하며 방에서 데리고 나와, 마루를 거쳐 거실 소파에 앉혀놨다가, 방으로 되돌려놓는 것. 노인에겐 운동이라기보다 이동이었고, 파출부와 미경에겐 위험한 노동이었다. 미경은 하루 네 시간에서 여덟 시간, 가끔은 열두 시간을 노인과 함께 있었다. 며느리 둘과 인근에 사는 딸 하나가 일정을 짜 돌아가면서 노인과 함께 밤잠을 잤고, 남은 시간에는 여러 명의 돌봄 노동자가 교대로 옆에 있었다. 24시간 내내 누군가가 옆에 있는 것이 돌봄의 핵심이었다.

왕 할머니의 남편은 건강한 채 가업인 모 기업을 여전히 주관하고 있었다. 일주일에 한 번 '회장님'이 방문을 노크하고 문을 열어 바깥에 선 채 미경과 눈을 마주치고 할머니를 일별한 후 문을 닫았다. 수요일 오전마다 간호사가 와서 혈압과 체온, 맥박과 혈당 등을 확인하고 큰며느리와 짧은 대화를 하고 돌아갔다. 미경은 그 집 사람들 중 큰며느리와 업무상 대화를 나눴고, 파출부와 최소한의 소통을 했고, 교대하는 간병인과 "수고하셨어요" "수고하세요"를 주고받았다.

육십대 중반의 큰며느리가 갖은 재료를 갈아 만든 식사나 간식 등을 파출부를 시켜 안방으로 가져다주었고, 미경은 떠먹이는 일만 했다. 두 시간마다 보료 위에 눕혔다 일으켜 앉혔다 하는 것과 세 시간마다 기저귀를 가는 것이 큰며느리의 핵심 지시 사항이자 미경의 주요 업무이며 노인 몸의 큰 움직임이었다. 설거지나 방 청소는 물론 미경이 먹을 식사 준비와 뒷정리도 출퇴근하는 파출부의 업무였다. 화요일과 금요일 오후 3시에 미경과 큰며느리가 노인을 목욕시켰고, 하루에 한 번 점심 식사 후 미경과 파출부가 노인을 이동시켰다. 워낙에 키가 큰 데다 살까지 많아서 이동을 포기한 날도 숱했다. 큰며느리에게 환자용 보행차와 침대를 권하면서 장기요양공단에서 만든 상품 카탈로그를 갖다주었는데, 한옥 마루가 상할까봐 구입을 안 하겠다고 했다. 가족의 내막까지 깊이 들여다보기에는 미경으로선 관심 없는 계층이었다. 지네는 지네대로 징그러우려니 한다.

큰며느리는 지시한 업무 이외의 다른 것에는 어떤 간여도 하지 않았다. 미경이 하는 노인과의 소통을 위한 온갖 헛짓에 대해 좋다 말다 한마디 없이 고상하고 무표정했다. 노인이 낮잠을 자는 동안 옆에서 깜빡 잠들기도 했고, TV나 음악을 틀어놓거나 글을 쓰거나 할머니에 관해 메모했고, 책을 보거나 소리 내어 읽었고, 혼자 스트레칭도 했다. 미경이 건네는 말들이 노인 측에 이해는 고사하고 소리로라도 감지되고 있다는 어떤 징후도 없었다.

오직 먹고 소화하고 배설하는 것이 유일한 생기生氣처럼 보이는 노인과는 어떤 방식으로 소통할 수 있는가를 알아보려고 여러 가지를 시도했다. 소통을 위해, 아니 소통의 가능성을 확인하기 위해 많은 노력을 했다. 색색깔의 움직이는 반짝이들을 준비해가서 그녀의 시선을 자극해보려고도 했고, 2미터 정도 거리를 두고 마주 앉아 작은 공을 던져주거나 굴려주기도 했다. 색깔과 빛과 소리와 움직임에 어떤 반응도 없었다. 딱 한 번 미경이 던지는 공에 오른손이 움찔하는 듯했다. 하지만 금방 다시 시도해도 그 동작은 더 나오지 않았다. 그 한 번은 무엇이었을까.

미경은 매번 20분 정도 일찍 도착해 대문 앞에서 산책하다 근무 시작 10분 전에 벨을 눌렀고, 큰며느리는 매번 퇴근 5분 전에 와서 "수고하셨어요" 말했다. 두 달 반 동안 미경의 업무는 똑같이 반복되었고, 노인에 대한 식구들의 대응도 불변이고 규칙적이었다. 노인의 인지와 감각과 움직임은 느리게, 가끔 확연히 소멸되어갔고, 노인의 몸은 점점 무거워졌다. 아무도 죽음을 이야기하지 않았고, 모두가 죽음을 기다렸다.

미경은 양심이니 효심 등 '심정'이라는 걸 의심한다. 그건 규범 때문이고, 규범을 지켜서 얻을 이익 때문이라고 생각한다. 경제적 이익뿐 아니라 타인이나 사회의 대접 역시 이익에 속한다. 규범이 있어야 질서가 유지되는 한편, 규범을 지킬 수 없는, 지키지 않는 사람들은 죄인이 된다. '노인은 무엇이었을까? 노인에게서 나는 무엇을 더 보아야 했을까?' 지금도 계속되는 미경의 질문이다.

미경은 수도 없이 노인의 숨이 멎었는지를 확인했다. 큰며느리는 훨씬 더 많이 했을 거다. 결국 미경 쪽에서 중지를 결정하고 통보했다. 큰며느리와 센터 측에 댄 핑계는, 노인을 부축해 걷다 미경의 목이 푹 꺾이면서 급성 목 디스크가 왔다는 것이었다. 당장 그만두어야 할 만큼 급하고 심한 정도는 아니었지만, 실제로 그 위협과 통증을 느끼기는 했다. 진짜 이유는 두 달 반을 아무리 노력해도 노인과의 소통 경로를 찾을 수 없어서였다. 참기 어려운 무료함 때문이기도 했다. 노인은 자신 안에 갇혀 있었고, 미경은 정한 시간 동안 방 안에 갇혀 있었다. 사람의 생애도 내면도 모르고 어떤 소통도 불가능한 채, 죽음을 향해 느리게 흘러가는 외연만을 지켜보는 일에 소모당하고 있었다. 사람이 아닌 CCTV가 된 느낌이었다.

나뭇결이 비치는 전통 칠기 교자상. 은수저와 아이보리 색 반상기 세트. 갖은 재료를 넣고 갈아 끓여서 만든 반유동식 밥에, 무를 저미듯 썰어넣은 맑은 고깃국. 잘게 썬 나물류와 명란젓 등 서너 가지 반찬, 얇은 소불고기에 조기 등 생선과 간장, 얇게 썬 과일과 물과 약, 노인에게 입힐 앞치마. 매일 같은 시각에 큰며느리가 부엌에 나타나 파출부와 상을 차리고, 파출부가 상을 들고 와 방문을 두드렸다.

밥상을 보자마자 화들짝 커지는 눈, 먹을 것이 다 없어지고도 계속 '쩝쩝' 소리를 만드는 혓바닥과 입천장, 상을 내갈 때마다 아쉬움을 넘어 분노가 어른거리는 눈, 찬란한 생기였다. 은수저로 느리게 떠주는 음식에 벌리고 다물고 오물거리고 삼키는 입, 목줄기의 출렁임, 다음 숟가락을 재촉하며 조급하게 떨리는 눈빛. 미경의 숟가락질을 재촉하느라 오래전부터 굳어 있던 팔과 손이 족히 10센티미터는 움찔거렸다. 인간됨을 다 털고 소화력 하나를 쐐기 삼아 죽음 앞에 버티고 있는 치열한 식욕.

네 시간이면 견딜 만했지만, 여덟 시간에 열두 시간까지 되어버리면 견디기 힘들었다. 어떻게든 그녀와 만나는 경로를 찾으려고 했던 미경은, 지루한 시간을 겨우 채우고 집 대문을 나오자마자 휴대폰에 간단한 기록과 당일 근무 시간을 입력했다. 최저임금 시급 계산이나 정확히 하자는 생각이었다. 매달 말 큰며느리가 봉투에 챙겨주는 돈은 보탤 것도 뺄 것도 없이 정확했다. 왕 할머니 편에서는 자신의 몸과 정신에 대해 얼마나 알고 있고 어떻게 생각하고 있을지가 두고두고 궁금했다. 정말 아무것도 모르는 걸까. 그런 상태에 갇힌다는 것은 어떤 일인지를 미경은 관찰과 인식과 상상과 감수성을 동원해 이해해보려 했고, 결국 이해는 고사하고 이해의 경로조차 알아내지 못한 채 그만두었다.

미경이 노인복지 현장에 들어가면서 작심한 것 중 하나는, 노인의 어떠함으로 인해 자신이 먼저 중단을 결정하지는 말자는 것이었다. 최악의 경우 모욕과 폭력을 당하더라도, 참을 거면 참고 싸울 거면 싸우되 자기가 먼저 '스톱'을 말하지는 말자는 거였다. 그런데 왕 할머니는 미경 쪽에서 중지했다.

극도의 무료함. 노동과 시간의 쓸모를 찾지 못하고 소통이 불가능한 일방향성 돌봄으로 인해 마음의 진이 말라버리는 소모. 누군가는 그 일에 의미를 둘 수 있겠지만, 미경은 아니었다. 미경의 중지에 대해 누구도 섭섭해하지 않았고, 다른 돌봄 노동자가 바로 이어졌다. 노동 강도로 치면 다른 노인에 비해 쉬운 대상자였다. 아닐 수도 있는 단 한 번의 공놀이 반응, 음식에만 살아나는 생기와 손과 팔의 움직임, 그리고 '죽음으로 가기'로 미경은 왕 할머니를 기억한다. '죽음만 남은 존재'라고 정리하지는 않는다. 노인 내면의 경로를 알아내는 데 실패했다고 정리한다. 그녀의 죽음까지를 목도하고 싶었지만, 그 권태를 다 견디고 끝까지 출근했다 해도 미경이 노인의 죽음을 목도했을 가능성은 거의 없다. 죽음이 바짝 닥치면 돌봄 노동자는 빠지고 가족만 남고 모여, 의료를 잠깐 거쳐 장례로 넘겨진다.

누구의 죽음이든 어떤 과정의 죽음이든, 죽음에 대한 미경의 첫 마음은 관찰하고 싶은 욕망이다. 관음증이나 도착倒錯이 있다. 무엇을 보고 무엇을 도착하려 하는가? 답을 찾아가느라 질문이 이어진다. 미경은 자신의 사생활(성애, 질병이나 늙음의 모습과 과정 등)에 관해서도 남들이 읽는 글에 적극적으로 쓰는 편인데, 이에 대한 노출증이 있음을 수긍한다. 사적 영역이야말로 갇혀 있었기 때문에 더 사회적 의제로 노출되어야 한다. 특히 여자의 성애나 몸은 은밀하거나 부끄러운 것이라는 이유로, 질병과 늙음과 죽음은 슬프고 어두운 것이라는 이유로 감추는 것은, 고상함 혹은 젊고 건강한 생명 등으로 인간의 본질과 고통과 궁극적 끝을 숨기려는 것이다. 관음이든 관찰이든 사람들이 보이고 싶어하지 않는 것들을 세세히 보는 것이 미경은 좋다. 보이고 싶어하지 않는 것들에 대한 사람들의 통념을 의심하고 자신의 관점을 찾고 싶다는 욕망이다.

그런 면에서 가족의 죽음은 목도할 가능성이 가장 크다. 미경은 자신의 엄마가 죽음에 다가가는 것을 느끼면서 부모의 거처인 수원의 실버타운 근처 원룸으로 이사했고, 오빠와 동생들에게 이사 목적이 효도가 아닌 늙음과 죽음에 관한 관찰과 기록임을 분명히 했다. 엄마와 아버지에게야 그 말을 하지 않아, 두 양반은 적잖이 감동도 했다. '부자' 노인의 죽음 과정이 미경의 관심사는 아니지만, 어차피 혈연으로 엮인 김에 피할 수 없으면 밀착해서 관찰하자는 심사였다. 그 덕에 상대 집단인 가난한 노인들의 죽음에 관한 시선도 벼리고 인식과 해석도 확장하자는 생각이었다.

엄마 근처에서 엄마를 자주 방문하거나 남매들과 함께 돌봄을 나누면서, 자신 안에 늘 새록새록 돋는 관찰과 기록과 해석의 욕망을 남몰래 관리하며, 외면으로는 적당한 딸로 임했다. 혈연 간 감성이 아주 없을 수야 없지만, 그럴 때마다 감성을 의심하며 태풍의 눈 속 차가운 고요를 견지하려 노력했다.

자신의 죽음자리를 자기가 볼 수 없다는 것이 결국은 채우지 못할 미경의 궁금증이다. 미경은 죽음에 관한 세상의 모든 왈가왈부를 근본적으로 의심한다. 의심을 품고 자신이 직접 목도하고 해석하며 갖게 된 시선과 소신조차 다시 의심하고 다르게 보며, 죽음에 관한 자신과 타인과 사회의 생각을 확장하고 싶은 거다. 죽음에 닿기 직전까지 최선을 다해 죽어가는 자신을 관찰하고 기록하고 해석하는 것과 더불어 죽어가는 자신을 놓고 벌어지는 주변을 관찰하고 기록하고 해석하는 것, 그것이 마지막 순간의 마지막 열정이기를 바란다. 죽음에 관한 통념이나 소문을 떠나고, 혹은 그 통념과 소문을 불신하며 자신이 생각하거나 말해왔던 개인적 사회적 소신도 떠나서, 죽어가는 당사자로서 죽음을 제대로 만나고 겪고 싶다. 결론도 답도 없겠지만, 마지막까지 느끼고 생각하며 질문하고 가능하다면 기록하고 싶다. 쓰는 것이 불가능하다면 녹음으로라도. 이 기록은 끝이 서서히 다가와야 하고, 상당한 정도의 인지력이 유지되어야 가능하다. 답은 없고 질문은 하염없이 계속된다는 것이 죽음에 관한 관찰과 기록에서 미경이 느끼는 최고의 매력이다.

해장국집 홀 구석진 자리에서 해장국과 소주 두 병에 둘러앉아 있던 육십대 후반의 등산복 남자 셋이 자기네보다 덜 늙은 여편네가 아침밥을 사먹으러 들어서자 한꺼번에 시선을 보낸다. 머릿속 생각까지 판단할 마음은 없지만, 눈들을 따로따로 쭈욱 훑으며 가운데 자리에 앉는다. 주방에서 아줌마 하나가 고개를 빼고 뭘 주문할지 묻는다. 꽤 큰 식당이지만 아직 다른 직원은 안 보인다. 콩나물해장국을 시켜놓고 조장인 사회복지사에게 전화를 걸어 경과를 보고한다. 여전히 흥분해서 자녀들을 당장 오게 해야 하는 거 아니냐는 그녀에게 다른 가능성에 대해서도 말한다. 지금 출근 중이고, 출근하면 바로 센터장에게 보고하겠다고 한다. 미경은 노인 집 근처에 있으면서 공공근로 노인들이나 동네 사람들에게 더 알아보겠다고 한다. 자식과 통화까지 했으니, 이 '부재'에 관한 복지센터의 '독거노인 관리'는 다 했다. 집에서의 죽음이나 자살이 아니니 최악은 면했다. 미경 개인으로서는 새벽부터 자신을 긴장하게 만든, 아니 역시 설렌다고밖에 할 수 없는 현장 하나가 일단 꽝인 셈이다. 하지만 당장의 현장은 아니더라도 새벽 2시경 전화와 문자에 이은 현재의 부재중만으로도 충분히 설레는 일이다. 무언가 목도해야 할 일이 진행 중이다. 피하지 않겠다. 멈추지 않겠다.

휴대폰을 열어 오늘 일정을 확인한다. 오후 4시 토론회. 안 가도 그만이다. 맡은 역할도 없고 누구랑 약속한 것도 아니니, 연락하고 말 것도 없다. 할 일을 하고 나면 일단 집에 가서 잠부터 자야 한다. 끝을 확인하든, 당장은 끝을 확인할 수 없음을 확인하든, 둘 중 하나는 하려면 근처에 있는 게 낫다.

쟁반에 내온 반찬들과 해장국을 식탁에 내려놓는 아주머니는 허리를 힘겹게 젖히고 있다. 그러느라 손과 식탁 사이에 거리가 생겨 그릇 내려놓는 소리가 달그락거린다. 소리만 들으면 불친절하다. 허리 통증을 견디고 있는 예순 근처의 화장기 없이 푸석한 얼굴. 입술 따라 짙은 색 루주만 그어져 있다. 한 손으로 뒤허리를 짚어 뻗대며 빈 쟁반을 들고 돌아서 가는데, 두 다리도 바깥으로 휘어진 오다리다. 황문자도 저렇게 걷는다. '안 해본 거 없이 다 하고 살아서' 그렇다고 했고, 그중 해장국집 주방장 일도 들어 있다. 주방장 시절 근처에 여러 죽음이 있었더랬다. 끓어오르는 국물을 숟가락으로 젓고 입김으로 불어 가라앉히며 황문자의 그 시절을 떠올린다.

해장국집에 취직이 된 거가, 박정희 총 맞구 얼마 뒤였어. 영감 죽구 몇 해 있다 엄마가 가구, 딱 그만큼이나 지나서 박정희가 죽었어. 아, 내 식구야 아니지만 그래도 우리나라 대통령인 데다가, 그 지랄 하구 젊은 여자 불러다놓구 놀다가 지 부하한테 총 맞구 죽었으니까 기억을 하지. 종암동에서 인형 공장 다닐 때야. 지하 공장 그 추운 데서 손꾸락 호호 불어가면서, 요사시런 천 쪼가리들 요리 썰구 조리 붙이구 하면서 그 뉴스를 내내 봤지, 테레비로.

우리 아들이 박정희 총 맞기 바루 전에 제대를 했어. 안 그랬으면 제대가 아주 늦어질 뻔했다구 좋아했지, 하하하. 박정희 죽고 나서 한동안은 제대를 다 막았대. 그때 나라가 뭐 난리였잖아. 그러거나 말거나 우리 같은 사람이야 하루 벌이루 정신없이 살면서 구경이나 하는 거지 뭐. 전쟁이나 터지면 모를까, 높은 놈들이 지네끼리 죽이든 살리든 어떤 놈이 대통령을 해처먹든 우리랑 무슨 상관이 있어?

해장국집 주방 맡은 게 몇 살 때냐구? 박정희 죽구 얼마 있다 내가 해장국집에 취직이 됐댔어. 해장국집 다닐 때 막내딸이 여고를 졸업했는데, 걔가 지금 쉰하난가 그래. 그걸루 해서 따져봐. 내가 기억력이 좋다구? 글씨를 모르니까 뭐든 기억을 할라구 애를 쓰기는 했지. 특히 숫자가 안 잊어지는 게 많은데, 가만 보면 숫자들 그게 다 너무 기가 맥힌 거여서 안 잊어지는 거더라구. 특히 돈이 그래.

우리 막내딸이 한양고등학교를 2월 16일 날 졸업했어. 주방에서 바쁘게 점심 준비를 하는데, 우리 사장님이 어떻게 알았는지 돈 3만 원을 찔러주는 거야. 가서 애 짜장면이라도 사 멕이고 들어오래. 그래서 그 3만 원을 받아가지고 쓰레빠 끈 채 쪼끼 하나만 걸치고 학교 문 바깥에 가서 서 있었어. 꽃다발 장사들이 장사진을 치고 있는데, 그 차림으로 꽃을 살 수가 없더라구. 돈두 아깝구. 그래가지구인저 서 있는데, 우리 딸이 보고 오더라구. 못 간다고 했는데 혹시라도 오나 교문을 봤던가봐. 그게 점심 장사 쫌 전이었으니까 졸업식 막 끝날 때였나봐.

그 3만 원에서 만 원을 빼가지고 꼬깃꼬깃 접어 쥐어주면서, 짜장면이라도 사먹고 들어가라고 하고는 그냥 돌아섰어. 그걸 다 주지도 않고 2만 원을 남겼어. 2만 원이면 애들이랑 며칠을 사는데? 그러구는 그냥 식당으로 돌아와서 점심 손님을 마저 치른 거야. 애 셋 학교를 모두 가본 적이 없는데, 막내 기집애 마지막 졸업식에는 그렇게라두 들렀던 거야. 그때는 그래도 평생 돈 한 푼 벌어본 적 없던 서방도 죽고 애들 다 키워준 엄마도 가고 막내까지 여고 졸업을 시켜놨으니, 사는 걸루 치면 젤로 나았지. 그땐 희망이래는 게 보이는 거 같았어.

사십대 후반 당시 황문자의 소망과 타산으론 그랬다. 하지만 83년의 생애사를 털어보면 황의 가난은 당시에 이미 자식들의 가난을 낳았고, 각자 몫의 가난은 한데 뭉개지며 이어져가고 있었다. 묻지도 않고 낳아 물려줬고, 이제껏 도망가지도 끝내지도 못했다. 결혼은 물려줄 게 많은 자들이 대대손손 자신들과 사회의 안녕에 필요한 값싼 노동력을 제공받기 위해, 가난한 사람들에게 모방을 용납한 관습이자 규범이다. 가난한 이들은 가진 자들의

'품위 있는' 문화에 도달한다는 착각을 하며 의례와 맹세에 돈과 의미와 축하를 붓는다. 혼인관계 속 출산은 자기 자식만은 가진 자들처럼 될 수 있다는 가난한 자들의 허망한 보상 심리의 결과물이다. 성애적 욕망과 출산은 본능일 수 있지만 가족은 문화이고 규범이며, 가난한 사람들에게는 예나 지금이나 최소한 경제적으로는 덫이자 속임수다. 더구나 평생 일대일만을 유지하라는 일부일처와 정상 가족 규범이야말로 사회 불평등과 억압과 차별의 근원이라는 게 미경의 생각이다.

미경은 엄마를 포함해 모든 노인의 통상적 죽음에 별다른 감정이 없다. 한쪽에서는 늙어 죽고 한쪽에서는 태어나 자라는 것이 생태계다. 현재 황문자의 특이 상황이란 그녀가 구술생애사 작업의 주인공이라는 점이고, 여든셋의 그녀가 죽음 예시로 해석될 수 있는 문자를 남기고 부재중이라는 점이다. 업무상 최악은 면한 상황에서 미경에게 황의 죽음 여부와 이유와 방식은 생애사 작업의 주요한 변곡점이자 의제다. 죽음에 관한 관찰 욕망과 더불어 황의 죽음 여부가 중요한 이유다.

「황문자 완고 1」을 중심으로: 영감과 엄마의 죽음

황문자 삶에 죽음은 종횡으로 널려 있다. 현재 황문자 주변에 죽음이 흔하듯, 과거 생애사 속에도 숱한 죽음이 등장한다. 그중 영감과 엄마의 죽음 대목을 따져보니 영감은 1974년경, 엄마는 1976년경 죽었다. 한강 모래사장에 천막 치고 살다가, 홍수가 나서 한강국민학교에서 수재민살이를 하다가, 군인 트럭에 실려 경기도 광주로 집단 이주를 당했다가, 벌어먹고 살 게 없어 광주를 나와 봉천동 산동네로 들어갔다. 둘의 죽음은 봉천동 산동네 시절 어느 중간부터 시작된다.

그래가지구인저 들어간 게 봉천동 산동네야. 광주 나와서 글로 들어가는 뭐를 받았던 거야, 영감이. 그것도 무슨 딱지래더라구. 봉천동 달동네서 산 거는 그래도 광주 거기보다는 나았지. 일단 밥 벌어먹을

게 근처에 있는 거야. 거기서 벼라별 거 다 하구 살았지. 산동네루 연탄 배달도 하구 부로꾸블록랑 벽돌 배달도 하구 남의 집 파출부도 하구. 그런데 결국 거기를 나온 거도 영감 때문이야. 영감이 죽었는데 장사 치를 돈이 없는 거야. 장사 치를 돈은 고사하구 빚만 많이 졌댔거든. 내가 번다구 벌지만 나가는 구녁이 숭숭 뚫려 있는데 빚을 안 질 수가 있어?

그래도 사람 목숨인데 병원을 아예 안 갈 수는 없잖아. 그러니 영감 병원비도 많이 나갔고, 그때면 애들 둘 월사금도 꼬박꼬박 나갔고. 근데다가 영감이 죽을 때가 되니까 빚 떼먹구 도망갈까봐 사람들이 아예 대놓고 의심들을 하더라구. 야반도주하는 사람 많았지. 서로간에 빚이 물리고 꼬이고 해서 살림살이 다 놓고 식구대로 싹 '밤새 안녕' 하는 사람이 많았어. 근데 우리는 영감이 아예 꼼짝을 못하고 드러누웠으니 야반도주를 하고 싶어도 못하는 거야.

나 혼차라면 영감 놓구 몰래 도망쳐 나왔을 거야. 울 엄마도 뚝하면 그 소리를 했댔거든. 엄마가 그 병수발을 다 한 거잖아. 그러니 너무너무 힘들고 속상하면 나한테만 대고 그 소리를 하드라구. 근데 새끼들 눈 있는데 그게 돼? 그냥 하는 말이 그런 거지. 어디 가서 무슨 천벌을 받을려고 짐승도 안 하는 그런 짓을 하겠냐구. 오늘내일하구 있는데 내가 딱 작심이 스더라구. 엄마는 말리는데 내가 나서서 딱지를 팔았어. 그때 그 산동네 개발을 곧 한다고, 그런 딱지들을 줬댔어. 쥐고 있으면 값이 커진다는데, 커지고 말고 당장 하루 사는 게 힘든데 어떡해? 괭이 새끼도 아니구 사람이 죽어가는 건데, 더구나 같이 새끼까지 낳구 산 사람이 죽는 건데, 아무리 없어도 장례는 치러줘야겠단 생각이 오더라구.

그걸 판 게 영감이 오늘내일할 때였어. 딱지 판 돈으로 사람들 불러 먹이고 뭣하고 해서 영감 장례를 치러줬어. 빚쟁이들이니 뭐니 동네 사람들이 다 왔지. 얼마가 됐든 부줏돈 봉투들을 들고. 내가 봉투들 열어보지도 않고 그대루 모았어. 내일이면 화장터루 나가는 날인데 그날 밤에 빚쟁이들을 싹 불렀어. 그러구는 딱지 판 돈에서 장례비 쓰고 남은 거랑 부줏돈 봉투들이랑 해서 넣어놓고 그냥 나자빠졌어. 다들 여편네들만 왔더라구.

"나 이게 다. 죽어가는 영감 놓구 야반도주할 생각도 굴뚝같았는데, 내가 그러면 내 새끼들이 어디 가서 천벌을 받을 거 같아서 못하겠드라." (흐느낀다) "장례 치르고 이사 갈라고 하꼬방 딱지까지 팔았다. 다다음 주에 이거두 비워줘야 되는데 새끼 셋에 엄마 데리구 당장 나앉을 데도 없다. 그러니 제발 이걸로 끝내자. 나야 독한 년이구 죽일 년이지만, 새끼들 눈이 무서워서 이렇게라도 사람 노릇 할라는 거다. 죽을 목숨 살려주는 셈 치고 이걸루 끝내자……" 그랬어.

아유 씨팔, 내가 왜 이렇게 징징대냐. (흐느낌이 더 커진다) 그때는 안 울구 독하게 잘 했어. 울면 다 무너져버릴 거 같더라구…… 그러구 나니까 한쪽에서 좀 쑤군대다가 누가 뭔 눈치를 줬는지 금세 조용해지더라구. 그러더니 돈 젤 많이 빌려준 계 오야대표가 나더러 좀 나가 있으래. 그 오야가 아주 독한 여편네거든. 딸라 돈이니 일수니 해서 그 동네서는 그 여자 돈 안 쓴 사람이 없어. 자식 넷 딸린 과분

데 승질이 아주 드러워서, 승질머리 땜에 서방 잡아먹었다구 뒤에서 악담들을 했어. 그래두 아수우면 다들 그 여편네한테 가서 손을 벌리지. 누가 돈 떼어먹구 도망가면 그걸 몇 달이구 쫓아다녀갖구 결국은 이자까지 받아내는 여편네야. 나가 있으래니 나갔지 뭐. 아마 그 오야가 주동이 돼서 날 어떻게 할 의논을 하겠거니 했지. 씨껴먼 골목에 혼차 섰을래니까 그제서야 눈물이 나더라구. 그때라두 새끼들 끌어내서 재들 아부지 따라 싹 다 죽어버리자 싶더라구. 그러구 울구 섰는데 그 오야가 판자문으로 빼꼼하게 내다보면서 들어오래. 눈물 자국부터 싹 문지르구 들어갔지. 죽이든가 처넣든가 맘대로 해라 하구.

근데 글쎄 그 여편네가…… (다시 흐느낀다) 그 오야가 글쎄…… 부줏돈 봉투들을 내 앞으루 싹 다 밀어주면서 어서 챙겨넣으래는 거야. 그러구는 또 한다는 소리가, 딱지 판 돈두 다 돌려줬으면 좋겠지만 당신이나 우리나 별 차이가 없다, 이 돈은 우리가 알아서 찢어갈 테니까, 누구한테 얼마 빚졌는지나 다 있는 자리에서 원금만 말해라, 그러는 거야…… 내가 하두 놀래서 한참을 무슨 소린가 머엉했더랬어. 그러구는 정신을 채려서 다 불었지. 그 자리에 없는 한 사람 꺼까지 다 합해서 일곱 군데였어. 그걸 그 여자가 다 받아 적드라구. 액수가 다 기억이 나지, 일숫돈 붓다 만 것도 얼마 남았는지 다 기억이 나고. 내가 못 배워서 그렇지 기억력은 절대 안 빠져요. 누구 하나 틀렸대는 사람 없이 다 맞다구 하드라구. 그걸 다 불구서야 내가 그 여자들 앞에서 엉엉 울었어. 챙피하구 쪽팔리구 그런 생각이 하나투 안 들더라구.

그때는 없는 사람들끼리는 그런 게 있었어. 세상에 다들 오죽허면 그 봉천동 꼭대기 하꼬방까지 밀려왔겠어? 아닌 말루 진짜 나보다 나을 것두 없는 사람들이야. 서방이랑 새끼들 앞세워 보낸 여편네들도 많구. 그 한 푼을 벌겠다고 나랑 같이 꼭대기 진흙탕 언덕길을 다라이루 연탄 배달 벽돌 배달을 하던 여자들이야. 그러다가 쩌이이익 미끄러지면서 연탄들이 떼구르르르 굴러떨어지면 서로 잡아주고 일으켜주고 주워 담아주구 하면서 같이 엉겨붙어 울다가 깔깔대구 웃다가 그랬던 여자들이야. 그렇게 번 돈을 나한테 빌려준 건데, 그걸 못 갚겠다고 나자빠진 건데, 그 여편네들이 또 그렇게 나랑 새끼들을 살려주드라구. 요즘은 그런 동네도 그런 사람도 없을 거야……

없는 사람들 동네가 늘 시끄럽고 지저분하고 그래도 모여 사는 그게 좋았던 거 같아. 누가 아파도 다 알고, 좋은 일 있어도 같이 좋아해주구, 웬수처럼 싸우다가도 누구 죽었다 그러면 다 모여서 울고불고해주구. 요즘은 뭐 죽어도 죽은 줄도 모르고, 시체가 썩어도 이웃집도 주인집도 모르는 세상이잖아. 쟤들 아부지 죽은 게 벌써 50년 가차이 됐거든. 그사이에 먹고살기는 좋아졌는가 몰라도, 사람 사는 세상 같지가 않아. 없이 사는 사람이 착하기까지 하면, 더 무시당하고 바보 취급받고 하는 세상이야. 나처럼 동회 쫓아가서 악다구니라도 칠 줄 알아야 사람 취급을 해줘. 없는 사람들이 착하기까지 하면 더 죄라니까.

그래가지구인저…… 아 맞어. 그렇게 빚잔치를 하구 봉천동 달동

116

네를 나와서 상계동으루 간 거야. 동생이 결혼해서 거기서 살구 있었거든. 갈 데 없으니 일단 걔네 집으루 갔댔어. 그때 엄마를 여수 이모네로 보낸 거지.

미경은 살아보지 못한 '마을 이야기'다. 그런 마음과 마을은 어떤 상황에서 시작되고 모여 사람과 이웃을 살리는 걸까? 황문자 말대로 이젠 그런 동네도 사람도 없는 걸까? 돈과 핏줄이 최고라는 세상 어느 끄트머리에서는 아직도 그런 마을이 가능할 거다. 그런 곳이라면 징그럽더라도 살맛이 또 나겠다. 늘 즐겁지 않더라도, 애써 시작해 가꾸다가 어느 날 무엇인가로 폭삭 무너지고 떨어져 나와 흩어지더라도, 흩어진 사람들이 죽지 않는 한 또 고일 수밖에 없는 어둡고 냄새나는 어디에 가면 다시 그런 마을을 시작할 수 있을 거다. 자신과 타인과 세상에 속고 또 속더라도, 시작하고 또 가꿀 수 있을 거다. 가꾸다가 죽으면 다른 사람이 이어서 할 거다.

영감이 막내 여덟 살 때 돌아가셨어. 맨날 술 처먹고, 술도 그 소주를 병째 나발을 불고 그러더니만, 일쩍 갔지. 우리 엄마가 또 가만히나 있었겠어? 허구헌 날 젊은 여편네 내돌려서 얻어먹고 산다고, 미워하고 구박하고 그랬지. 오죽하면 밥을 해놓고 미워서 주지를 않고 밥사발에 담아서 쌀독에다 숨겨놓고 그랬을까. "사흘 굶어서 담 뛰어넘지 않는 놈 없다" 그 말은 또 엄마가 어디서 들어가지고, 메칠을 "밥 먹었냐?" 소리를 안 물은 거야. 애들은 몰래 멕이고 쌀 떨어진 척을 한 거지. 근데, 그래도 돈 벌러를 안 나가드래. 나야 맨날 일하러 나가느라 살림을 엄마한테 많이 맡겼지. 밤낮 "내일모레 몇 시만 되면 돈이 1000만 원이 들어온다" "이번 꺼만 잘 되면 1000만 원이 들어온다" 그 소리를 동네 사람들한테 하도 많이 해서 오죽하면 그 사람 별명이 '천만 원 아저씨'였어. 여편네들이고 꼬맹이들이구 내가 공동 수도에 물 길러 가면 '천만 원 아줌마' 온다고들 쑥덕거리고 낄낄대구 그랬어. 아구, 내가 쪽팔리고 화딱지 나고 증말. 나는 첨에 그게 무슨 소린가 했어. 내가 어려서부터 집에 남자 없이 살아놔서 첨에는 남자랑 사는 것만으루두 아주 흐뭇하더라구, 든든허구. 그런데 좀 살아보니까 씨잘 데 없는 남자는 아예 없느니만 못한 거야.

인저는…… 밉구 속 터지던 거는 다 흐무러져 없구, 내가 모질게 한 거만 생각나. 죄 받을 짓도 많이 했구 벼라별 막말도 많이 했어. 무슨 팔자로 나같이 무식한 년을 만나서, 입 꾸욱 다물고 다 참느라구 그게 암이 됐을 거야. 가련한 인생이지. 그놈의 해방이구 전쟁이구 그런 거 없이 지 어릴 적 이북 팔자대로만 살았으면 누구한테 원망 한마디를 안 듣고, 누구한테 마다 소리 한 번을 안 하고, 그냥 착하구 고사앙하게 살 인생이었지. 그런 사람이 이남 와서 나 만나 대체 무슨 생각을 하며 살다가 간 건지…… 선볼 때? 글쎄, 뭐가 좋았을까? 선볼 때도 몰랐고 징글징글하게 싸우며 살 때도 몰랐는데, 죽고 나서 한참 지나 드는 생각으루는 많이 배운 그거에 내가 껌뻑 넘어갔던 거 같더라구. 내가 못 배운 게 한이었거든. 근데 결국 배우구 속 깊은 그거가 올가미가 된 거지. '내 서방이다', 그 생각만 안 하고 보면 세상에 다시없는 착한 사람이지. 그런 사람이니까 이런 놈의 악다구니 세상을 길게 살 재간이 없었던 거야.

자기도 속상하니까 돈만 좀 생기고 술 사준다는 사람만 생기면 술을 퍼먹은 거야. 남한테는 쏟지 못하는 사람이니 속으로 암 덩어리를 키웠겠지 뭐. 술을 그렇게 많이 먹어도 집에 와서 술주정하고 그런 게 없었어. 내가 하도 지랄 지랄을 하면, 참다 참다 어쩌다 나랑 말싸움이나 몇 번 했지. 지금이야 의료 보험도 되고 수술도 잘하고 하니까 어떻게 해봤을 텐데, 그때는 병원도 제대로 못 갔어. 당장 죽 끓여 먹을 것도 없는데 병원을 어떻게 가? 환갑도 되기 한참 전에 갔어. 서방 죽은 거루는 눈물도 안 나드라구. 이제 한 가지는 끝났구나, 그 생각이랑 그다음을 어떻게 살아야 하나 그 생각만 나더라구.

영감 죽을 때쯤 해서 내가 수원 농장집에 아예 들어가 살면서 식모살이를 했어. 농장집은 언덕에 과수원도 하고 그 밑에다 배추, 무, 마늘, 파, 그런 밭농사도 많이 하고 그랬어. 토요일 저녁마다 하루 쉬면서 집에 갔다 일요일 밤에 들어가는 거지. 그 주인 여자가 나한테 참 잘했어. 자기네 양념 만드느라고 마늘이랑 파에 고춧가루랑 젓갈 넣고 버무린 거를 일부러 더 만들어서 나한테 싸주는 거야. "나이 많은 엄마도 있고 서방도 많이 아프대매. 이거 가져가서 일요일에 김치래도 담가놔야, 일 나오면 엄마가 애들이랑 환자랑 밥 챙겨줄 거 아니야" 그러면서 싸주는 거야. 일주일 치 돈도 늘 한 푼이라도 더 줬고.

그때는 그런 사람 많았어. 지금은 뭐 발전 그런 걸 했다고 없는 사람들한테 나라에서 주는 것도 좋아졌대지만, 이웃이라는 게 없잖아. 이러구 혼자 있으면 생각이 나지, 왜 안나? 새끼 넷을 같이 만들구, 그 웬수 뼛가루를 내 손으루 뿌렸는데. 봉천동 재개발 딱지 받은 거까지 다 말아먹구는, 저도 땅에 못 묻히고 불에 타서 뿌려진 거야. 그때는 화장하는 사람들 별루 없었어.

영감의 죽음은 대강 이야기가 나온 것 같아, 얼른 엄마의 죽음 이야기로 끌고 갔다.

우리 엄마도 참 고생 많았지. 언젠들 편했을까마는, 큰딸년네랑 살면서 고생 많았지. 그 살림을 다 맡은 데다가, 장암 걸린 사위를 2년 6개월 병수발을 혼자 다 한 거야. 똥오줌을 다 받아낸 거야. 피똥이랑 설사를…… 어떡해? 나는 돈 벌러 나가야 하는데.

처음에는 욕에 욕을 해대면서 하더니, 나중에는 불쌍했는지 맨날 혀를 끌끌 차며 안쓰러워하더라구. 고됐는지 한번은 엄마가 혈압이 오르면서 코피를 막 한 다라이 쏟더라고. 피가 굳어서는 수챗구녕으로 빠져나가지를 않는 거야. 그게 혈압이 올랐는데 머리로 안 올라가고 코로 쏟아버려서 안 죽은 거래. 그러구는 죽을 때까징 감기 하나를 안 걸리드래니까.

사위 가고 나니까 엄마가 "그렇게 사위 구박한 죄를 결국 사위가 갚게 해주고 갔다"고 그 소리를 하드라구. 아들 없는 장모님은 큰사

위가 모셔야 한다면서. 자기 발로 모셔온 장모한테 그 수모를 당하다가, 결국 또 그 수발을 다 받고 가데. 참, 무슨 인연들인지…… 사위를 그렇게 보내놓구 우리 엄마는 또 어떻게 가셨는 줄 아슈? 아구, 참 기가 막혀서. 엄마랑두 징글징글하게 싸웠는데, 이젠 미안한 생각만 남았어.

영감 죽고 봉천동 산동네에서 나와 상계동 여동생네루 다섯 식구가 가기는 갔는데, 걔네도 방이 두 칸밖에 없었거든. 안방은 지네 식구, 그때는 넷이지, 그 넷이 쓰구. 우리 다섯한테 작은 방을 비워줬는데, 아유 짐이구 잠자리구는 고사하고 들어설 자리두 안 되는 거야. 하룻밤을 어떻게 새구 나더니 우리 아들이 "엄마, 이러지 말고 할머니는 얼마 동안이래두 이모할머니네 데려다드리자" 그러는 거야. 지가 봐도 할머니가 안됐으니까 그런 거지. 이모할머니가 여수서 혼자 살고 있었거든. 엄마 아래야. 그 이모가 여순 난리 때 폭격 맞아서 손 한쪽이 장애야. 그 말을 들으니 아구 살았다, 싶더라구. 그거 말구는 방법이 없었어.

그래서 엄마를 데리구 여수엘 갔어. 가서 얘기했더니 그러라 그러드라구. 그렇게 엄마를 여수에다 떨궈놓구 바로 왔지. 엄마가 징징 울면서 같이 따라나서는 걸 쪼끔만 있으면 데리루 온다구 무슨 젖먹이 떼놓구 오듯이 뒤도 안 돌아보구 나온 거야.

그 집 자식들은 다 서울 와서 살고 있었지. 이모가 부두에 일하러 다녔댔어. 손 하나가 장애래두, 생선 배 들어오면 배 따는 거며, 부둣가에서 횟거리 파는 거며, 돈을 벌었댔어. 그래가지구인저 아침 일찍 밥 해먹고 나가면서 낮에 엄마 먹으라고 점심밥까지 채려주구는, "아무 데나 돌아다니다가는 길 잃어버리기 십상이니까 혼자서는 나가지 마라. 나 쉬는 날 같이 구경 다니자" 그러구 다짐을 받구는 아침 장사를 나가구 했던 거지. 같이 데리구 나가기엔 엄마가 기운이 없었지. 사위 병수발 하니라구 엄마도 빠짝 늙어버렸거든. 그런데 우리도 보고 싶고 갑갑하니까 혼자 나다녔던 모냥이야. 나갔다 자기 발로도 찾아오고, 어떤 날은 이모가 찾아오구, 맨날 안 보였다 찾고 그랬대. 그러다가 하루는 진짜루 없어져버렸네.

그때는 몰랐는데 지금 생각하면 그때 치매가 왔던가봐. 치매 교육 받으면서 보니까, 치매는 살던 동네 떠나면 더 심해진다드라구. 가난한 동네드라도 그래도 서울서만 살던 할망구를 갑자기 바닷가 촌구석에 떨궈놓구 온 거니, 그래서 치매가 됐던가봐. 그래 이모가 동네 사람들 다 동원해서 주변 산골짜기며 온갖 데를 찾아다닌 거지. 그랬는데 동네서 좀 떨어진 산길에서 꼬꾸라져 죽어 있더래. 아유, 동네두 아니구 동생 일 나간 바닷가두 아니구, 왜 그 먼 산길까정 가서 꼬꾸라져 죽었느냐구. (눈이 벌게진다)

엄마를 찾구 나서 우리한테 연락이 왔어. 갔더니 사람들이 서낭당 옆에 곳간에 옮겨다 천 하나만 덮어놨더라구. 객사한 시체는 집에 안 들이는 거래. 장례두 못해줬어. 나랑 아들이 밤에 도착해서 얼굴만 떠들러들어 보구는 그다음 날 화장해버렸어. 엄마가 사위 장사 치를 때 그렇게 부러워했댔거든. 모진 고생 끝내구 없는 살림에 동네 사람들 멕이구 가는 게 좋아 보였던 거야. 그르더니 얼마 안 있다가 자기는 그렇게 객사를 해버린 거야. 나는 어떻게 죽을라나…….

영감이랑 엄마 가고 뭐가 변했었냐고? 변할 게 뭐가 있어? 똑같지. 죽은 사람 갖다 버리고 산 사람은 그냥 살던 대로 사는 거야. 울고불고하는 건 그때 잠시고 짐이 줄어들었지 뭐.

대부분의 죽음과정은 사람 하나가 늙고 병들어 차차 죽어가다가 마침내 도착하는, 빼도 박도 못하게 분명하고 마땅한 기댓값으로 끝난다. 소멸을 향해 계속 가다가 마침내 소멸에 도달하는, 모두가 기다리고 기대하는 '결국'이다. 때로 너무 힘들어 보여 "어서 가세요, 편히 가세요"라는 마음과 말로 도착점을 향한 안간힘에 힘을 보태기도 한다. 마라톤 결승선 근방의 풍경과 닮았다. 그러한 죽음에 대해 길고 깊게 절망 운운하는 것은 관습적 통념이자 감정이며, 과장이나 거짓의 연극이다.

엄마의 사망 3년째까지 가끔 미경의 머리 한쪽 끝에 정체불명의 심란함이 문득 들곤 했다. 왜 심란한지 따져보면 대부분 엄마가 이유였다. 그러고는 바로 '이제 엄마는 없어' 하는 안도의 마음이 오면서 배시시 웃곤 했다. 4년째에 접어들면서 갑자기 오던 심란함도 없어졌다. 심란한 느낌과 함께 엄마가 떠올랐던 이유는, 죽음 전 3년 정도 그녀가 자식들과 남편에게 중요한 '문젯거리'였기 때문이다. 특히 치매가 진행되면서 돌봄 내용과 방식을 자주 바꿔야 했고, 엄마의 변화나 아버지의 호출에 남매들과 그 배우자들이 수시로 대응하고 동원되며 자주 의논하고 결정해야 했다. 그럼에도 엄마는 늘 자식들과 남편에게 억지를 부렸고, 때론 그녀의 감정과 변덕에 맞춰 기나긴 논의에서 나온 결정을 번복해야 했다. 죽음에 바짝 다가가면서부터는 그녀의 소멸과정에 대해 시시각각 더 긴밀하게 논의하며 결정하고 실행하고 책임져야 했다.

일련의 과정은 구성원 모두에게 중요한 문제였다. 물론 미경에게는 공부할 거리이자 글의 소재이기도 해서, 미경의 감정은 여느 가족들과는 많이 달랐다. 미경은 엄마로 인한 문제들이 일면 반갑고 흥미로웠으며, 소멸과정에서 생애에 대한 관찰과 공부의 기회를 주는 그녀에게 몰래 혼자 고마워했다. 물론 그 다름에 대해 미경은 나머지 구성원들과 적당한 조정과 합의를 만들거나 적어도 가장해야만 했다. 그러니 '문젯거리'란 싫고 귀찮다는 의미가 아니라 수시로 동원되어 해결해야 할, 불확실하며 부정기적이고 돌발적이며 부조리하고 불합리한 존재로서의 죽어가는 엄마를 말한다. 이 집안의 경우 경제적 여건과 '우애'라는 것 덕에 감정적으로 훨씬 덜 힘들었지만, 그럼에도 가족, 노쇠, 죽음, 성별, 계급에 대한 태도에 따라 구성원 간에 다양한 차이는 있었다.

부모의 돌봄과정에서는 여러 차이에 대해 남매들과 적당한 합의 혹은 가장을 했지만, 글로 써서 책으로 낸다는 건 다른 문제였다. 미경은 물러설 수 없는 소신의 대목들에서 물러서지 않았다. 미경의 설명에 대해 일부는 이해하려는 노력 없이 화를 냈고 일부는 "우리는 가족이잖아"를 내세워 애매하게 뭉개고 넘어가곤 했다.

책에 쓰인 엄마와 아버지의 늙음과 죽음에 관한 기술, 둘을 포함한 가족관계와 그 변화들에 관한 관점의 차이를 글로 쓰는 것으로 인해 미경과 남매들 사이에 불화가 생겨났다. 그 차이가 시발이 되어 빈곤과 소수자들에 대한 관점과 태도로 여러 차례 부딪혔다. 엄마 사망 후 3년 차, 미경은 모멸감을 느끼게 만든 갈등을 계기이자 핑계로 결국 남매들에게 단절을 선언했다. 가난하고 못 배운 가족들이라면 아무리 징그러워도 최대한 짐과 고통을 함께 질 일이지만, 많이 배우고 가진 사람들과의 소통 불가능한 불화에 가족이라는 이유로 감정과 시간을 소모하고 싶지 않았다. 혈족과의 단절은 미경에게도 심리적 피가 흐르는 고통을 주었지만 소통 불가능한 불화와 묵과, 그들은 이해 불가능한 내 쪽의 모멸을 연장하며 관계를 지속하느니 단절을 택한 것이다.

자기 길을 만들기 위해서는 가까운 사람들 사이에서 내 입장과 태도를 명확히 해야 한다. 그걸 놓쳤다가는 평생 족쇄를 차야 한다. 잘 사는 방법 중 중요한 것은, 해야 할 싸움을 피하지 않는 것과 필요 없는 싸움에 거리를 두는 일이다. 단번의 단절을 위해서는 회복을 불가능하게 하는 욕설이 필요했다. 필요했다기보다 터져나왔다. 아팠지만, 삶이 단출해져서 좋다.

죽음이란 죽어가는 자에게도 종지부이고, 산 자들에게도 어떤 문젯거리들과의 종지부다. 엄마의 죽음 당시든 지금까지든 미경에게 슬픔 따위는 없다. 구태여 꼽자면 잘 알고 지내던 한 선배 여성의 몸과 말을 더는 만날 수 없다는 아쉬움이 있고, 그 아쉬움은 문젯거리로서의 엄마가 이제 없는 것으로 인한 안도의 다른 면이기도 하다. 한편 미경의 기억과 해석 속에서 엄마이자 선배 여성은 언제라도 소환되어 미경과 다시 만나고 있다. 그녀의 삶과 죽음, 말과 행동, 웃음과 울음, 열정과 상처를 반복해 떠올리고 재해석하며 그녀가 미경 안에서 작용하게 하는 것은, 그녀가 살았을 때든 죽고 나서든 늘 할 수 있는 일이다. 그녀는 죽었고 미경은 아직 살아 있다.

나 죽으면 애들 마음도 똑같겠지. 아흔이 내일모렌데, 지네한테 내가 필요할 게 뭐가 있겠어? 내 손으루 못 죽어서 그렇지 갈 사람은 가야 하는 거야. 그게 순리잖아, 안 그래? 말이 나왔으니 말인데…… 내가 이거는 평생 첨으루 꺼내 보이는 건데…… 내가 아주 모진 년이야. 아들이 그때 군대 갈 날짜를 받아놨는데, 걔가 여수 가는 기차에서 내내 우는 거야. 저 때문에 할머니가 그렇게 가셨다구. 지가 여수 이모네 데려다놓자구 했대는 거지. 그게 그렇게 후회가 된 거야, 걔는.

아들이 우니까 나두 울기는 울면서두, 내 속에 무슨 생각이 들었는 줄 아슈? 지금도 기차만 타면 그때 생각이 그대루 떠올라. 나 같은 년은 어떻게 죽어두 죄를 못 갚어. (흐느낀다) 속으루 있지…… 엄마 죽어줘서 고마워, 엄마 미안해, 엄마 잘 가…… 그 생각이 드는 거야. 이제는 쓸모가 없어진 거잖아 그게. 내 마음이 그런 거잖아. 내가 그런 년이드라구. 아들 따라 울기는 하면서도 그 생각이 들더라니까. 못된 년이다 싶으면서두 그 생각이 안 떨어져. 내려가면서도 그렇구 서울 오면서두 그렇구.

너무 없이 사는 거는 그렇게 죄를 많이 짓는 일이야. 그 생각만 하면 난 절대 애들이랑 안 살고 싶어. 더 늙어서 꼼짝 못하는 나를 놓고, 애들이 속으루 죽어주슈 죽어주슈 할 거잖아. 불효자식이라서가 아니고 없이 살면 그럴 수밖에 없어. 지금도 어디가 아프면, 엄마한테 한 거 땜에 죄를 받아서 그런가보다…… 그 생각이 들어. 껌껌한 방에 혼자 아파서 누웠을 때면, 나는 어떤 꼬라지루 죽을라나 걱정이 되기는 해.

아구, 염병할. 눈물이 다 말랐는 줄 알았는데, 오늘은 왜 이렇게 눈물이 나냐…… 아구 씨팔, 오늘은 아주 다 까뒤집어버릴라유. 그래야 낭중에 죽을 때 썩은 피를 안 쏟지. 이 속에 아주 씨꺼먼 썩은 피가 고여 있대니까. 그게 말야…… 사실은, 엄마를 여수에 떼놓구 돌아나올 때부텀 나한테는 그 생각이 있었댔어. (심하게 흐느낀다) 엄마 여기서 죽어라, 나 인저 새끼들이랑 살아야 돼, 그 생각이 왔댔어. 내가 한 생각이 아냐, 그냥 그 생각이 오드라구. 젖 떨어지는 애기처럼 징징거리는 할망구를 간신히 떼놓구 나오면서, 내가 그 생각을 했더랬어…… 내가 그렇게 모진 년입디다…….

"그래요" "그럼" "그런 거지 뭐" "그럴 거 같아" "다 그래요"……
인터뷰 중간중간에 추임새 삼아 말을 섞으면서도 머릿속은 백열 전구를 켜놓고 따로 '관찰'이라는 걸 하는 여자다, 미경. 황문자는 저 혼자서 마저 다 털고 있더라. 여든셋 할망구의 저 속 까뒤집기는 자기가 하고 싶어서 한 거다. 안 하구는 못 살겠어서 남 핑계 대고 혼자 털어내고 있는 거다.

서방은 쉰둘에 죽었고, 엄마는 일흔셋에 죽었다. 마흔 근처에는 겪어내느라 몰랐던 마음을 여든셋의 황문자가 풀어내고 있다. 슬픔이니 후회니 하는 것은 모두 자신을 위한 말이고, 벌써 죽은 서방이나 엄마와는 무관하다. 사람들이 어떤 죽음에 각별한 의식을 차려 의미를 붙이더라도, 모두 산 사람들을 향한 일이다. 어떤 죽음과 삶은 끈질기게 반복하여 이야기되고 재해석되어야 하지만, 장엄이니 애도니 하는 모든 의례는 죽은 이에게는 닿지 않는다. 이들은 죽음으로 산 자들과 단번에 단호하게 단절된다. 죽음 이후에 관한 모든 상상과 믿음은 불안과 두려움의 산물이다. 가난한 노인은 부자 노인에 비해 상대적으로 죽음을 잘 수긍한다. 해결 불가능한 삶의 궁지에서 빠져나가는 출구는 죽음밖에 없음을 알기 때문이다.

가없는 시공의 한 귀퉁이로 우연히 와서, 한 시절을 살다 각자의 출구로 나간다. 출입구는 사람의 일이 아니다. 삶만이 사람의 몫이다. 가난과 고난을 끌어안은 이들은 고될수록 당당한 입장의 힘을 품고 있다. 움켜쥐고 누리며 사는 자들은 끝내 모르다 죽을 질기고 치열한 저항이자 힘이다. 자타의 고통을 외면하지 않고 부둥켜안고 싸우는 삶이야말로 사람의 길이다.

휴대폰이 울린다. 센터장이다. 8시 50분.

"놀라셨겠네요. 별일은 없다는 거지요?"

다 보고받은 거다.

"가장 최근에 안부 확인한 게 언제예요?"

"그저께 화요일 9월 2일이고, 전화도 방문도 했고, 업무보고도 해놨어요."

혹 업무보고가 부족했으면 조작하자고 할 거고 미경도 수락할 거다. 센터장이 알기 전이라면 미경이 먼저 조작할 거다. 많은 경우 복지는 처지와 맥락엔 관심 없고 수치 위주의 보고만 남긴다. 문제가 될 때 보고는 가장 기초적이고 중요한 근거 자료다. 이럴 때 사회복지사도 센터장도 미경도 업무상의 관계와 기대를 대화의 핵심으로 삼는다. 불만 없다. 서로 다른 의중은 각자의 몫이다.

"아들 말고는 아무한테도 알리지 않았지요?"

그게 가장 염려됐을 거다. 그렇다는 답에 이어, 평소 아주 활달한 분이었다는 것과 문자에 대한 다른 해석 여지도 알린다. 그를 안심시켜야 상황을 복잡하게 만들지 않을 수 있다. 식사를 마치면 근처에서 공공근로를 하는 어르신들이나 친구 어르신들에게 연락해보겠다는 말도 한다. 아침 식전에 현장에 나와 급한 업무를 마치고 밥을 사먹는 중임을 알리는 거다.

경찰이나 주민자치센터에 알려야 할지를 물으며 그가 바통을 넘겼고, 아직 그 단계는 아닌 것 같은데 센터장님이 결정하시라며 미경이 다시 바통을 넘겼다. 이 씨름을 피차 알아채고 있다. 차이라면 센터장은 '은폐' 소리를 듣기 직전까지는 알리고 싶지 않은 것이고, 미경은 어떤 상황에서든 잘 관찰하다가 불가피한 경우 개입할 것이라는 데 있다. 미경의 관찰 욕구는 모른다 해도, 그녀가 필요한 경우 자신의 지시와 달리 개입할 사람임을 센터장은 안다. 등산복들이 나갔고, 아줌마는 그들의 식탁을 치운 뒤 설거지를 하고 있다.

"선생님, 정말 수고가 많으십니다. 식사도 못하고 일찍 나가셔서 업무도 빈틈없이 해주시고, 방도 혼자 그렇게 들어가시고. 아유, 정말 대단하십니다. 저라면 그렇게 못할 겁니다."

"제 일인데요, 뭐. 닥치는 대로 차례차례 하는 거지요."

센터장은 출근부터 했다가 상황 봐서 이리로 오게 되면 연락하겠다며, 얼른 식사부터 하라고 한다. 미경은 상황이 확인되는 대로 사회복지사 통해 연락하겠다고 했고, 그가 먼저 끊도록 기다렸다.

식사를 마치니 오전 9시 8분. 좀 이르기는 하지만 연락하기 이상한 시간은 아니다. 식탁에 앉은 채 황 할머니와 같은 조로 공공근로를 하는 다른 대상자 할머니 두 명에게 안부 확인 전화를 한다. "이 양반이 폰을 꺼놓으셨네요"를 보태며 지나가는 말처럼 황문자에 대해 묻는다. 오늘 안 나왔고 못 나온다는 얘기도 없었단다.

식당에 비치된 공짜 커피를 마실까 하다 접는다. 오늘은 닥치는 대로 버텨야 하는 날이고 어디서 깜빡이라도 눈을 붙일 요행이 있으면 놓치지 말아야 한다.

식당을 나와 다시 노인 집으로 향한다. 다행히 집주인 여자가 쓰레기를 버리러 나오는 중이다. 미경보다 너덧 살은 젊다. 몇 번 인사를 나눈 적이 있고, 미경에 대해 황 할머니의 도우미 아줌마 정도로 알고 있다.

"아침부터 덥네요. 잘 지내시지요? 근데 우리 어르신이 일찍부터 어딜 가셨나봐요. 휴대폰도 꺼져 있고."

"그래요? 맨날 무릎 아프다면서 벌써 어딜 가셨대요? 하여튼 부지런도 하셔."

"그러게나 말이에요. 어제는 보셨댔지요?"

"그럼요. 아침나절 뜨거워지기 전에 나들이 차림으로 나가시더라구요. 그러구는 나도 껌껌해져서 들어왔는데, 불이 안 켜졌더라구요. 그럼 어제 안 들어오셨을라나?"

"가끔 가시는 경기도 친구네서 주무시고 오나보네요. 혹시 보시면 저 왔다 갔다고, 연락 좀 하시라고 전해주세요."

골목을 돌아 황 노인의 출입문 쪽으로 와서 길가 그늘에 선다. 근처에 살며 황문자와 가까이 지내는 대상자 노인 세 명에게 안부 전화를 걸어, 저녁에 공원에서 만났는지도 없어 묻는다. 공원에 갔었다는 두 할머니 모두 못 보았단다. 있지도 않은 경기도 친구를 또 흘려놓는다. 이미 다섯 명의 할머니에게 행방을 물었고, 더 늘리면 안 된다. 노인들은 눈치가 백 단이고 소문을 풍기는 데도 고수다.

공원은 황 노인 걸음으로 집에서 10분 거리고, 인근 노인들이 낮이고 밤이고 애용하는 만남의 장소다. 여름철 낮에 노인들의 폭염대피소 역할을 하는 경로당이 저녁 6시 문을 닫으면, 그때부터 노인들은 공원으로 모여든다. 경로당에서 집으로 흩어졌다 저녁밥 먹고 모이기도 하고, 꿍짝이 맞으면 집에서 한두 가지씩 들고 나와 둘러앉아 비빔밥이나 비빔국수 등으로 저녁을 따지기도때우기도 한다. 조장에게 간단한 카톡 보고를 하고 공책에는 상세히 메모해놓는다.

휴대폰과 집 전화로 다시 시도. 여전히 안 받는다. 부지런한 할머니들이 경로당에 나올 시간이지만 지금 거기에 가서 행방을 묻는 것은 아니다 싶다. 황문자는 경로당 회원도 아니다. 월 1만 원, 연 10만 원의 회비를 내는 게 아깝기는 하지만 따지고 보면 회비 이상으로 생기는 게 훨씬 많다고 했다. 경로당은 동네 골목 안 연립주택 지하 1층을 개조해 만든 작은 규모고 할머니들만 받는다. 미경의 대상자 중에도 회원이 여섯 명이나 돼서, 노인들 방문 확인이나 집단 설문 조사 등을 할 때 애용하는 공간이다. 별일 없어도 미경은 동네 노인들과 눈도 맞추고, 다리도 쉬고, 관찰이나 공부도 할 겸 자주 드나든다. 점심이라도 얻어먹는 날은 설거지도 하고 후원금 함에 1000원짜리 두어 장이라도 넣고 나온다. 황문자는 회원 노인들을 공연히 좀 미워한다.

회원이 되면 매일 공짜 점심에 뚝하면 어디서 삼계탕도 사주고 외식도 하고 그런다더라구. 근데다 선물도 많이 들어와서 생기는 것두 많고, 무슨 운동이니 치료니 해서 젊은 선생들이 와서 가르쳐주는 것두 많대. 근데 우리 동네 경로당이 작잖아. 그러니까 회원을 스물다섯 명까지만 받는 거야. 법인지 뭔지루 그렇게 정해져 있대. 근데 한번 회원 된 노인네들은 이사 가거나 죽기 전에는 계속 회원을 하더라구. 생기는 게 많으니까 그런 거지. 그러니 자리가 안 나서 들어가지를 못해. 해년마다 연말에 가입서를 다시 쓰는데, 회원인 사람이 우선이래는 거야. 그게 바루 부정이지 뭐야? 그러믄 안 되는 거지. 돌아가면서 해야 맞는 거잖아? 내 말이 틀려요? 그래가지구서인 저 경로당 회원 노인네들이 을매나 텃세들을 부리는지 아주 드러워서 못 봐주겠다니까. 그래서 내가 그 골목을 아예 가지를 않아. 무릎 아파도 일부러 빼앵 돌아간다니까. 여름이면 폭염 쉼터래구 겨울이면 한파 쉼터래서 회원 아닌 노인네들도 갈 수는 있대는데, 그 쫍아터진 데를 어떻게 더 들어가느냐구?

　현시점에서는 노인 집 근처에서 할 일은 다 했다. 골목을 나와 대로변에 선다. 사하역 사거리는 황문자와 상관없이 그대로다. 그늘이 더 넓은 2번 출구 쪽으로 건너 지하철 한 정류장 거리인 다라마역 공공도서관으로 향방을 정한다. 황 노인 관련한 돌발 상황 대응을 위해 일단 노인 집 근처를 멀리 벗어나지 않고, 잠이 와준다면 냉방 되는 도서관에서 쪽잠이라도 자보다가, 시간 되는 대로 황문자의 구술생애사 원고를 뒤져보기 위해서다. 그사이 황의 상황에 별일이 없으면 걸어서 10여 분 거리인 센터에 들어가 출근부에 서명하고 황문자 건에 대해 조장과 센터장에게 적당히 보고한 후, 오늘 치 남은 안부 확인 전화도 돌리고 두 개의 시스템에 접속해 업무보고를 한 뒤 퇴근할 생각이다. 김영철 노인 건은 내일로 미루자.

두통과 졸음. 한 정류장 거리를 계단 오르내리며 지하철을 타느니 두통이나 떨칠 겸 걷기로 한다. 짐도 없으니 당연히 걸을 거리다. 평소에는 후원 물품 등 무거운 짐을 들거나 핸드카트에 실은 채로 이 거리를 자주 걷는다. 업무를 하다보면 그늘이 많은 시간이나 볕이 약한 시간을 골라서 걷는 건 사실상 어렵다. 재수가 좋으면 그렇게 되기도 할 뿐이다. 핸드카트를 끌며 인도를 걷는 건 울퉁불퉁하고 오르락내리락하는 길바닥 때문에 여간 힘든 일이 아니다. 그러니 무거운 후원 물품을 전달하는 날이면, 핸드카트에 짐을 싣고 차도의 한쪽 끝으로 걷는다. 위험해도 별수 없고 욕해도 별수 없다.

미경도 그렇고 대부분 오륙십대 여성인 생활관리사들은 이미 허리와 어깨와 무릎 등에 근골격 질환들을 달고 산다. 9월 초로 여름 햇볕이 아직 남아 있는 오전 10시경, 백팩 하나 달랑 메고 이 길을 걷는 것은 재수가 좋은 편에 속한다. 걸음이 무겁고 눈도 겨우 뜨고 있지만, 두 다리는 차례차례 엇갈리며 몸을 앞으로 보내준다. 버스 생각이 나기는 했다. 버스로도 한 정류장이고, 지하철과 달리 계단을 오르내릴 일도 없다. 그러나 사실 이 길을 걷는 첫번째 이유는 따로 있다. 한 정류장이나 열 정류장이나 같은 요금인데 한 정류장 가자고 그 돈을 내는 것은 아깝기 때문이다.

지희수 노인이 떠오른다.

지희수 그리고 이경혜

지난 8월 초, 내리쬐는 뙤약볕을 피할 길 없는 오후 1시경의 거리, 미경은 지금처럼 사하역에서 다라마역으로 가는 방향의 대로변을 걷고 있었다. 그 시간에 그 길을 걷는 사람은 거의 없었다. 그러다 가 멀리서 사람 하나가 절뚝거리며 마주 오는 것을 보았다. 30미 터 정도 가까워져 상대가 노파임을 알게 되면서 눈길이 떨어지지 않았다.

'하필 이 뜨거운 시간에 노인네가……'

노인은 좁은 걸음으로 열 발짝 정도 발을 떼며 걷다 쉬기를 반 복하면서 다가왔다. 20여 미터. 노파가 가로수 좁은 그늘에라도 앉아 쉬어볼 요량으로 두 손으로 허리를 뻗대며 무릎을 구부리다 말고 다시 무릎을 세워 고개를 들었다. 지희수였다. 선 채로 무릎 을 누르는 몸무게를 가로수에 기대고, 휴지인지 손수건인지 무슨 쪼가리로 얼굴을 문지르고 있었다. 아마 의자도 없이 주저앉아버렸다간 일어설 때 더 힘들 거라는 생각일 거다.

'저 미련한 할망구는 공짜 밥을 먹고 오느라, 지금 이 뙤약볕 아래를 저 꼬라지로 걸어오고 있구나……'

노인은 이쪽을 알아보지 못한 게 분명했다. 시력이 안 좋아 평소에도 4미터 거리 앞이 되어서야 미경을 알아보고 표정이 바뀌곤 했다. 남은 거리대로 좁혀가 노인의 그 꼬라지에 대고 미소와 안타까움을 담은 말마디를 나누다 말고 어중간하게 돌아서 갈 길을 갈지, 아니면 얼른 무슨 수를 찾아내 뙤약볕 아래 땀에 찌든 백발 노파와의 대면을 피하고 내내 모른 체할지, 아직 판단할 시간이 있었다. 인사는 고사하고 눈조차 마주치고 싶지 않았다.

그렇다고 도로 쪽 그녀와 4미터 이상 거리를 만들기 위해 상가 쪽으로 바짝 피해 걷는 것이야말로 자신 속 혐오를 스스로에게 고스란히 드러내는 일이다. 혹은 4미터 내에서 그냥 지나친다 치자. 모르는 사람이라면 눈을 안 부딪치면 되는데, 아는 사람이자 자신의 복지 수혜자 노인을 못 본 척 지나치는 건 두고두고 뒤끝이 구리고 께름칙한 일이다. 더구나 노인이 자신을 알아봤는지 못 알아봤는지를 지금도 나중도 내내 정확히 알지 못한 채, 그녀를 만날 때마다 '나는 못 봤음!' 하고 딱 잡아떼며, 스스로와 노파를 속이는 자신을 매번 직면하는 일이다. 아닌 말로 스스로 속이는 거야 자기 혼자 어쩌고 할 일이지만, 대체 저 노인네가 속아주는 건지 아닌지를 모른 채 그녀를 대하며 산다는 건 내내 심란할 테다.

그러니 가던 방향 그대로 가려면 눈을 마주치고 인사를 나눈 후 엉거주춤 노파를 두고 내 길을 가는 수밖에 없다. 복잡한 머릿속 때문에 점점 느려지던 미경의 걸음이 멈추면서, 머리만 뒤쪽으로 돌아가 도로를 향했다. 5, 6미터쯤 뒤에 횡단보도가 보였다. 일고의 여지 없이 몸을 돌려 횡단보도를 향해 걸었다. 머릿속은 시끄러웠고 표정과 몸통과 다리는 태연했다. 횡단보도에 서자 신호등이 파란불로 바뀌었고, 앞만 보며 건넜다. 인도를 걸으면서 노파 쪽으로 고개를 돌리지 않고 직진했다.

　그 장면은 두고두고 미경의 머릿속에 박혀서 그 길을 걸을 때마다 쑤욱 올라왔다. 미경은 그날 무엇을 피한 건가? 뙤약볕 아래 늙어빠진 할망구의 고된 꼬라지. 9000만 원 전세보증금을 깨지 않고 아들에게 고스란히 물려주기 위해 기초수급 자격 탈락도 감수하며 무작정 돈을 쟁이고 보는 맹목의 모성. 여느 수급자들보다 더 빈곤한 삶을 사느라 우울증이 심해 늘 "콱 죽어버리고 싶다"고 읊어대는 노파의 소갈머리. 콱 죽어버리기는커녕 살겠다고 공짜 점심을 먹으러 뙤약볕 아래서 땀과 진을 짜내고 뒤틀며 다라마역 근처 노인복지관을 다녀오는 노파의 생활. 부양의무제니 전세보증금 몇천만 원 이하 등을 따지며 현금 없는 노인을 극구 기초수급에서 밀어내는 복지 제도. 세상의 갖은 족쇄도 부족해 이젠 내던져도 될 자신이 만든 족쇄까지 끝끝내 부둥키고 웅크린 채, 죽고 싶다는 소리로 삶을 버텨내며, 그래봤자 죽음을 향해 엉금엉금 기어가는 할망구.

지희수도 미경이 담당하는 노인이자 구술사 작업 주인공이다. 나이와 몸 건강에 비해 무릎이 유난히 안 좋다. 황문자보다 다섯 살이나 아래지만 겉은 더 늙었고, 가까이 살아 서로 왕래가 잦다. 오늘 아침 황 노인을 수소문하면서도 한 차례 통화했다. 국민학교 졸업으로 그 동네 또래 할머니들 사이에서는 학력이 높은 편이고, 방 두 칸짜리 연립주택 독채에 혼자 살고 있어 다른 독거노인들보다 형편이 좀 나으려니 했다. 그런데 도드라질 정도로 먹고사는 형편이 안 좋았다. 벌벌 떨며 돈을 못 쓰는 습관 때문에 노인들 사이에서 미움을 사고 있다. "배움까지 있고 전세보증금 9000이나 되는 연립주택에 사는 사람이 말이야……"가 황 노인을 비롯한 다른 노인들의 시샘에 자주 붙는 말이다.

실상 지희수는 전세보증금 9000만 원에 아들까지 있어 수급자가 안 된다고 했다. 수급자가 안 되면 수급비만 안 나오는 게 아니라 수급자에게 몰리곤 하는 혜택들에서 원천적으로 제외될 때가 많다. 병원비도 다 내야 하고, 임대 주택 당첨 자격도 후순위로 밀리고, 후원 물품에서도 나중으로 밀려난다. 수급자 아닌 노인은 3000원을 내고 노인복지관 밥을 먹어야 하는데, 지희수는 그 밥 좀 그냥 먹게 해달라고 여기저기 부탁을 해서 결국 무료 점심을 먹을 수 있게 되었다. 무료 점심을 따낸 후로 그녀는, 아주 기운이 떨어질 때를 빼놓고는 복지관 점심을 가운데 놓고 다른 일정들을 앞뒤로 배치해 하루를 산다. 공공근로를 따낸 달에는 월 20여 만 원이 더 들어오지만, 그 일은 불안정하다. 가난한 동네일수록 공공근로를 원하는 노인은 많고 예산은 적다. 그러니 지 노인의 경우 기초연금이 거의 유일하고 안정적인 수입이다. 공공근로가 있는 날엔 아침 7시 반까지 동사무소에 모여야 한다. 곯은 무릎과 느린 몸으로 씻고 챙기고 뭐라도 좀 배에 채우고 나가려면 새벽 6시에는 일어나야 한다. 빨랫감을 비눗물에 담가놓는 시간이기도 하다. 좁은 화장실을 차지하고 있는 세탁기는 이불 빨래할 때 말고는 사용하지 않는다.

쓰레질 마치고 오면 10시경. 뭉그적뭉그적 청소와 빨래를 하고 나면 복지관 갈 준비를 한다. 준비라야 등에 짊어질 작은 배낭과 비닐 주머니 챙기기가 다다. 11시 30분부터 배식을 시작하니 이르지도 않다. 곯아빠진 무릎으로는 한 시간은 족히 걸린다. 지하철로 가면 무료지만 한 정류장을 가기 위해 계단을 오르내리고 전철을 기다렸다 타고 또 계단을 오르내려 걷느니, 차라리 평지를 걷는다. 버스는 요금을 내야 하고 구에서 운영하는 복지관을 경유하는 셔틀버스는 시간이 안 맞는다. 점심은 최대한 많이 먹어둔다. 지 할머니의 식탐에 대해서는 복지관 안팎으로 말들이 자자하다. 식판에 음식을 떠주는 직원들도 지 노인에 대해 알고 있어 처음부터 많이 떠주는데, 다 먹고는 더 달라고 꼭 한 번을 더 온다. 직원들은 그러려니 하며 다른 노인들 식사량 반 이상을 또 떠준다. 그걸 들고 자리에 가서 먹는 척하다가 가방 속에서 비닐봉지를 꺼내 얼른 한꺼번에 쏟아 배낭에 넣는다. 모두 그 장면을 흘깃하지만 대놓고 말마디는 고사하고 지 노인의 눈길을 먼저 피한다. 그러다가 3000원짜리 식권을 꼬박꼬박 내고 먹는 김 할머니와 시비가 붙었고, "니가 무슨 참견이냐?"며 "세금으로 주는 밥이다"라고 소리소리 지르는 싸움까지 갔다. 직원들이 말려 싸움은 가라앉았다. 직원들도 지 노인의 습성을 모르지 않지만 대놓고 못하게는 할 수 없었다.

두 할머니의 싸움판을 보는 다른 노인들의 속내는 다들 시끄럽고 심란했다. 각자들 살아온 배고픔과 서러움의 내력 때문에라도 먹는 걸 가지고는 대놓고 뭐라 못해왔다. 살아오면서 김 할머니 유에게 당했던 장면들이 있었고, 지 할머니 유의 입장에서 겪었던 각자의 서러움과 꼬라지들이 쑥 떠오를까봐 지 할머니 꼴도 우선 보기 싫다. 그러니 지희수 빼고 다른 노인끼리만 쑥덕거리는 거고, 지희수 역시 자신의 꼴사나움이나 남들의 쑥덕거림을 모르는 멍청이는 아니니 복지관에서 친구를 만들지 못한다.

미경도 여러 할머니에게 들어 이 일을 알고는 있지만 지 할머니에게 차마 언급하지 못했고, 지 할머니 또한 다른 서러움은 다 말해도 이 이야기만은 미경에게 꺼낸 적이 없다. 게다가 이야기를 전해준 할머니에 의하면 "배운 사람 티를 내느라 나름 교양을 부리던 평소랑 달리 그날은 아주 눈빛까지 이상해진 채 악다구니를 하며 달려들어 모두 혀를 내둘렀다"는 거다. 별것도 아닌 대목에서 느닷없이 울화를 터뜨리는 모습은 미경도 몇 번 봐서 우울증의 정도를 염려하던 터다.

　지난 7월 센터가 정한 '생활 모임'의 대화 주제는 '폭염과 식중독'이었는데, 할머니들의 이야기는 재개발과 이사로 뻗었다. 십수 년간 말만 무성하던 재개발에 최근에 무슨 공지가 뜨면서 3번 출구 인근 사람들은 2년 안에는 모두 이사를 가야 한다는 거다. 게다가 2년은 고사하고 당장 전월세 계약 만료가 되는 노인들은 1년 내내 어디나 있다. "어디든 좋으니 가하구 안에 싼 방 있는가나 좀 알아봐줘요. 이 동네 독거노인들은 그게 젤 급해"라는 말을 노상 들어넘겨야 하고, 다른 동 생활관리사들도 마찬가지였다.

　"한참 어려울 때는 가는 곳마다 맨날 그놈의 개발 개발 하면서 새끼들 데리고 쫓겨나고 또 쫓겨나고 했댔어. 근데 다 늙어서는 혼자서 재개발에 쫓겨다니게 되는 거더라구."

　젊어 아등바등하던 시절엔 개발에 밀려 청계천, 창신동, 한강 모래사장에서 지내고, 수해로 이촌동 한강국민학교 복도에서 수재민살이를 하고, 경기도 광주, 봉천동, 상계동 등 가난한 동네로만 밀려다니던 황문자의 한탄이다. 수급자 노인들의 경우 "어디 싼 데를 알아볼래두 가하구 떠나면 구청이랑 동사무소 사람들한테, 왜 혼자 사냐? 자식들이랑 연락은 하고 사냐? 수입은 얼마냐? 재산은 얼마냐? 자식들 수입은 얼마냐? 그걸 다 또 낱낱이 조사를 당한다니까. 그거 안 당할라면 사하동 어디 재개발 젤 늦게 되는 데다 살 데를 얻어야 되는데……"가 흔한 하소연이다.

지희수는 내력이 다르고 속 시끄러움의 가닥이 훨씬 뒤죽박죽이다. "자식들이 이번 기회에 보증금 빼서 지네들이랑 합치자는데, 그 돈마저 빼주고 나면 나는 빈털터리야. 내가 뭐 한다고 다 늙어서 지네들 시집살이를 들어가냐구? 근데다 이 보증금이라도 없으면 나는 더 천덕꾸러기가 돼"가 지 노인 사정이고, "보증금 팍 줄여 월세방으로 들어가서 그 돈 좀 쓰고 죽으라"는 게 혀를 끌끌 차며 하는 황문자의 지청구 겸 조언이다.

황 할머니 말로는 지희수가 "좀 배웠고 가졌다는 그걸로 교양만 부리지 원체 의뭉스럽고 겉과 속이 딴판인데다가 돈 쓰는 꼬라지를 못 보는 지독스러운 구두쇠"라는 거고, 지 할머니 말로는 황문자가 "너무 목소리가 크고 자기주장이 세서 만나기만 하면 머릿속이 웅웅거리고 어지럽다"는 거다. 서로에 대한 판단은 상대를 적당히 깔볼 여지이기도 하고, 그래서 또 친하게 지내는 이유이기도 하다. 같이 있는 자리에서는 바로 그 점에 대해 상대를 안쓰러워하고 챙겨주다가, 미경과 따로 만나면 바로 그 지점에 대해 흉을 보는 것이 둘의 공통점이다.

지 할머니는 원래도 우울증이 심한 편인데, 어떤 날은 "이러다가 정말 쥐약이라도 확 먹어버릴 것 같다"는 말을 자주 한다. 웬만큼 어둡지 않고서는 방이고 화장실이고 전기를 켜지 않는데, 무릎이 많이 안 좋고 순발력도 떨어져 낙상 위험이 크다. 우울증을 이유로 병원 갈 양반이 아니어서 가하구 정신보건센터를 연결해줬는데, "멀기만 우라지게 멀지 세 번을 가봤지만 아무 소용이 없"

단다. 우울증은 자기 말로는 "아파트가 깨져버려서" 시작됐다. "나 먹자고는 오이 하나를 내 돈 주고 사서 깨물어본 적이 없고, 요구르트 하나를 내 돈 주고 입에 넣어본 적이 없"단다. 위로 딸 둘에 맨 끝이 아들이다. 예순 가까이 뼈 빠지게 일하고 알뜰하게 모아 가하구 어디에 한강이 바라보이는 아파트를 마련했는데 서방이 바람을 피우면서 결국 이혼하게 됐고, 재산 분할과정에서 재산이라고는 딱 하나 있는 아파트를 팔아 나누려는데 작은집 조카들이 지네 죽은 아버지가 옛날에 빌려준 돈 얘기를 들이대며 끼어드는 바람에 돈이 또 쪼개지고 빠개지고 해서 결국 당신이 받은 몫이 지금 사는 연립주택의 전세보증금 9000만 원이다. "이거라도 헐리지 않게 전세보증금으로 깔구 앉아 있다보니, 기초수급이고 동회 쌀이고 병원비고 임대 아파트고 다 날라가는 거"고, 그러다보니 그런 걸 꼬박꼬박 받아먹는 수급자들이 너무너무 부럽고 미워 울화통이 터지는 거다.

지 할머니가 이혼을 후회하는 유일한 이유는, "아들한테 물려줄 아파트가 쨍그랑 깨져서 산산이 부서진" 거다. "갈라선 서방은 자기 몫을 애저녁에 풍풍 써버리고 벌써 죽었고 물려줄 거라곤 이 보증금 9000만 원뿐인데. 그거라도 지킬지 그것마저 깨질지"가 이 양반이 쥐약이라도 확 먹어버리고 싶게 할 정도로 머릿속을 뒤죽박죽으로 만들고 있다. "그 9000만 원이라도 우리 아들한테 고스란히 물려주고 죽으려고 이날 이때까지 아끼고 못 쓰고 못 먹고 못 받고 살았는데, 이제는 그게 다 헛수고가 될 거 같아요. 이 애

타는 소리를 누굴 붙잡고 하겠어요? 모두 나를 미련곰탱이로 알 거예요. 내가 생각해도 내가 미련해빠졌어요" 이러면서 툭하면 눈물 바람이다. 게다가 살림살이가 또 막심한 골칫거리다. 아끼는 습관은 못 버리는 습관과 붙어다니기 일쑤다. 좁지만 그래도 연립 독채를 쓰다보니 "30, 40년도 넘은 이혼 전 부엌 살림살이에 시집을 때 가져온 무명 솜이불이랑 아끼고 못 쓴 고급 반상기랑 죽은 영감네 귀신들 때맞춰 밥 채려주던 제기까지, 케케묵은 살림살이들이 이 집 구석구석에 쟁여져 있"단다. 어쨌든 공간을 줄여야 하는 이번 이사에서 "저 고리짝고릿적 살림살이들을 대체 어째야 할 것인가만 생각하면 머리가 돌아버릴라 그러고 잠이 안 와 날밤을 샌다"는 거다.

"애미 속 모르는 자식들이나 남 얘기 좋아하는 동네 사람들은 전세보증금 빼서 월세로 들어가라고들 하지만 그게 어디 그래? 보증금 안 깨고 들어갈 데가 가하구에서는 가나동 쩌어기 한강 유수지나, 거기에 오래된 연립 지하 하나 있다더라구. 거기는 선생님 구역 아니지요? 동사무소 아가씨는 내가 다른 동네로 이사 가도 챙겨주겠다고는 하던데……."

뭐를 챙겨주겠다는 건지 모르겠지만 주민자치센터의 노인복지 업무가 행정동을 넘어서는 것은 공식적으로 불가능하다. 동사무소 직원 말이 아닌 노인의 소망 사항이거나 미경을 떠보느라 하는 소리다. 그쪽으로 이사해도 점심은 다라마역 복지관으로 다니겠단다. 복지관 점심은 딱히 동을 가리지 않아 가하구 사는 60세 이상 노인이면 누구나 이용할 수 있다. 어렵게 따낸 무료 점심이고, 수급자도 아닌데 어디 가서 또 무료 점심을 따낼지가 큰 문제인 거다. 그리로 이사 가면 복지관에서 밥 먹느라 마주치는 때를 빼고는 30년 가까이 이웃으로 지내던 사하역 근처 사람들과는 아예 못 보고 살 가능성이 많다. 버스비를 안 쓰려는 노인네이니 가나역에서 가나 유수지까지 마을버스를 안 타고 걸어다닐 텐데, 그녀 걸음으로 한 시간은 걸릴 거다. 그 거리를 걸어, 가나역 엘리베이터와 계단을 거쳐 공짜 지하철 세 정류장을 타고 다라마역에서 내려, 다시 계단과 엘리베이터로 올라온 길을 걸어서 복지관 공짜 점심을 먹겠다는 거다. 복지관뿐 아니라 공공근로도 사하동에서 하겠단다.

그렇게 해줄 리도 없지만, 해주더라도 지희수의 곯은 몸으로는 불가능하다. 아침 사하동 공공근로를 고수하려면 새벽 5시에는 집에서 출발해야 한다. 오전 10시경 끝나는 공공근로를 마치고 집으로 안 가고 다라마역 복지관까지 걸어가 '하루 치 영양분'을 먹고, 걷고 내려가고 전철 타고 올라가고 걷고 해서 가나 유수지 집에 가면 대강 오후 4시. 그럭저럭 꾸무럭거리다 저녁 끼니를 때우고 잠을 자면 딱 된다는 요량이다. 가나동은 가나동대로 독거노인에 관한 여러 혜택과 공공근로가 있다고 아무리 설명해도, 그건 다 수급자들에게만 해당될 게 분명하단다.

모든 것 이전에 이 노인네는 지금 억지를 부리는 거다. 시간이라는 게 그렇게 저 혼자 일직선으로 흘러가는 게 아님을 노인은 안다. 무엇보다 자기 몸이 나날이 더 낡아져가는 걸 모를 리 없다. "죽으면 썩을 몸 뭐 하러 애끼겠냐며 새끼들 위해 뼈 빠지게 일해" 왔고, 지금 그야말로 그 뼈가 마저 빠지는 중이다. 제일 먼저 그놈의 곯아빠진 무릎이 지금처럼이나마 버텨줄 리가 없다는 것도 안다. 그사이에 병이라도 나면 병원을 거쳐 요양원에 보내질 것도, 우울증이 심한 노인은 치매가 더 빨리 온다는 것도, 사하동이라면 몰라도 가나동에서는 혼자 죽어 썩은 송장으로 발견되기 십상인 것도, 자기 귀가 지긋지긋해할 정도로 자기 입으로 반복해서 외워대고 있다.

유수지 연립주택 지하를 어떻게 알아봤는지 모르지만, 우선 집주인이 혼자 사는 백발의 무릎 곯은 할망구한테 아예 방을 보여주지 않거나 돈을 왕창 부풀려 불러서 엄두를 못 내게 할 터였다. 보증금 9000만 원을 안 깨고 아들에게 고스란히 물려주고 죽을 작정만 하니 똑 부러지게 영리했던 할망구 머리가 꽉 막혀버린 거고, 그걸 빤히 아는 노인 입장에서든 미경이 보기에든 모든 문제를 한꺼번에 해결해주는 답은 지금 콱 죽어버리는 거다. 문제는 죽어지지 않는다는 건데, 콱 못 죽는 이유도 아들 때문이란다.

황문자, 지희수와 함께 삼총사라 할 만했던 이경혜 할머니는 이제 3번 출구 쪽에 없다. 나이는 황문자보다 네 살 많다. 세 사람 다 5분 거리로 가까이 살았고 이 할머니가 사람 부르는 걸 좋아해 그 집에서 자주 모였다. 두 명만 더 부르면 노인들의 사회관계를 위해 월 1회 여는 '생활 모임'도 만들어져서, 미경도 이 할머니 방을 애용해왔다. 지난겨울 감기로 시작해 급성 폐렴까지 갔다가 겨우 살아 돌아오기는 했지만, 그러느라 누가 봐도 놀랄 만큼 팍 늙었다. 그런데다 지난 8월 2번 출구 인근 골목 안으로 이사를 했다. 이사 한 달 전 "이번에는 아들네로 들어갈 거"라는 말을 미경에게 했는데, 그렇게 되지 않았다. 이사 후 첫 방문에서 이경혜는 "아들네 세 들어 사는 사람들이 이사 갈 날이 아직 남아서 못 들어가고 우선 급한 대로 단칸방으로 들어온 거"라는 설명부터 했고, 미경은 그러려니 했다.

그 방은 미경이 담당하는 다른 할머니가 "너무 더워서 쪄죽을 거 같다"며 급히 이사 나간 방이고, 이 할머니도 이미 알고 있었다. 현관문 없이 안채에 붙어 있던 방을 셋방으로 개조하느라 골목 쪽 벽에 현관문을 뚫었고, 안채 쪽으로 작은 창이 하나 있다. 부엌이 없고 방 한쪽에 가스레인지와 싱크대가 있다. 세탁기는 좁은 마당 한 귀퉁이로 나왔고, 그 옆에 간이 화장실을 가져다놨다. 같은 돈으로 동네를 뜨지 않으려니 훨씬 나쁜 방을 얻은 거다. 옥탑은 무릎 때문에 아예 불가능하고, 이런 방 아니면 지하나 경기도권으로 가는 거다.

이전 방은 부엌 마루가 따로 있어 사람 모이기도 좋았고 꿈지럭거리며 끓여 먹는 재미가 있었는데, 이 방에서는 여름 동안은 가스 켤 엄두를 못 낼 것 같단다. 전에 살던 방에서는 뭐를 잡고 무릎을 세우고 뭐에 삐대서 마저 일어나는 게 몸에 차악 붙었는데,

여기는 좁아터진 데다 몸이 설어 자꾸 자빠지고 부딪힌단다.

　정작 큰 불만은 다른 데 있었다. "여기는 아주 시골 촌구석이야. 깡촌두 이런 깡촌이 없어. 사람 구경을 할 수도 없고, 사람이 살 수가 없어. 구멍가게 하나 없고 채소랑 생선 가게도 없어." 전에 살던 신작로 건너편에는 그런 가게들이 있어서, 사든 안 사든 사람 구경삼아 하루 한두 번은 다녀오는 마실 코스로 삼았다. 그 중간에 경로당도 있었다. 이쪽은 그런 게 일체 없다. "겨울을 포도시겨우 넘기며 죽을라다 살아난" 몸으로 방을 나와 대문턱을 넘고 골목을 빠져나와 대로변을 걸어 신호등 있는 건널목을 건너 3번 출구 인근 야채 가게와 더 지나 생선 가게를 갔다가 그 길을 되돌아 방까지 오려면, 이경혜 걸음으로 두 시간 넘게 걸린다. 낮에 한 번 다녀오고는 더는 안 간단다.

　3번 출구 쪽 할머니들 무릎 사정도 비등비등해 어쩌다가 황문자나 한번 오지, 아무도 놀러 오지 않았다. 이경혜는 이사 후 골목 바깥으로 거의 나오지 않고, 대문 앞에 낡은 의자 하나를 주워다 놓고 저물녘에 나와 앉아 있는 게 외출의 거의 전부다. 이러다가 곧 들어앉고, 곧 드러누울 거다. 지난겨울 죽지 않은 걸 내내 아쉬워하고 있다.

도서관 5층 '미디어 디지털 자료실'에서 컴퓨터 있는 자리에 앉는다. USB를 꽂고, 공책과 볼펜을 꺼내놓고, 휴대폰을 진동으로 설정해서 책상 벽에 기대놓는다. 잠부터 자고 싶지만, 컴퓨터를 차지하고서 앉자마자 엎드릴 수는 없다. D 드라이브를 열어 '황문자 생애사' 폴더에서 자료 두 개를 열어놓는다. 「녹취록 수정 3」은 녹취록 원본에서 미경의 말을 최대한 삭제하고 황문자의 말 중 중복되거나 긴 대목을 축약하며 다듬은 글이다. 「황문자 완고 1」은 '완고 3'을 '필자 최종본'으로 예상하고 만져나가고 있는 글이다. 눈을 감자 첫 문자 확인부터 이제까지의 일들이 검은 허공에 떠다닌다. 눈을 떠 휴대폰 속 문자를 느리게 읽는다.

끈내두한댈거업서요인저미안해오

이 양반 남은 인생에서 목숨 말고 끝낼 다른 건 미경이 아는 한 없다. 그렇더라도 '끝내도'에서 죽음을 떠올리는 건 통념인가? '당장 끝내겠다'로 읽히지 않는 건 낙천인가? 불확실에 대한 최선은 하염없이 내 짓을 하는 거다. 불확실을 조금 뚫어내든 불확실과 상관없든, 황의 생애사 작업은 되어갈 거다. 미경이 살아 있는 한. 이미 일고여덟 번 넘게 전체를 꼼꼼히 훑은 생애사다.

「녹취록 수정 3」에서 '죽음'이라는 단어로 '모두 찾기'를 한다. '모두 1번을 찾았습니다'. 죽은 사람들 이야기와 죽음에 관한 이야기들은 쌔고 쌨는데 '죽음'이라는 단어 자체를 황문자는 한 번만 사용한 거다.

"글쎄, 그 죽음이래는 거는…… 난 솔직히 말해서 그래……."

한 번뿐인 '죽음'조차 노인이 먼저 꺼낸 말이 아니다. '죽음'에 대한 생각을 묻느라 미경이 사용한 단어를 노인이 받아 말한 거다.

글쎄, 그 죽음이래는 거는…… 난 솔직히 말해서 그래……. 노인네들 뚝하면 "죽으면 좋겠다"는 소릴 달고 살잖아. 그건 쌩 거짓뿌렁이야. 내가 얼마나 고생을 하고 살았는데…… 이렇게만 살다 죽을 거 생각하면 억울해. 나는 억울해서 못 죽겠다고. 좋은 세상 한 번을 못 만나고 평생 아등바등, 정말 밑바닥 그지 동냥질까지 하면서 살았는데, 이 채로 죽으라면 억울해. 사실 말로 억울해. 너무나 너무나 억울할 거 같아.

"더 살아봤자 좋은 세상을 만날 것 같느냐?"는 게 대놓고 하지 못한 미경의 질문이었는데, 그 답도 알아서 했다.

　많이 가진 인간들이야 그거 놓구 갈래니 억울하겠지만, 고생만 한 나는 나대로 죽는 게 더 억울해. 그래도 사람이면 결국은 다 죽는 다는 거, 죽을 땐 아무리 부자라도 아무것도 가져가지 못한다는 거, 그거 생각하면 좀 덜 억울해. 나는 맨날 동동거리지 않으면, 새끼들이니 엄마니 서방 놈이니 하는 그것들 입에 뭘 넣어줄 수가 없는 거야. 내가 꿈지럭거리지 않으면 맨날 굶게 생긴 거야.

　그러니 좀 젊었을 때는 악착을 떨면서 한 발짝 먼저 뛰어나가고 더 빨리 쫓아댕기면서 뭐 한 가지래도 더 가져올려고 기를 쓰고 그랬는데, 인저는 다리가 아프다보니까 마음뿐이지 헐 수가 없어. 그런데다가 그렇게 지랄하구 뛰구 서둘르구 기를 써봤자 아무 소용이 없더라는 거야. 그걸 나이 들어서야 알겠더라구. 욕심 부려봤자 다 소용없어. 돈이래는 게 기를 쓰구 쫓아간다구 잡히는 게 아니드라구. 돈이 되는 운 때를 기다리래는데 그건 있는 놈들 이야기구 없는 사람이 어떻게 운 때를 기다리고 앉았냐구? 먹구사는 거만도 하루하루가 전쟁인데…….

　그래도 죽어지면 어떡허겠어? 죽어야지 어쩌겠어? 두렵고 말고 할 게 뭐 있어? 세상이 다 내 꺼라며 떵떵거리던 놈들도 결국은 다 죽는 건데. 산목숨이 결국에는 다 죽는대는 건 삼척동자두 아는 거구. 지금부터 기를 쓰고 살아도 더 올 복이 없대는 것두 알아. 어떤 때는 무릎이 을마나 아픈지 똥오줌을 질질 흘리며 화장실까지 기어가. 그럴 때가 젤로 죽고 싶지…… 그럴 때는 밤에 자다가 꼴까닥 숨이 넘어가버리면 좋겠다 싶다가도, 아침에 눈 뜨면 '어머 내가 이 좋은 세상을 이렇게만 살다 끝내면 억울하지' 그 생각이 또 들어.

문제는 죽구 싶어두 죽어지느냐지. 내 손으로 콱 죽어버릴 수도 없고, "죽지 못해 산다"는 그 말이 진짜 뼈 있는 말이야. 혼자래면 벌써 끝냈을 텐데, 자식 새끼 만든 년이 새끼들 가슴에 못을 박고 갈 수는 없는 거잖아. 죽어지도록까정 사는 거지, 그거 말고 뭐가 있어? 맨날 달라. 콱 죽어버리자 싶다가, 자식들 때문에 못하겠다가, 벽에 똥 바르고 살도록 안 죽어질 게 걱정됐다가, 못 죽고 목숨만 붙은 사람 보면 나 같으면 내 손으로 벌써 끝내버렸을 거 같다가…… 맨날 오락가락하는 거야.

젊어서는 살기 바빠서 죽는 거 생각할 새가 없었는데, 나이 들구 아프니까 가끔 생각이 나지. 근데 요즘 보면 어린 새끼들 놓구 죽는 사람도 있드라구. 하긴 옛날에도 그랬지. 우물에도 빠져 죽구, 나무에 목매서두 죽구, 농약 먹구두 죽구…… 독하다 싶기도 하고, 오죽하면 그랬을까 싶기도 하면서두, 한편으로는 그렇게 끝내는 사람들이 부럽기도 하더라구. 그리구 새끼들 땜에 못 죽는다는 건 핑계 같기두 해. 모르겠어, 나도 내 마음을.

존엄사? 나두 그거 텔레비전에서 봤는데, 우리나라는 그게 안 된대매. 되는 나라로 가서 하는 사람이 있대매. 그럴려면 비행기 값이랑 뭐랑 해서 돈이 많이 들어갈 거잖아. 지랄하구 자빠졌다 그래. 남은 먹구살 돈두 없어 죽게 생겼는데 죽는 데다가 돈 처발르고 지랄하고 앉았는 거야 그게. 지 뜻으로 죽을래면 콱 끝내면 되는 거지 존엄사는 무슨 얼어죽을⋯⋯.

호탕한 성격이라 말이 걸쭉하기는 하지만 특별할 건 별로 없다. 죽음과 자살에 대한 생각이 오락가락하는 것도 다른 노인들과 마찬가지다. 좋은 세상을 못 살고 죽는 건 억울하지만, 기를 써봤자 아무 소용이 없다는 것도 안다. 죽음이 오기를 바라기도 하고, 자살하는 사람이 부럽기도 하다. 존엄사에 대한 왈가왈부 이전에 그 행차에 들어가는 돈이 아깝고 화가 나는 것 역시 가난한 사람들 대부분의 느낌이다. 새끼들 때문에 살았다는 말도, 새끼 다 키워서 늙어빠진 지금은 죽지 못해 산다는 말도, 새끼 때문에 자살을 못한다는 말도, 다 흔해빠진 이야기다.

좋은 세상을 살 수 있을 거라는 희망에 지랄하고 뛰고 서두르고 기를 써봤던 거고, 결국 속았다는 걸 알고 나서도 계속 살았다. 태어났으니 살아진 거고, 죽어지지 않아서 살아가고 있는 거다. 물론 속는 걸 몰랐든 알게 되었든, 지랄하고 뛰고 서두르고 기를 쓰는 맛에 사는 것이기는 하다. 하지만 이제 다 늙어 여든셋이나 먹어서 뛰고 서두르고 기를 쓸 육신도 정신도 없다. 이제야말로 가난과 고난의 부조리를 충분히 알게 되었고, 아무리 해봤자 어쩔 수 없음도 명확하게 알지만, 그래도 죽지 않는 거는 죽어지지 않아서다.

지난 새벽의 문자가 죽음과 자살을 의미한다면, 무엇이 그녀의 마음을 바뀌게 한 걸까? 죽어지지 않던 황문자를 죽어도 좋게 한 건, 혹은 죽을 수밖에 없게 한 건 무엇인가? 아니면 늘 하던 소리를 문자로 찍은 것뿐인데 미경 혼자 심각한 건가? 새벽 2시의 문자가 미안한 건가, 죽는 게 미안한 건가?

많이 배웠다는 노인들이 늙음과 죽음 등 불가항력의 퇴거에 대해 논하는 담론과 철학에 대해, 미경은 흥미도 동의도 품지 않는다. 늙어빠진 몸과 그 몸으로 살아가는 일상생활과 매일매일 더 낡아져 죽음에 점점 가까이 가는 구체적이고 피할 수 없는 상황, 뭐가 됐든 그래도 살게 하는 힘과 맛과 분열하는 내면들이 미경은 궁금하다.

가난하고 못 배운 노인 중에는 그 이야기를 아주 잘하는 사람이 많다. 입에 붙어 있고 넘쳐나, 노상 뇌까리고 질질 흘린다. 정답은 없겠지만 적어도 빈곤과 늙음과 죽음에 대한 지배 담론과 고정관념이 얼마나 헛소문이고 허깨비인지는 알아낼 수 있으리라. 삶에 대해서도 마찬가지다. 부조리니 허무니 실존과 본질을 붙잡고 갖은 말과 사상을 만들어내는 철학자들보다, 그런 말을 알아듣지 못한 채 더 처절한 부조리와 허무의 진창에서 허우적대는 사람들 속에서 더욱 많은 것을 배운다. 존재 자체가 저항을 품고 있는 가난하고 떨려나고 일그러진 사람들의 이율배반적인 말과 삶과 생각들에서 미경은 삶의 향방을 구한다.

물론 배운 자와 권력자들이 만든 지배 담론과 고정관념으로 가난한 이들의 생각이 오염되어 있는 경우도 많다. 하지만 노인들 자신의 말을 찾아내기 위해서라도 그 오염된 말 속으로 들어가 헤매고 뒤적거리며, 그들의 말과 몸과 삶과 느낌과 생각을 찾아내고 싶다. '왜 죽지 않는가?'가 적확한 질문이지만 대체로는 속으로 감추고, '왜 사는가? 무슨 맛으로 사는가?'라며 뒤집어 묻는다. 이 질문과 추적이 미경이 가난한 노인들을 붙잡고 구술생애사를 하는 중요한 이유 중 하나다.

가난과 못 배움의 외연, 은닉하고 전략하는 심정과 일상의 결, 그 가닥들이 뒤엉켜 만들어내는 음흉하고 질긴 분노와 대항 혹은 울화를 알아내고 싶다. 속속들이 알아내려면, 관음과 가학의 경계선에서 시끄러워지는 자기 속을 노려보며, 갈 데까지, 멈추지 말아야 한다. 통념과 통상을 뒤집으려다 혼돈에 빠지거나 비난의 대상이 되더라도, 도망치지 말고 눈을 부릅떠야 한다. 그러다가 죽으면 끝이다.

구더기가 득시글거리는 죽음은 처참하고, 합법과 불법 여부를 떠나 청결한 의료적 자살에는 '존엄'이라는 이미지를 붙이는 분류에 미경은 동의하지 않는다. 우선 어떤 죽음이든 법보다 위에 있다. 그리고 청결한 죽음보다 더 생태적인 죽음은 오히려 구더기 쪽이다. 구더기가 꾸물거리는 주검에 대해 불결과 섬뜩함 운운하는 것은 잘못된 학습과 거짓 소문 탓이다. 꾸물거리는 구더기들의 득실거림은 막 태어난 것들의 왕성하고 맹목적인 생명력이다. 시체와 구더기들이 알아서 만들어가는 생태계를, 외연과 감성을 팔아 돈을 버는 기술과 과학이 망가뜨리고 있다.

생명을 키워내는 것은 죽음의 가장 마땅한 쓸모다. 구더기와 균이 더럽고 냄새난다며 갖은 화학 물질로 죽이고 소독하고 청소하고 향내까지 뿌리라고 재촉하는 기업들의 청결과 위생 광고가, 세상과 생태와 소비자들의 생명을 죽여왔다. 작은 생물을 신속하고 간단하게 죽여버리는 화학 물질이 인간 역시 죽일 수 있다는 당연한 이치를 미처 돌아보지 못한 거다. 그런 과학 기술과 자본의 배후에서 전문성이나 명망을 팔아 '독성과 생명 사이의 상관없음'을 교묘하게 증빙해주고 돈을 챙기는 교수, 과학자들의 협잡에 속지 않기 위해 의심하는 시선을 견지해야 한다.

예순둘에 혼자 사는 미경은 잠자리에 들 때마다 '깨어나지 못할 수 있다'는 생각을 자주 한다. 매일 출근하는 곳이 있지만 사흘이 넘는 연휴 등을 생각하면 부패한 시신으로 발견되는 일은 얼마든지 가능하다. 두려움은 없고, 자식네나 가까운 지인들의 마음에 대한 일말의 염려는 있다. 하지만 그들 마음은 그들의 관점과 감각이어서 그들의 몫이다. 부패나 구더기는 당연한 순환이다. 곧바로 갖은 화학 약품과 소독과 위생 처리와 화장으로 곧 중단될 순환이지만, 짧은 생태계다.

삶이든 죽음이든 장례든, 툭하면 '존엄'이라는 단어를 붙여 실체를 덮거나 돈으로 회칠하는 일에는 화를 내거나 차갑게 구경하게 된다. '감히 범할 수 없을 정도로 높고 엄숙함'이라는 '존엄'은 대체 무엇을 의미하는가? 이미지의 허영으로 생사의 구구절절과 세상 속 시시비비를 감춰 헷갈리게 하는 야바위꾼의 잽싼 손길이 보이는 듯하다. '존엄사' 역시 마찬가지다. '존엄사'는 당사자의 요청에서 시작한 자살과 살인의 합작으로, 자유죽음을 돕는 죽음 조력이 법망을 피하면서 존엄이라는 절차와 비용이 붙어버렸다. 스스로 목숨을 끊은 죽음과의 차이는 외연뿐이다.

미경은 돈과 족에서 벗어난 공영장례를 좋아한다. 공영장례는 가족이 해체되어 무연고이거나 가족들이 시신 인수를 포기하거나 거부한 쪽방 주민과 노숙인 등 대체로 극빈자들을 위한 단출한 공적 장례다. 이들의 죽음자리에 족族으로도 돈으로도 무관한 이웃들과 살아생전 만난 적도 없는 사람들이 함께하려는 마음 하나로 모여, 죽은 이의 마지막을 같이한다. 미경이 자신의 장례를 공영장례로 하도록 자식네에게 늘 강조하는 데는 혈족을 떠난 장례라는 이유가 가장 크다. 삼십대 이후 과제 삼기 시작한 '혈족과의 거리 두기'는 몸과 마음과 금전 면에서 늘 온전히 벗어날 수 없는 궁지였다. 나이 들수록 더 노력해온 '족과의 거리 두기'가 죽음으로 인해 홀라당 무효가 되어 가족 장례니 가족 묘지니로 퇴행하는 꼴을 당하지 않겠다는 게 자신의 죽음 이후에 관한 유일한 바람이다. 장례 따위는 안 해도 상관없지만 그건 미경의 바람대로 되지 않는 일이다. 그러니 결정권을 가진 자식네에게 소신을 정확히 설명하고 다짐을 받아두는 수밖에 없다.

부모의 장례에도 부모를 직접 알지 못하는 미경의 지인들이 참여한다고 해 '가족 중심주의에 반대한다'는 설명을 붙여 단호하게 사양했다. 이 거부는 지인들의 부모 사망에 대한 미경의 일관된 불참으로 이어지고 있어, 지인들 사이에서는 논란의 주제가 되곤 한다. 돈과 혈족과 인간관계를 외양과 사람 수로 과시하고, 종교까지 끼어들어 죽음 이후의 복을 빌어주겠다는 장례식들에는 가능한 한 참석을 피한다. 외연 속에 감추고 있는 갖은 거래와 포장이 빤히 보여 참고 앉아 있는 게 갈수록 힘들어진다. 별수 없이 가야 하는 자리면 도 닦는 마음으로 견딘다. 견디는 유일한 방법은 의례를 노려보며 실체를 발라내면서 참례하는 사람들의 겉과 속을 관찰하고 상상하며 기록하는 것이다.

극빈과 고난의 삶을 살아온 사람의 죽음자리에 가면, 마침내 죽음에 도달했음을 축하하는 마음이 앞선다. 드디어 끝난 거다. 생애의 면모야 필요하다면 산 자들이 두고두고 곱씹어 시시비비를 따질 일이다. 시시비비에는 관심 없이 애도나 명복을 읊조리는 습에 동조할 수 없다. 절망 때문에 자살한 사람의 장례에서는 죽고 싶은 마음에 공감해보려 노력한다. 전혀 모르는 사람이라면 삶과 절망과 죽음의 내력을 가능한 한 알아보려 한다.

이번에는 '죽'으로만 '모두 찾기'를 해 본다. 모두 103번이 나온다. 10포인트로 A4 용지 40장 분량에 103번의 '죽'이 나오니, 한 장에 평균 두 번 반이다. '죽'만으로도 구술사 전체가 다 훑어지는 폭이다. 83세 노인의 생애 이야기에 죽음은 흔해빠진 거다. 일일이 확인하기를 포기하고, 「황문자 완고 1」을 찬찬히 뒤지며 죽음에 관한 각별한 이야기들을 찾아본다. 죽음은 삶과 올올이 엮여 있다.

「황문자 완고 1」을 훑으며 • 1

엄마는 진주서 한참 들어가는 깡촌 가난한 집 오 남매 중 맏딸이었어. 그러니 밥이나 하고 깡촌 살림이나 할 줄 알지, 세상 깝깝한 사람이 우리 엄마야. 죽을 때까정 구공탄 구녁을 못 맞췄대면 할 말 다 한 거지 뭐야, 하하하. 아버지도 근처 다른 마을 사람이었대. 내 고향도 아버지 태어난 그 마을이야. 지금은 그 일대가 개발이 돼서 좋아졌다는데, 그거야 나한테는 뭐 테레비에나 나오는 얘기지. '나 살던 데다……' 그런 생각도 없어.

어릴 적 시골 기억은 어렴풋해. 여덟 살인가 횟배를 많이 앓아서 엄마가 업어줬던 기억이 있어. 아버지는 고향 살 때 일찍 돌아가셨어. 여동생이 엄마 배 속에 있을 때 돌아가신 거야. 내가 댓 살이나 됐을 때지. 그러니 아버지 기억이 거의 없어. 아버지가 원래 생선 잡아들이는 배 있잖아, 그 선주들이 하는 어업 조합에서 계장인가 뭐 그랬대. 그런 거 보면 아주 무지랭이는 아니었나봐. 그러다가 풍랑이 무지 난리를 치며 비가 쏟아지던 날, 바다로 나간 고깃배들 시찰하는 배에 같이 탔다가 배가 뒤집혀서 돌아가신 거래. 그러구 바로 남동생이 홍역으로 일찍 갔어. 아들 하나 있던 게 죽었으니 기집애만 둘 남은 거지.

아버지는 일찍 죽고 엄마는 깡촌 무지랭이니, 뭘 어떻게 먹고살지 대책을 못 만들었지. 그러다가 친척 누가 김포에 와서 살고 있었는데 서울 근처니까 거기 어디로 와서 장사래도 하면 애들 데리고 살 수 있을 거다, 그랬대. 그래서 김포 가까운 시골구석으로 온 거야. 딸만 둘이니 시집 사람들도 없는 사람들로 치고 보내줬겠지 뭐. 처음 와서는, 동네 애들이 경상도 문둥이 왔다고 뚜드려 패서 나가지도 못했어.

엄마가 결국에는 끝까지 발달을 못했어. 난중에 내가 결혼하구서 18년을 엄마 모시고 한집에 살았어. 나는 돈 벌러 나가야 하니까 엄마가 살림을 주로 했어. 아주 속 터지는 양반이었지. 나 살아온 거는 너무나 할 말이 많아. 열아홉까지 김포서 살았어.

1936년생인 황문자의 어린 시절에 대한 구술에는 일제, 해방, 전쟁, 좌우 갈등에 관한 이야기가 거의 없다시피 하다. 일부러 물어봐도 별로 기억나는 게 없단다. 종군 '위안부'에 대해서도 나중에나 그런 이야기를 들었지, 당시에는 전혀 몰랐단다. 위치상으로든 실제로든 6·25전쟁의 격전지였던 경기도 김포에 살았으면서,

6·25전쟁과 좌우 갈등에 대한 각별한 기억이 없는 건 집에 남자가 없었던 영향도 좀 있을 거다. 피란민이 내려오고 올라오고는 했지만, 황문자네 식구들이 피란을 간 기억도 없단다. 이쪽인지 저쪽인지 모르는 군인들이 한바탕 밀고 들어왔다가 밀려나가고들 했다는데, "어느 놈이 국군이고 인민군이고 중공군인지도 몰랐고, 흰둥이인지 깜둥이인지 미군인지 쏘련군인지는 무서워서 쳐다도 못 보고 다락에 숨기 바빴"단다.

아무리 그래도 이 똑똑한 여자가 십대 말에 한반도 중간 지역에서 겪은 6·25전쟁에 대해 이토록 기억이 적은 것은 이상하다. '김포'와 '6·25'를 넣어 검색만 해도 '6·25전쟁 당시 대한민국과 김포를 지키다 순국한……' 유의 기사와 글들이 쏟아지는데 말이다. 김포로 이주한 시기와 과정이 헷갈리는 것일 수 있고, 무언가 털어놓지 않은 이야기가 있을 수 있다. 벌어먹고 산 이야기만 세세하다.

열다섯을 먹으면서, 아무리 봐도 내가 나서서 뭘 좀 해야 엄마하고 동생한테 죽이래두 먹이겠다 싶더라구.

여름 들어갈 무렵 어느 날 무작정 버스를 타고 일단 인천을 갔어. 우리 집 근처에서 강화 가는 버스가 섰거든. 바다랑 부둣가를 구경하고 돌아다니면서 궁리를 한 거야. 부둣가에 젓갈 시장이 크게 있더라구. 내 생각에 그 부둣가에서 뭐래도 좀 떠다가 우리 엄마 시켜서 시골로 이고 다니면서 팔게 하면, 엄마가 지금 하는 보따리 장사보다는 돈을 좀 더 벌겠다 싶었어. 그 젓갈 시장을 가보니까 가게마다 새우젓 독이 요만한 거서부터 이이만한 거까지 해서 쭈욱 세워져 있더라구. 소매도 하고 많이 사면 도매도 한대는 거야. 그 여름에 그걸 사다가 우리 동네를 돌아다니면서 팔면, 사람들이 호박찌개도 해 먹고 겉절이도 담아 먹고 해서 장사가 될 거 같은 거야. 돈만 내면 버스 꽁무니에다 실어준대는 거야.

그래가지구인저, 큰 독은 내가 다루질 못하니까 중간 독으로 두 개를 사서 실쿠 온 거지. 집 근처 정류장에다 운전수가 내려줘. 그럼 엄마더러 니야까리어카 빌려와서 실어가라구 하는 거지. 그걸 집에다 갖다놓구는, 양철 다라이를 맞췄어. 새우젓을 양철 다라이에 반 훨씬 넘게 담아서 머리에 이고 나가는 거지. 요만한 사기 보시기 하나도 가지고. 말만 한 처녀가 그걸 이고 장사를 돌아다닐 수는 없지. 엄마가 나를 장사 못 나가게 하더라구.

그렇게 장사 나가면 팥도 받아오고 보리쌀도 받아오고, 가끔은 쌀도 받아오고 그랬어. 몇 번 해보면 저녁 어느 때쯤 어디만치 올 거다 그게 잡히잖아. 그럼 내가 나가서 짐을 받아오는 거야. 새우젓 두 독이 떨어질 만하면 내가 인천 가서 또 떠오고 떠오고 하고. 나중에는 갈치 말린 거랑 고등어 절인 거랑 하나하나 새로운 걸 늘리는 거야. 그런 반찬거리 어물들은 시골 논 매고 할 때 많이들 쓰잖아. 그렇게 해서 2년 좀 넘게 내가 엄말 데리고 장사를 했어.

열다섯이면 6·25전쟁 발발 즈음이다. 전쟁 전후의 좌우 난리통이야 뭐가 어떻든 간에, 황문자의 기억은 새우젓 장사랑 일 잘하고 이쁜 당신 처녀 적에 착 붙은 채 신바람이 났다가 억울했다가 어이없다가를 오락가락하며 생생했다.

최씨네라고 천석 농사를 하는 부잣집이 있었어. 그 집 셋째 아들이 나한테 미쳐가지고 죽자 사자 쫓아다니구 연애편지 써서 우리 집 울타리로 던져놓고 그랬어. 그 집에서 우리 집은 꽤 멀었어. 우리 집이 (방바닥에 그림을 그리며) 이러렇게 동네 가운데 골목 한 귀퉁이고, 꺾어 돌아가면서 길이 나 있어. 아침에 일어나가지구 불 때서 밥을 하면 굴뚝에서 연기가 올라올 거 아냐? 그 연기만 올라왔다 하면 그 애가 편지를 들구 나타나서는 울타리 너머로 던지고 가. 글씨도 모르니까 아궁이루 직행이지 뭐겠어, 하하하. 엄마가 보면 혼나니까 얼른 없애는 거지. 맨날 그랬어. 그 동네에 한 500호가 사는데 그 절반 이상은 최씨네들이었어. 500호가 너무 많다구? 몰라, 하여튼 그 동네는 컸어.

그 남자네 집일도 내가 많이 했어. 부모들이야 나 일 잘하는 거나 좋아하지, 과부 딸이라서 며느리로는 싫대는 거야. 그러니 지네 아들이 나한테 미쳐 죽구 못 사는 거를 부모들이 나서서 말리는 거지. 아닌 말로 진짜, 아버지가 없으면 오빠가 있대거나, 오빠가 없으면 아버지가 있대거나, 그래야 뭐 얘기래도 넣든가 할 거 아냐. 남자 없는 집 과부 딸은 안 데려간대는 거지. 그래가지구인저 낭중에는 일 있을 때도 나를 안 부르더라구. 그래서 그게 결국은 성립이 안 됐어.

그러다가 동갑내기 친구 '정임이 년' 때문에 인생이 꼬이기 시작했단다. 아버지도 있고 오빠도 있고 "사는 거도 나은 데다 좀 까지기까지 한 정임이 년"이 어떤 남자랑 맞선을 봤단다. 두어 번 더 만나면서도 신랑 자리 쪽에서 맘에 없어하는 거 같더란다. 이유야 뭐 "정임이 년 얼굴이 쪼종종하고 찌글찌글하고 시커멓고 좀 괴상맞아서"였을 거란다. 근데 정임이 년이 글쎄 "그럼 내 친구랑 선을 보라"고 남자를 꼬드겼다는 거다.

그년은 자존심도 없었나봐. 한마디로 속이 좀 없는 년이지 그게. 하루는 남의 부엌일을 마치구 집에 오는데, 골목에서 기둘리다가 날 붙드는 거야. "야, 너 그 짓 그만하고 시집가라" 그래. 내가 "야, 시집이래는 거를 갈래면 예단에다가 신랑 각시 옷도 철철이 해야 되고, 여름 겨울 이불을 첩첩이 해야 되는데, 돈이래는 거는 먹구 죽을래두 없다" 했어. 그랬더니 "야, 맨몸으로 그냥 싸가는 사람도 있대더라" 그래. "야, 부잣집에서 나를 싸간다면 오죽하면 그러겠냐. 신랑이 모질라도 뭐가 한참 모질라니까 그러는 거지" 했어.

근데 걔 얘기가, 지가 선본 남잔데 자기를 안 좋아한다, 그치만 아깝다, 그리고 자기보다 너한테 더 딱이다, 뭐 그런 소리를 해, 글쎄. 하하하, 그게 속이 없는 거지 뭐야.

그래가지구인저, 내가 좀 저기해하니까 우리 엄마한테까지 말을 넣었네. 엄마두 "친구가 그렇게 보라는데 한번 보기나 해라" 그러구. 그래가지구인저 딴 건 다 저긴데, 결국 내가 "이북서 피난 나온 사람"

이래는 말에 넘어갔어. 젠장 얼어죽을, 하하하. 그년이 나보다 좀 깼더라구. "야, 니 엄마를 생각해봐라. 그 남자가 이북서 와서 부모도 없고 가까운 친척도 없고 하니까, 니가 시집가서 엄마 모시고 살면 될 거 아니냐?" 그 생각을 했더라구, 그 속 없는 년이. 그럴싸하잖아. 그걸 또 그 남자한테 미리 얘길 했대. 여동생 시집도 보내줘야 하구, 장모님을 끝까지 모셔야 한다구. 남자도 색씨만 맘에 들면 그런 건 외려 좋다 그러드래.

그래서 맞선을 봤지. 그때만 해도 내가 얼굴이 부글부글하니 뽀~예가지고 이뻤거든. 그러니 신랑 쪽이야 다 좋대지 뭐. 내 느낌? 글쎄, 사람이 수더분하게는 생겼는데 나이가 좀 들어 보이더라구. 내가 열아홉인 거는 그쪽에서는 알았겠지. 근데 신랑 될 사람 나이를 깜빡하구 안 물어본 거야. 이북서 피난 나온 사람이라는 거에만 꽂힌 거지.

그때만 해도 신랑 신부 해서 맞선 보는 사람이 별로 없었어요. 나 같이 없는 사람이나 맞선을 보는 거야. 배 좀 내밀고 사는 사람들은 중매쟁이 넣어서 어른들 사이에 말이 오고 가고 해서 정하지, 처녀 총각 해서 대놓고 맞선 보는 거 안 했어.

그 남자네 육촌이니 하는 친척들이 이북서 피난 나와서 공덕동 지금 가하시장 뒤 하꼬방 동네에 많이 살고 있더라구. 영감도 그 근처에 방 두 개짜리 하꼬방에서, 형수랑 조카랑 같이 살고 있었구. 정임이랑 둘이서 맞선 본다구 거까지 갔댔어. 엄마는 안 가구. 내가 그때나 인제나, 곧 죽어두 배짱 하나는 끝내주거든, 아무리 이북서 온 남자가 좋아도 사는 꼬라지는 눈으로 봐야 할 거 아냐, 하하하.

"쟤들 아버지" 고향은 함경도 정평군 신천리란다. 당신 고향은 "진주에서 한참 더 들어가는 깡촌" 정도로 기억하는 분이 서방 고향은 군에 리까지 대는 걸 보면 삼팔따라지인 서방이 어지간히 강조했던 거다. 3남 2녀의 둘째 아들이었는데, 스물아홉 살 형이 결혼해서 첫아들이 배 속에 생긴 지 여섯 달 만에 폐렴으로 죽었고, 그래서 "쟤들 아버지"가 큰아들이 됐다. 아버지가 한약방을 크게 하고 배도 세 척씩이나 부려 배 내밀고 사는 집안이었고, 형도 금은방을 하다 죽었다. 그 집이 잘살기도 했고, 정평군 신천리가 워낙에 부자 마을이었단다. 당시는 이북이 이남보다 훨씬 잘 살았다더라는 대목에서는 검지를 세워 입에다 붙이며, 그게 무슨 큰 비밀 얘기라도 되는 듯 눈짓도 목소리도 속삭거렸다.

그러다가 해방되면서 부자들 재산을 공산당이 뺏어가니까, 남편이 처음엔 다섯 살 먹은 조카만 무등을 태워 대동강인지 임진강인지를 헤엄쳐 넘어왔고, 두 번째에는 전쟁 난리통에 임진강인지 북한강인지를 헤엄치고 어쩌고 하며 죽을 똥을 싸가면서 형수를 데려왔단다. 세 번을 넘나들었는데, 세 번째 데리고 온 게 누구라고 했는지는 까먹었단다. 여동생들은 다 시집을 갔었고, 노인네들이랑 어린 남동생은 짐 될까봐 그랬는지 재산이랑 고향을 지키려고 그랬는지 안 가겠다고 했단다.

그 당시 이북은 돈 많은 사람들이 살기는 어려웠대잖아. 나라에서 다 뺏어가고 있는 놈이나 없는 놈이나 다 똑같이 배급을 줘서 먹고 살았대. (다시 속닥거리는 손짓과 목소리로 바꾸며) 근데 그게 진짜야? 그래? 그러면 우리 같은 사람한테는 좋은 거 아냐? 그러게, 난 이북 배급 얘기만 나오면 그게 궁금했어. 근데 붙잡고 편하게 물어볼 데가 없었지. 이북 나쁘단 말에 뭐라구 토만 달아도 다 잡아가던 때잖아. 우리 살던 때가.

그래가지구인저 그 집이 금이구 돈이구 그 많은 재산을 뺏기고 싶겠어? 그래서 내려올 생각을 한 거지. 금을 녹여가지고 농구화에다가 부어넣구 좀 식힌 다음에, 발루다 꾸우욱 눌러 신구서 숨겨왔다더라구. 돈 보따리는 따로 들고. 형수랑 둘이 이남 내려올 때, 돈 보따리랑 그 금덩어리 든 농구화랑은 형수가 다 챙기고 신구 왔었대. 쟤네 아버지한테는 찌끄래기 짐 보따리나 잔뜩 들라 그러구. 그래서 그렇게 했대. 그러니 형수가 돈을 얼마나 들고 나왔는지는 쟤네 아버지는 모르는 거지.

그러다가 임진강인가를 건너다가 둘이 헤어져버리게 된 거야. 서로 놓친 거지. 그 많은 사람 틈에서 어떻게 찾아? 그래가지구인저 형수는 혼자 가다 충청도 예산 어디로 들어간 거야. 돈이 많으니까 거기서 일단 자리를 잡고 살았던 거지. 나중에 고향 동네 사람을 통해서 만나게 됐는데, 번듯한 토담집 하나를 사가지고 혼자 살면서, 동네 사람들한테 장리쌀도 놓고 돈놀이도 하고 그러고 있드래. 아~주 수완이 좋은 여자지. 그래가지구인저 형수를 아들 있는 서울 공덕동으로 데리고 온 거야. 그때만 해도 이렇게 아예 갈라져버릴 줄은 몰랐지. 통일되면 일가들 다 모여 살 줄 알고, 시동생 따라 아들 있는 데로 온 거겠지. 그러구두 예산을 들락거리면서 재산을 계속 불렸대.

조카를 유치원부터 넣고 일곱 살 돼서는 광화문 수송국민학교를 넣었어. 그 학교가 당시로는 최고였는데, 돈을 멕여서 넣은 거지. 그러고는 중학교도 보내고 고등학교는 경기고등학교를 또 돈을 멕여서 넣었어. 그랬는데 인저, 낭중에 그 머스매가 고등학교 졸업한 열아홉 살 먹던 해에, 마라톤을 하다가 늑막염에 걸려가지고 결국에는 죽어 뻐렸네. 아구, 어떻게 그러냐? 사람 사는 게 말야. 그때는 내가 들어와서 살 때지. 세상에나, 그 형수는 무슨 팔자가 그런가 몰라?

열아홉의 죽음. 아깝다고만 하는 것에 동의하지 않는다. 모를 일이다. 가지 않은 길과 살아보지 않은 세상에 대해 기대와 소망을 담기에는, 견디기 힘든 고난이 너무 흔하다. 충분한 사랑과 돌봄을 받는 아이들을 볼 때면, 저 시절만 살다 죽는 것도 행복한 삶이라는 생각이 든다. 고난을 수긍하고 싸우고 견디는 맛으로 살 수 있다면 다른 이야기지만, 그런 사람은 많지 않다.

나 들어오기 전에 장가 안 간 시동생하고 형수가 아들 키우며 한 집에 사니까, 동네 사람들이 얼마나 수군수군했겠어. 근데 사실 아닌 말로, 이북서 나와서 그렇게 됐으면 둘이 살아두 된다구 봐. 아는 사람들이야 말이 많겠지만 살면 사는 거지 뭐, 젠장 안 될 게 뭐야. 근데 이 사람들은 공부를 많이 한 사람들이어가지구 절대 그럴 생각을 안 한 거야. 시동생이 확 끌었으면야 그냥 씨러졌겠지 뭐. 안 그래? 근데 우리 영감이 아주 골수 양반이거든. 그래도 형수는 남편 비슷하게 의지를 많이 했겠지. 안 그랬겠어? 그래가지구인저, 시동생이 나하고 결혼을 하게 되니까, 그 형수가 막걸리를 서 말 너 말을 사다놓구 혼자 마셔가매 술주정을 하더래는 거야.

"삼촌은 장가가서 좋겠다. 나는 꽃다운 나이에 과부가 돼서, 삼촌이 가자 해서 부모 형제 다 버리고 삼촌 따라 삼팔선을 넘어왔는데, 나만 데려다놓고 삼촌은 장가를 가는구나……."

그러구 대놓고 울며불며 팔자타령을 하면서 술주정을 하고 샘을 내더래는 거야. 그 소리를 내가 결혼하고 낭중에야 들었어. 돈이구 뭐구도 좋지만 외로웠던 거지. 커나가는 아들 놓구 다른 데로 시집을 갈 수도 없구. 말하자면 장손의 맏며느리잖아. 이북선 그래도 양반이네 하고 살던 사람이 보는 눈들두 많은데 그렇게 막 가버릴 수는 없었겠지. 그나마 든든한 시동생이 있어서 남이야 뭐이라고 하든 자기는 맘적으로 의지를 했던 건데, 그 시동생이 장가를 가버린대니까 법도구 자존심이구 다 씨잘 데가 없어진 거야. 그럴 거 아냐? 낭중에야 알았지만, 나는 그 심정이 이해가 오더라구. 아구야, 그 영감이 평생 내 속을 썩일 걸 알았으면, 그때 그만 확 넘겨주고 나와버리는 건데, 하하하.

그래가지구인저, 결혼하고 얼마 안 돼서 쟤들 아버지가 나더러 바느질을 할 줄 아느냐고 물어. 그래서 "나는 없이는 살았어도, 한복이고 두루마기고 다 할 줄 안다. 왜 그러냐?" 그러매 음전한 척을 내니까, "형수를 시골로 보내야 하는데 옷 한 벌을 제대로 해 입혀서 보냈으면 좋겠다" 그러는 거야. 그래서 한복이랑 두루마기에 버선까지 내 손으로 정성을 들려 다 지어서 줬어. 나한테야 손위 동서만이 아니라 시어머니 대신인 거잖아. 그래서 나는 시댁 어른으로 저기하게 대한 거지. 그러고는 예산으로 형수를 내려보내더라구. 조카는 아직 학교 다닐 때니까 우리가 데리고 있고. 내가 지어준 한복이랑은 고맙다는 말 한마디도 없고 입어보지도 않더라구. 미웠겠지 뭐.

그래가지구인저 예산 가서 그 재산을 굴리고 늘리고를 해서 돈을 아주 많이 벌었어. 그러다가 그 아들이 늑막염으로 죽은 거 아냐. 우리한테 있다가 그렇게 됐어. 그러니 나한테 원망이 컸겠지만, 나는 뭐 원망 들을 일은 안 했어. 그 큰조카를 장손이라고 둘 다 얼마나 끔찍하게 알고 키웠는데. 우리 애들하고는 아주 달리 여기면서 잘해 줬어. 나이 차이도 많이 났지, 우리 애들이랑은.

그렇게 큰조카 죽고 나서 얼마 있다 명절에, 애들 아버지랑 육촌 시동생이랑 우리 아들이랑 해서 넷이 예산엘 갔어. 명절이고 하니 내 입장에서는 시어른 인사 간다 하고 간 거지. 근데 보니까 창고에 쌀이 한 80가마니는 넘게 그득그득 쌓였드라구. 그때도 나는 철이 없어서 그게 뭔 쌀인지도 몰랐는데, 같이 간 시동생이 그러드라고, 그게 장리쌀 놓으려고 쟁여놓은 거라고.

육촌 시동생이 넷이나 이북에서 나왔어요. 그걸 내가 다 데리고 있다가 장가들을 보냈어. 지금 그 시동생들이 사당동 하나 살고, 그 옆에 신림동 하나 살고, 뚝섬 어디 또 하나 살고, 다들 그래. 이북서 와서 친척이 적으니까 육촌이라도 친형제마냥 그렇게 알뜰하게들 하는 거지. 아이구, 내가 시집한테도 할 거는 다 한 여자야. 뚝섬 사는 시동생은 3년을 우리 집에서 밥을 먹었어. 방이나 아니나 콧구녕만 한 데 같이 살면서. 그러구는 내가 살림 채려서 장가를 보냈어요. 내가 고생한 거는 말을 다 못해.

아, 형수 얘기를 하던 거였지? 그래가지구인저, 예산서 자리 잡고 잘살면서도 명절이라고 인사 갔다 돌아 나오는데, 형수래는 사람이 쌀 한 됫박을 안 줘요. 그 많은 쌀을 쟁여놓구서두 얄짤이 없는 거야. 시동생이 "야, 진짜 지독하네. 저렇게 쌀을 쌓아두고 어떻게 그럴 수가 있나?" 그러드라고. 우리 애들 아버지는 그런 말 절대 안 하지. 나두 "뭘 그걸 바라냐. 그냥 가자" 그러구 왔어. 그게 몇 년돌라나…… 아구 그건 김 선생이 나중에 따져봐. 우리 큰아들이 한 돌 지나서나 그랬을 거야.

근데 장손 죽고 몇 해 있다가, 형수가 아들 둘 있는 동네 가난뱅이 홀애비랑 살림을 차렸다고 하더라구. 그러게 말야, 그 홀애비가 뭘루 자빠뜨렸는지는 모르지, 하하하. 재들 아버지 말루는 사람은 괜찮다고 하면서 잘된 일이라구 그러드라고. 재산이야 뭐 형이 금은방 하던 것 가져와서 형수가 간수하던 거니까, 자기가 뭐라 할 입장은 아니라구 하대. 내 생각으루는 재들 아버지가 부모한테 받은 거 없이 내려왔으니까 형이 받은 것 중에 우리 것도 좀 있다 싶었지. 아, 그렇잖아, 계산이. 근데 재들 아버지는 말도 못 꺼내게 하더라구.

그러구는 몇 년을 안 보고 살았는데, 어느 날 글쎄 그 형수가 죽었다고 연락이 왔어. 무슨 병으룬가 죽었는데, 볼래믄 와서 보라고 전보가 온 거야. 우리 주소루 전보가 온 걸 보니까, 그 형수 남편이랑 쟤들 아버지랑은 연락이 닿고 있었나봐. 나는 안 가구 쟤들 아버지만 갔다 왔어. 그러니 봐. 내가 뭐 그 돈 욕심이 나서가 아니라, 참 세상일은 한 치 앞을 모르는 거잖아. 애써서 돈 번 사람은 따로 있고, 그 돈 받은 사람 따로 있고, 목숨 걸구 데려온 사람 따로 있고, 결국 그 돈 챙긴 사람은 그 홀애비하구 아들들이잖아. 그래, 없는 홀애빈데 횡재 만났으면 잘된 거지 뭐. 모르지 또, 그 돈이 그다음에는 어떻게 됐는가는. 죽을 때까지 살아봐야 알아, 인생이라는 거는. 나? 아, 내 인생도 아직 모르지. 아닌 말로 우리 애들이 복권이라도 떠억하니 붙어서, 이 얼어죽을 무릎을 싹 낫게 해가지구 세계 일주를 시켜줄지도, 하하하. 죽어야 끝을 아는 거야.

형수의 삶. 황문자가 전한 한 여자의 이야기다. 남들 통념이나 외연 말고 그녀에게 자신의 삶과 생각은 무엇이었을지, 시절 속 사람들과 어떻게 부대끼고 뚫어갔을지 궁금하다.

이기의 깡치

미경의 전남편 아버지는, 이북에서는 잘살고 많이 배운 분이었단다. 이북에서 어찌 살았는지에 대한 사람들의 이야기를 그대로 믿을 바는 아니지만, 그 양반의 글씨체나 사용하는 단어들로 봐서 배운 사람이라는 사실은 확실해 보였다. 함흥 사람이었고 이북에서 혼인해 부인과 자식들까지 있었다. 그런 양반이 전쟁이 끝날 무렵 거제도 포로수용소에서 풀려나오셨다니, 아마 인민군으로 참전했을 수 있다.

그 양반이나 전남편이나 이북에서 잘살았다는 이야기뿐, 인민군 참전이니 이북 송환을 선택하지 않은 이유니 하는 것은 일절 말하지 않았다. 휴전선 근처 화천에서 살며 곧 있을 통일을 기다리고 기다리다 재혼했고, 아들 아들 딸 딸 해서 넷을 낳았다. 넷째 낳고 바로 부인이 죽었고, 다섯 식구는 화천에서 빈궁하게 살았다. 둘째 아들인 미경의 전남편이 십대 후반에 가장 먼저 서울로 들어왔고, 차차 다른 가족들을 서울로 '올려'왔다.

미경이 결혼할 당시엔 서울 끄트머리 독산동의 일명 '닭장집' 한 칸에 다섯 식구가 살고 있었다. 아직 미혼이던 큰아들은 방 한 칸 천장에 붙여 만든 다락에 전기를 끌어 고시 공부를 하고 있었다. 초등학교도 다녀보지 못한 큰딸은 구로공단의 의류 제조 공장에 다녔는데, 월급을 타면 바로 다음 날 밀린 외상값과 빚으로 다 나가버리고, 그다음 날부터 공장까지 걸어서 출근해야 한다는 말을 미경에게 했다. 주로 구로공단의 노동자들이 거주하던 닭장집은, 요즘 미경이 드나드는 사하역 인근 쪽방들과 도긴개긴이었다. 결혼 후 미경이 들어간 닭장집에는, 다락과 부엌이 붙은 약 가로 3미터 세로 2미터의 한 칸 방들이 3층으로 서른 개 넘게 쌓여 있었다. 구로공단 근처 닭장집들 대부분이 그 비슷했다.

서울살이 역시 빈궁했지만, 노인은 동네로 들어오는 야채 트럭에서 열무나 배추를 외상으로 사서, 일을 쉬고 있는 술집 아가씨들이나 공사장 막노동자들 문 앞에 놓아두는 양반이었다. 자식들의 성화에도 아랑곳하지 않았다. 미경이 결혼했을 때 그는 육십대 후반이었고, 일흔 직후 중풍을 맞고 7년여를 더 살았다. 마지막 3년은 거의 와상臥床 노인이었고, 큰아들 내외에게 똥오줌을 받아내게까지 살다가 마침내 죽음에 닿았다.

'마침내 죽음에 닿았다'라고 표현하는 것은 그 죽음을 진심으로 축하하는 마음에서였다. 시아버지의 죽음자리에서 미경은 눈물이 나오지 않았고, 울음이나 슬픔을 가장하지 않았다. 그 일은 두고두고 남편과의 사이에서 시빗거리가 되었다. '울지 않음'은 '독한 년'의 증거거나 '시댁 식구들에 대한 무시'로 해석되었다. 아버지의 죽음을 놓고 터뜨리는 그들의 울음을, 미경은 각자의 기억에 의한 설움이라 생각했다. 시아버지와 함께 겪은 설움이 미경에게는 없었다. 더 잘하지 못한 후회와 아쉬움은 있었지만 그런 마음이 울음을 나오게 하지는 않았다. 그를 공원묘지에 묻고 돌아오는 차 안에서 미경은, 죽음과 장례를 통한 폐기 처분과 복귀까지가 한 편의 잘 짜인 연극이라는 생각을 했다.

'더 잘하지 못한 후회와 아쉬움'이라는 표현도 실은 과장과 위선이다. 자신의 한 부분을 적나라하게 까발리는 장면이 늘 뇌리에 남아 있다. 언제부턴가 미경 안에 늘 있어온, 녹지도 깨지지도 부드러워지지도 않는 딱딱한 이기利己의 알갱이를 수긍하게 하는 장면이다.

큰아이가 아직 돌이 안 됐을 때다. 결혼으로 맞은 가난과 인간관계의 변화 등은 그때도 문제는 아니었다. 아이에 대한 엄마로서의 감성 역시 문제가 되지는 않았다. 미경 자신이 문제였다. '미경 자신이 문제였다'고 생각하는 걸로 보아, 첫아이를 낳고 아이와 적응하는 가장 바쁘고 기쁘면서도 힘든 시기는 지났었나보다. 결혼과 이듬해 첫 출산으로 한동안 누그러져 있던 자아가, 불안감이라는 물질로 살아 올라오고 있었다.

닭장집은 벌집이라고도 불렸다. 벌집 방 하나에 노인과 두 아들과 두 딸이 살다가, 둘째가 결혼하면서 근처 벌집 방 하나를 얻어 분가했고, 거기서 미경은 큰아이를 낳았다. 100일 전까지 낮밤이 바뀌어 엄마 아빠를 힘들게 했던 아기는, 노인네들의 흔한 말처럼 100일이 지나면서 낮밤을 제대로 찾았다. 미경은 아기가 낮잠을 자는 시간을 이용해 자신에 관해 뭐라도 해야 했다. 예민한 아기여서 재우기 힘들었고, 자는 동안에도 깨우지 않게 극도로 조심해야 했다. 겨우 아이를 재워놓고 살금살금 방문을 닫고 나와, 좁은 부엌 부뚜막에 양은 밥상을 펴놓고 책을 펼친 채 앉았다. 한 시간이 될까 말까 한 그 시간에 무언가를 읽거나 끄적여야 했다.

시아버지가 왔다. 큰아들이 아직 결혼을 안 했을 때니, 그에게는 이남에서 얻은 첫 손주다. 그 손주 녀석이 보고 싶어 왔고, 자는 모습보다 깨어나서 웃는 모습을 더 보고 싶어 아기를 깨울 터였다. 그즈음 반복되던 일상이었다. 그가 1미터 폭도 안 되는 부엌으로 들어서는 것을 보면서 미경의 얼굴엔 짜증이 지나갔을 것이 뻔하다. 작심하고 있었다. 그는 양은 밥상과 책과 공책과 볼펜과 미경의 얼굴을 보았을 거다. "애기는 자냐?" 정도의 질문을 노인이 했고, 미경은 밥상째 들고 일어서며 문으로 가는 통로를 내주었다. 그러면서 그 말을 했다.

"계속 울다가 겨우 잠들었으니 깨우지 마셔요."

아니 그보다도 더 간단하고 단호하게 말하며 귀찮음을 드러냈을 거다. 귀찮음을 드러내는 것이 목적이었다.

그가 시아버지로서 야단을 치는 사람이 아님을 미경은 알고 있었다. 더 교활한 것은, 미경이 노인에게 그렇게 야박하게 굴어도 그 일을 자식들이나 이웃에게 말할 사람이 아님을 알았다는 점이다. 그의 그런 성품이 미경의 이기와 만나, 미경을 막 나가게 했다. 둘만의 일로 끝날 것이고, 미경의 태도는 노인을 변화시킬 것이었다. 최소한 그는 손주를 보러 오는 횟수를 줄일 것이고, 자는 아기를 일부러 깨우는 일은 없을 거였다.

그 시절 불안했다. '나는 누구며 무엇을 하고 살 것인가?'가 십대 후반 이후로 계속 미확정이었다. 돌이켜보면 미경의 결혼은 아버지로부터의 탈출이었다. 아이를 낳아 기쁘고 바쁘며 힘들었지만, 그 질문은 여전히 살아 있었다. 물릴 때마다 피가 터지는 젖꼭지를 물려 젖을 먹이고, 마당의 공동 수도에서 기저귀를 빨고, 연탄 아궁이에 머리를 박고 눌어붙지 않도록 숟가락으로 저으며 이유식을 끓여 체에 밭치면서도, 그 질문은 뇌의 한쪽 구석에 백열전구처럼 쨍하게 켜져 있었다.

당시 그 질문에 대해 미경이 할 수 있는 유일한 한 가지는 자신의 시간을 확보하는 것이었다. 늘 잠이 모자란 시절이었지만 밤잠을 자다가도 깨면 부뚜막에 양은 밥상을 펴고 앉았다. 겨우 확보된 조각 시간에 기껏해야 책을 읽거나 뭔가를 끄적였다. 그 끄적임의 소재는 무엇이었을까? 아마 아기를 포함해 뻔한 일상을 적는 일기 비슷한 글이거나 답이 없는 질문들이었을 거다. 다만 자신을 들여다보고 그에 대해 끄적이는 게 미경에겐 절박했다. 그 시간을 확보하기 위해 미경은 치열했고 비열했고 지독했다.

자신 안에 있는 딱딱한 이기의 깡치. 혼자 있는 시간을 확보하는 것. 궁극적으로는 자신이 가장 우선. 목숨은 내놓을 수 있어도 자아는 포기할 수 없음. 응어리라는 표현으로는 도무지 성이 안 차는, 새까맣고 딱딱한 알갱이다.

과거만이 아니고 지금도 결정적 계기에 무엇이 어떻든 그러하며, 그 알갱이가 지금의 미경을 만들었다. 얼마간의 가책과 죄책으로 남아 있는 노인에 대한 마음을, 할 수만 있다면 그를 붙잡고 당시의 절박함을 세세히 설명하고 싶다. 용서나 화해 따위가 아니라 해명하고 싶다. 그가 이해해도 좋고 뒤늦은 욕이나 훈계를 해도 좋다. 자신을 설명하고 싶다.

그 시절엔 노인에게도 자신에게도 설명할 수 없었다. 당시에는 늘 질문만 이어졌다. 나는 누구며 어떻게 살아야 하는가? 한 살과 네 살의 두 아기가 세 살과 여섯 살이 되는 동안 둘을 함께 낮잠 재워놓고 자신만을 위한 한 시간을 확보하기 위해 '아기들이 자고 있어요. 제발 문을 두드리거나 벨을 누르지 마세요'라는 메모장을 현관문에 붙였다. 다른 누구보다 우선, 현관을 마주한 착해빠진 사십대 후반 된 아주머니의 수다를 위한 방문으로부터 '내 시간'을 방어하기 위해서였다. 메모장 떼는 것을 깜빡해 가끔 종일 붙어 있기도 했다. 아주머니는 메모장이 없는 시간에 여전히 놀러왔고, 그것에 대한 질문은 한 번도 하지 않았다.

드르르르……

진동이 울린다. 잠이 들었구나. 김창수다. 휴대폰과 공책과 볼펜을 챙겨들고 미디어실을 나온다. 피차 노인과 연락 불통임을 확인한다. 그동안 확인한 사항들을 알리자, 아들이 12시 반까지만 일하고 나갈 수 있게 됐다며 2시면 도착할 거라고 한다. "글쎄요, 아직은 좀 더 기다려……" 하는데 그가 말을 끊는다.

"그놈 일로 엄마랑 통화를 했댔어요. 경수 죽은 건 들으셨지요? 4, 5일 전에 엄마가 전화해서 그놈 장례 날짜가 잡혔다고 하더라고요. 저더러는 오지 말라고 했어요. 저는 첨부터 안 갈 생각이었어요. 순영이도 안 가겠다고 했고요. 이거 다른 사람들에겐 비밀로 해주세요. 부탁드립니다. 자세한 이야기는 만나서 할게요."

'남동생이 죽었다……' 난데없는 문장을 붙들다 퍼뜩 알아먹는다. 아무에게도 알리지 말아달라는 부탁에는 가타부타 답을 빼놓는다. 2시에 노인 집 앞에서 만나기로 한다. 자리로 돌아와 공책의 '황문자 페이지'에 메모를 추가한다. 적어넣으면서 '무엇을 비밀로 하자는 건지'에 굵게 줄을 긋는다. 엄마의 소재가 확인되지 않은 상황에서 그가 오는 이유는, 비밀 삼을 일에 대해 미경에게 이야기하기 위한 것임이 분명하다.

'그는 왜 나를 믿는 것인가? 그는 나를 어떤 사람으로 아는가?' 노인과 직접 관련된 일 말고 다른 가족들의 세세한 사정은 독거노인 복지 업무를 넘어선 거다. 그러니 우선 비밀로 해둘 수 있다. 센터에 보고하지 않은 채 나중에 문제가 되더라도, 아들이 비밀로 해달라고 했다 하면 미경이 책임질 일은 아니다. 비밀을 지속할지는 진행을 봐가며 판단할 일이다.

잠깐 쉬고 있던 뇌가 화들짝 깼다가 생각이 이어지면서, 왼쪽 관자놀이에 뭉툭한 송곳을 박아놓은 듯 욱신거린다. 정신을 잘 붙들고 있자. 이제부터 황 노인과 관련된 통화는 전부 녹음하자. 오늘부터 4, 5일 전이면 8월 31일 혹은 30일, 토요일 혹은 금요일이다. 날수는 착오가 있을 수 있다. 「황문자 연표」와 「황문자 가족」 파일에 '아들'로 검색해 찾은 정보는 이렇다. 김창수, 1957년생, 중졸, 입대와 제대에 관한 대강의 시기 등이 적혀 있다. 아마 현재까지 결혼관계를 유지하는 유일한 자식이고, 황의 말로는 모자지간 사이가 많이 안 좋다.

작은아들 이야기를 노인이 하기는 했다. 대놓고 말한 건 작년 겨울 초입이었다. 그때 미경은 그의 죽음을 예감했고, 노인도 같은 예감을 하고 있으려니 생각했다. 피차 말로 하지는 않았다. 예감했던 일이더라도 노인에겐 충격이자 사건이리라. 미경으로선 예감의 확인이다. 그리고 작은아들의 죽음과 지금 황문자의 부재에 무슨 연관이 있는지가 새롭게 잡힌 주제다. 실종도 죽음도 아직 아니고, 부재가 적절하다.

첫 만남이었던 독거노인 전수조사 날부터, 황문자는 가족관계 항목을 "2남 2녀"라고 했다가 "1남 2녀"로 고쳐 말했다. 이후에도 가끔 비슷한 번복을 했다. "아들 둘 딸 둘" 했다가 "아니 참, 아들 하나 딸 둘" 하거나, "넷"이라고 했다가 "셋"으로 고치는 식이었다. 그러니 황 노인을 담당한 초기 언젠가부터 아들이 하나 더 있을 수 있다는 생각을 했고, 더 묻지는 않았다. 독거노인 복지 수혜 요건과 상관없는 일이다.

하지만 생애사 작업에서는 다른 문제다. 감춰놓은 아들 대목에 생의 핵심까지는 아니어도 중요한 처지나 내막이 들어 있을 수 있다. 생애사 인터뷰 중에도 노인은 비슷한 실수를 몇 번 했지만 그냥 넘어갔다. 인터뷰란 친밀관계와 권력관계의 밀고 당기기를 조율하는 일이다. 적당히 속아주면서 마음을 사다가, 꼭 물어야겠다 싶으면 기회를 노려 따스하고 정확하게 물으면 된다. 그럴 땐 그 비슷한 내 쪽 이야기로 밑밥을 깔면 효과가 있다. 이혼, 남매들과의 단절, 큰아들과의 단절 등 그 비슷한 이야기는 미경에게 많다. 황문자는 자기 비슷한 허물로 들을 거다. 그러다가 기회는 다른 경로로 왔다.

우리 센터가 ○○ 기업의 겨울철 난방비 지원 사업을 신청하려고 하는데, 신청서에 넣을 사진을 제공할 어르신을 찾습니다. 사진은 어르신이 추위에 떨고 있는 얼굴이 나오는 사진, 초라한 방 내부, 기본 요금만 나온 도시가스 지로 영수증이고, 가족관계증명서도 제출해야 합니다. 기초수급자는 제외입니다. 우리 센터가 선정되면 사진을 제공해준 어르신은 우선적으로 지원하겠습니다.

작년 12월 초 사무장이 모든 생활관리사에게 보낸 단체 문자다. 미경은 이런 방식에 동의하지 않지만 자신의 소신을 앞세워 지원을 원하는 노인의 기회를 막지는 않는다. 사진 제출이 불가피하다면 일부러 얼굴 아닌 몸 일부와 후원 물품이 함께 나오게 찍는 방식을 택하는데, 이번에는 아예 '얼굴' 소리가 들어 있다. 이런 경우 화를 내며 수혜를 거부하는 노인, 모멸감을 느끼지 않는 듯 보이는 노인, 모멸감은 드러내지만 선택하는 노인, 모멸감을 느낄 일이 아니라며 "나는 받을 권리가 있고, 그들은 사진 찍어 보고할 필요가 있다"로 정리하는 노인 등 다양한 반응을 만날 수 있다. 구분하자면 황문자는 "사진 그런 거야 뭐 어때?" 하는 네 번째 부류다.

깊은 속이야 좀 다를 수 있지만 후원에 대한 황의 태도는 늘 그랬다. 평생 고생하고 살았으니 이젠 내 이빨 없으면 남의 이빨로 먹고살 권리가 있다고 했다. 난방비 건을 그녀에게 알렸고, 아주 좋아하며 "나를 생각해줘서 고맙다"는 말도 했다. 여러 노인 중 누구에게 제안할지는 생활관리사의 선택임을 잘 알고 있는 거다. 사진 연출도 알아서 잘 했고, 가족관계증명서를 떼어 동사무소 봉투에 담아 미경에게 건넸다.

무심결에 봉투 속 서류를 꺼내다가 아차 싶어 도로 넣던 중 눈이 마주쳤다. 표정 관리를 놓친 미경과 달리 노인은 살짝 눈을 흘기며 헤프게 웃고 있었다. 그날 작은아들 이야기를 처음으로 했다. "이젠 뭐 식구 같으니까 하는 말인데"로 시작된 황 노인의 말이 어디까지 사실인지 미경은 모른다. 말한 대로만 들었다. 이제 와서 숨길 것도 없다고 했지만, 그 뒤에 무슨 이야기가 더 있거나 다를 수 있다. 아픈 서사에서 늘 그렇듯 슬픔과 웃음과 너스레를 넘나들었고, 맞장구를 치느라 미경도 이혼과정에서 단절된 큰아들 얘기를 했다. 큰아들과 15년 넘게 계속되고 있는 단절에 대해 이제 미경은 자신을 엄마라는 자리에 놓지 않는다고 말했고, 혹 다시 시작하더라도 모자관계로 만나지는 않겠다고 했다. 그 대목에서 노인은 동정도 했고 독하다고 했고 대단하다고도 했다. 미경에게 그 연극은 통곡으로 끝났다. 해석은 두고두고 할 생각이다. 자식이 여럿이고 없이 사는 집에서는 흔해빠진 이야기이고, 어미들로선 가슴에 박힌 대못 같다고들 하는 사연이다. 황문자는 녹음하라는 소리까지 하고 작은아들 이야기를 시작했다.

경수가 연락이 끊긴 게 벌써 5년이 다 돼가. 사내자식이 아주 이쁘게 생겼어. 지 형하고 다르게 기집애처럼 예뻐. 토끼띠야. 그럼 60 몇 년생이야? 63년? 그래 그쯤이야. 셋째지. 3년 밑으로 막내딸이 끝이구. 어려서부터 성격이 딸들보다 더 자분자분했어. 학교 다닐 때도 형하구 누나가 주는 용돈 모아뒀다가 내 생일 선물 사오고 한 게 그 막내아들이야. 어디 나가면 전화도 자주 하구.

형하구 누나가 걔는 대학을 보내준다구 인문계 고등학교를 보냈어. 공부를 젤 잘했지. 형하구 누나는 공부할 정신이 없었어. 지 애비 닮아서 머리들은 좋은데, 사는 게 너무 복작스러우니 들어앉아 공부할 정신이 없는 거지. 차분히 앉아서 공부할 여건이 되는 집 자식들이나 공부를 잘하는 거야. 우리 애들은 허구헌 날 이사 다니느라 뚝하면 전학에다 학교를 건너뛴 적두 있고, 엄마랑 할머니 도와서 밤새 봉투 붙이고, 손수건 개서 청계천으루 나르고 펴고 담고, 월사금 땜에 뚝하면 집으로 쫓겨오구…… 그러니 무슨 공부들이 됐겠어. 그게 맺혀서 지 형하구 누나하구가 동생은 공부를 시키겠다는 거지. 지네는 중학교밖에 못 다닌 게 한이 됐던 거야. 근데 4년제 가라는 거를 지가 2년제 가겠다고 고집을 부리더라고. 형 누나한테 미안하대는 거지.

그래가지구인저 컴퓨터과로 전문대 졸업했을 때가 막내딸이 여고 졸업한 해랑 같아. 형 누나 덕에 젤 높은 학교까지 다닌 거지. 그게 83년이야? 하여튼 그때 내가 해장국집 주방장 하다가 그 사장이 다방 열면서 다방 주방장을 맡았지. 먹구사는 걸로 치면 많이 나아졌을 때고 앞으로는 돈 들어갈 일이 없다 싶어서 마음이 젤 편할 때였지. 그래가지구인저 졸업하고 바로 취직이 돼서 첫 월급이라고 내 빨간 내복도 사오더라구. 그때는 그게 유행이었잖아.

직장 좀 다니다 곧 군대를 갔다 와서도 또 금방 취직이 되더라구. 잘생기고 실력도 좋고 하니까 취직이 잘 됐어. 학교 다닐 때 늘 여자애들이 따랐댔어.

그래가지구인저 제대하고 취직해서는 가방 공장 사장 집 딸을 사귀더라구. 집에두 데려오고 해서, 그 기집애랑 결혼을 하겠구나 했어. 기집애가 귀엽구 인사성도 밝고 그렇드라구. 큰며느리년하구는 아주 달라. 큰딸은 그 전에 먼저 결혼을 했댔구, 큰아들도 작은아들 연애하던 그즈음에 결혼을 했지. 큰아들 결혼이 좀 늦었어. 동생들 졸업시킬 거 다 시키고 뒤늦게야 결혼을 한 거지.

그러다 말고 그 가방 공장 집 식구들이 싹 다 미국으로 이민을 갔어. 뭐가 어째서 그랬는지야 모르지. 그렇다니까 그런 줄 알지. 기집애도 식구들 따라 미국을 간 거야. 그래서 내 속으로는 깨지겠구나 싶었는데, 그게 아니더라구. 계속 연락하고 한 번씩 기집애가 오기도 하고 그러는데, 가만 보니까 둘이서 무슨 사업을 하더라구. 여자애가 한국 사람들 좋아하는 미제 물건을 싸게 사서 한국으로 보내면 아들이 그걸 파는 거야. 그때는 걔가 방을 따로 얻어 나가서 살았거든. 가게에 놓고 파는 게 아니고 컴퓨터에다 올려서 판다고 하더라구. 맞아, 인터넷 판매 그런 거라고 했어. 그 장사가 아주 잘 된다면서 집에 올 때마다 엄마 용돈도 풍풍 내놓고 텔레비전도 갈아주고 그랬어. 직장을 아예 그만두고 그 장사를 하는 거였더라구.

나야 뭘 알아? 컴퓨터에 올려서 장사한다는 그게 좀 저기하기는 했지만, 돈도 잘 벌고 지 형도 잘하는 거라고 하니까 그런가부다 했지. 애미 생각에야 결혼식이나 얼른 해서 미국으로 들어가 살림을 차리든가 한국에 붙들고 살림 차리든가 했으면 싶은, 그거 말고는 다른 게 뭐 있겠어.

그 중간 언제 큰딸은 이혼하고 일본 가서 식당을 시작했을 거야. 그러다가 어느 날부터 갑자기 연락이 끊어진 거야. 전화도 자주 하던 애가 아예 전화도 없어. 그게 그러니까 아임에프IMF 지나구 그다음에 또 난리 난 거, 맞아 2008년 그때 은행들이구 부동산이구 난리였잖아. 그때쯤부터 한동안 연락이 없더라구.

그러구 얼마 있다 사채업자 같은 사람들이 막내아들 이름 끝에 욕에 욕을 해대면서 김경수 그 새끼 바꾸라는 전화를 자주 하더니 낭중에는 시꺼먼 놈들 셋이 집에까지 들이닥치더라구. 어느 여름날 현관문을 반쯤 열어 줄로 묶어놓구 부엌방에 드러누워서 선풍기 틀구 낮잠을 자고 있는데 뭔가 섬뜩하더니만 구둣발이 눈앞에 보이더라구. 놀래 자빠져서 일어나지도 못하구 있는데, 한 놈은 저쪽 화장실 문을 밀구 들어가서 뭐를 뒤집어대다 나오구.

아이구야, 일어나지도 못하구 누운 채로 그놈들 얼굴을 올려다보는데, 이 채로 밟혀 죽는구나 그 생각이 들더라니까. 한 놈은 등치가, 등치가 뭐…… 팔뚝에 문신도 막 무시무시하고. 한 놈은 방으로 들어가서 장롱 옷들을 다 바닥에 내던지구 서랍들을 싹 다 쏟아가매 뭐를 찾는 거 같고, 문신한 그놈은 "김경수 그 새끼가 돈을 뭐 몇억을 안 갚고 도망쳤고 수배를 때렸구" 뭐 그러면서 방 계약서를 가져오라는 거야. 벌벌벌벌 기면서 계약서를 내줬어. 그걸 보더니만 씨팔 좃팔을 찾더니 그냥 던져버리데. 500만 원에 40만 원짜리 계약선데 그 500을 낭중에라도 뺏어가겠다 싶었어. 근데 그 소리는 끝까지 안 하데. 아구야, 그게 또 그렇게 고맙드라구, 하하하.

이게 원래 5000짜리 전세였다가 경수 급한 돈 막느라고 빼고 빼고 또 빼고 해서 500만 남은 거였거든. 5000만 원 그대로였으면 그 돈 다 뜯길 뻔한 거잖아, 그게. 내 휴대폰을 달라 그래서 줬더니 이것저것 뒤적거리다가 한 군데를 눌러 통화를 하데. "야 이 새끼야, 니 애미한테 와 있다! 경수 새끼 연락 오면 바로 알려라. 안 그러면 니 애미는 쥐도 새도 모르게 뒤져서 시체도 못 찾을 거다" 그러고는 바로 끊어.

첨엔 전화 받는 게 막내아들인 줄 알고 그래두 어디서 살아는 있나보다 싶어 다행스럽기도 하고 겁도 나고 했는데, 더 들어보니까 큰아들한테 한 거드라고. 큰아들한테는 벌써 찾아가서 난리를 지겼더라구. 근데 거기서도 받아낼 게 없다는 걸 알고, 애미한테로 쫓아온 거야.

근데 뭐 아무리 쥐어짜도 나올 건더기가 없잖아, 내가. 지네 눈깔에도 나 사는 꼴이 한심해 보였을 거잖아. 통화를 끊고서도 휴대폰을 더 뒤지더니만 그냥 던져주면서, 김경수 그 새끼 어딨냐, 언제 연락했냐 그런 거를 물어. 그래서 다 말했지 뭐. 숨길 말이 없으니까 좋더라구. 연락 안 된 지가 3년이 넘었다. 그거 말고는 할 말이 어딨어. 뭐라두 알았으면 큰일 날 뻔했지 뭐야. 막내가 나한테다 저 어딨는지 안 알려준 게 너무 다행이더라니까, 하하하.

이제 와서 웃지 그때는 뭐 딱 죽는 줄 알았어. 한여름인데 그 새끼들 가고 나서도 메칠을 오한에 떨었다니까. 그러구는 무슨 통지문인지 협박장인지 그런 게 날라오구 그랬어. 큰애한테 말하니까 자기한테도 뭐가 날라온대면서 그냥 버리라구 하드라구.

그러구는 또 한참 있다 어느 날 집 전화로 연락이 왔어, 작은아들이. 지금 미국이라면서 당장 3일 안에 1500만 원을 만들어달라구, 안 그러면 자기는 죽는다구, 죽게 돼 있다구, 밑도 끝도 없이 막 그러구 우는 거야. 그러니 어떡해? 큰아들한테 또 막 울면서 매달렸지. 그전에도 그런 식으로 해서 벌써 몇천만 원인가를 메꿔줬댔거든. 그러니까 형 새끼는 이제는 더 이상 못한다고, 그러다간 우리 식구 모두 한 구뎅이에 폭싹 빠져 죽는다구, 죽더라도 한 놈만 죽게 놔둬야 된다구, 지가 살 놈이면 어떻게든 살아 정신 차릴 거구 그때 가서 멕이든 숨기든 해서 일어서게 하려면 지금 독하게 맘을 먹어야 한다고, 그러구 막 잡아떼는 거야. 그럼 내가 죽는다고 막 난리를 쳐가지구, 결국 형이 그 돈을 또 만들어줬어.

그때 큰아들이랑 창신동에서 만나 시장 골목에 있는 1500원짜리 콩나물밥을 먹으러 들어갔댔어. 밥 먹고 나와 어디서 자판기 커피를 뽑아다줘서 길모퉁이에 둘이 앉았더니 아들이 하는 말이, 그동안 매

달 주던 용돈 5만 원을 이제는 못 준다는 거야. 그 자식도 맘이 약해서 밥 먹는 동안은 그 말을 못했던 거야. 알았다고 안 줘도 산다고, 너 살기도 너무 힘든데 그 큰돈 만들어줘서 고맙다고, 이제 죽을 때까정 너한테 돈 달란 말은 안 한다구, 그러구 헤어졌어. 보내라는 데로 1500만 원을 보낸 종이쪽은 봤는데, 그러고는 영영 소식이 없어. 그 돈이 무슨 효력을 봤는지도 모르고, 누구 손아귀로 들어간 지도 모르고, 죽었는지 살았는지도 아직 몰라.

만에 하나 걔를 만날까 싶어서 가끔 서울역엘 나가. 거기 가면 노숙자들 많잖아. 실종된 사람 중에 노숙자로 사는 사람이 많대. 경수도 죽지 않았으면 노숙자나 됐겠지. 근데 그 역 광장이 아주 희한한 세상이더라구. 교회랑 절이랑 어디 무슨 종교랑 많이들 나와서는 종일 마이크 틀어놓구 떠들어대. 찬송가랑 목탁이랑 소리 지르는 기도 소리랑, 뭐 그런 걸루 해서 복 받구 천당 가라구들 아주 시끄러워요. 거긴 또 거기대로 요지경이더라구, 하하하.

근데다가 가끔씩 시간 맞춰서 먹을 거랑 뭐랑 그런 걸 나눠주는 게 있더라구. 어떤 때는 교회에서 나와서 돈두 줘. 1000원두 주구 재수 좋으면 5000원짜리두 주면서 사진도 찍어가. 첨엔 몰랐는데, 거기 나오는 칠십 근처 여편네들은 노숙자가 아니더라구. 청량리에서두 오구 경기도 어디서두 오구 그래.

노숙자는 딱 보면 알아. 여자든 남자든 티가 나. 근데 그 여편네들은 달라. 차림새도 차림새지만 우선 짐이 가벼워. 주는 거 받아갈 가방 하나만 들고 오는 거지. 노숙자들은 짐이 많잖아. 어느 요일 몇 시쯤에 어디 교회가 뭐를 준다. 그걸 다 알고 있더라구. 그거에 맞춰서 나가 있는 거야. 줄 서 있으면 다 주거든. 노숙자들보다 그 여편네들이 더 극성으루 나래비들를 서드라니까. 줄이 기니까 뒤에 서면 못 받어. 빵이나 주스 그런 거에다가 교회 다니라는 쪽지를 끼워서 줘. 재수 있으면 좋은 것두 받지. 수요일 밤에는 통닭 주는 목사가 오구, 토요일 낮에는 도시락 주는 어디 단체가 와.

모르지, 그 여편네들 중에는 나처럼 집 나간 자식이나 찾을 겸 해서 오는 애미도 있을 거야. 집 나간 서방이면 그렇게 찾겠어? 하하하. 새끼니까 별수 없이 찾아다니는 거지. 웃기는 게 그 여편네들 간에도 또 배운 티를 내는 년들이 있어요. 여고를 나왔대나 그러면서 뚝하면 영어 쓰면서 잘난 척을 한대니까. 그년이 또 말도 잘하고 기운도 목청도 좋아요. 찬송가도 잘하고 유행가도 잘하고, 뭐든 지가 먼저 한다구 난리를 지긴대니까. 교회서 나온 사람들이 기도를 시키면 또 얼마나 멋들어지게 잘한다구. 우리 아버지 영광에, 예수의 피 어쩌구를 소리치면 모인 사람들이 아멘 아멘 하고 할렐루야 믿습니다 어쩌구 하면서 웬만한 목사 저리 가라야.

그러면서두 욕심은 또 을마나 많은지, 노숙자들 손에 들어간 것두 뺏어가기도 한대니까. 지는 그래두 방에 사는 년이 말이야. 전에 노숙을 오래 했었대. 아주 막 싫어지다가도, 배운 년이 무슨 사연으루 저러구 사나 싶으면 또 아깝구 안쓰럽구 무시가 안 되구 그래. 아유 요지경이야 거기가. 하긴 사람 사는 데가 다 그렇지 뭐. 하여튼 제

각각 사연들이 많드라구. 한 여자는 집 나갔던 자식이 동남아 어디서 죽었다고 연락이 왔더래. 죽어서 화장해버렸다는 말만 경찰이 해주구는 어떻게 죽었다 그런 거를 하나도 안 갈쳐줬대. 그래서 자기는 죽었대는 말을 믿을 수 없대는 거야. 뼛가루두 아직 못 받았대.

나두 잘 모르겠어. 내가 새끼 찾으러 가는 건지 주는 거 받으러 가는 건지. 복 준다구 복 받으라구 주구장창 떠들어대는 데야 거기가. 복이 뭐 별거야? 복이다 생각하믄 그게 다 복인 거잖아. 김 선생은 우리 같은 사람 사는 거가 여엉 이상하지? 없이 살다보믄 그렇게 돼……

빈곤한 사람들의 악다구니를 미경도 자주 본다. 오로지 이기만 남고 배려와 염치라곤 전혀 없는 듯싶은 날것의 악다구니를 마주치면 판단 이전에 우선 눈을 돌려버리곤 한다. 혐오이자 회피다. 그런 자신의 속을 더 파고 들어가면, 그들의 그악스러운 이기가 자신의 밑바닥 '꼬라지' 중 무언가와 이어진다는 것과, 아직 쪼개지지 않은 자신 속 돌멩이들을 더 쪼개고 해명해야 타인의 그악스러움을 회피하지 않으리라는 것을 알게 된다. 그러니 아직 멀었다. 그악스러움이야 모든 생명의 자기 보호 본능이고 날것으로 드러내느냐 포장하느냐의 차이가 있을 뿐이다. 황 노인의 말마따나 그차이는 처지에서 온다. 미워할 거면 가진 놈들의 극악하고 거대한 악다구니와, 그 악다구니에 고상함과 합법의 외피를 씌워주는 돈과 권력의 편향을 미워할 일이다.

'황문자 페이지'에 메모를 추가한다.

"안 그러면 니 애미는 쥐도 새도 모르게 뒤져서 시체도 못 찾을 거다." - 황문자 생애 인터뷰 중. 사채업자들이 황문자 앞에서 큰아들에게 전화하면서 했다는 말.

마지막 '했다는 말'은 처음엔 '했던 말'로 썼다가 수정했다. 직접 들은 말과 남들을 통해 들은 말을 정확하게 구분할 필요가 있다. 이 구분이 제대로 안 되면 헷갈리기 일쑤다.

오늘 큰아들이 할 이야기를 미리 가늠할 필요는 없다. 약속까지 세 시간 반 정도 남았다. 까마득하다. "2시" 소리를 들으며 발밑이 꺼지는 느낌이었다. 그렇다고 이 상황에서 만나러 오겠다는 아들을 피할 수는 없다. 아니, 만나고 싶다. 일단 12시까지는 도서관에 들어앉아 원고를 뒤지며 정리하다가 잠이 오면 자자. 그후 사무실에 들어가 출근부에 서명하고, 관리자들에게 황에 대한 보고를 대강 한 후, 오늘분의 안부 전화를 마저 돌린 다음 컴퓨터 업무보고까지 마치고 나와 2시 약속에 맞추면 된다.

김창수와의 만남이 얼마나 길어질지 어디로 뻗을지 모르지만, 가능하면 오늘은 그와의 만남으로 바깥 일정을 끝내자. 큰아들과의 만남에 대해서는 센터장이나 사회복지사에게는 아직 알리지 말자. 김창수를 만나면 뭔가 중요한 단서를 듣게 될 테고, 가능한 한 혼자 결정하고 집중하는 것이 좋다. 그러려면 관리자들의 관심사에서 황문자나 미경 자신을 떨어뜨려놓는 게 좋다.

　다행인 점은 그들에겐 '황문자가 죽었나? 죽었으면 어떻게 죽었나?'만 관심 사항이라는 것이다. 그들 편에서 사고랄 것은 아직 없다. 사고 여부의 확인에 대해서 그들은 미경을 신뢰하고 있다. 어제 오전이 부재의 시작이니 미경이 센터에 들어갈 즈음이면 26시간 정도 경과하는 거다. 경찰에 가출 신고를 해봤자 치매 노인도 아니니 그냥 더 기다려보라거나, 마지못해 신고만 받고 전혀 움직이지 않는다는 걸 그들도 안다. 노인 휴대폰은 알뜰폰이라 위치 추적도 못 한다. 게다가 혹 기자가 냄새 맡을까봐 담당 노인 건으로 경찰 찾아가는 일을 최대한 피하는 게 기관의 일 처리 방식이다.

　동네 할머니 하나가 황 노인이 지방에 사는 친구네 간 것 같다는 말로 미끼를 던져놓으면, 그들은 더 안심할 거다. '더 확인된 사항 없어요. 12시 10분경 센터로 들어갈게요.' 이승혜에게 카톡을 보내고 11시 45분에 알람을 맞춰놓은 뒤 황문자 원고로 돌아간다.

「황문자 완고 1」을 훑으며·2

「황문자 완고 1」에는 '1960년대에서 1980년대까지, 한 도시 빈민 가족의 생존사'라는 장이 별도로 정리되어 있다. 그중 죽음과 연관된 대목을 챙겨보려 하지만 허사다. 창신동 살 때 일수 3만 원을 얻어 청계천가에서 손수건 노점을 하다 쫄딱 망했을 때는 그 청계천에 떨어져 자살한 사람이랑 지난 홍수에 쓸려가 죽은 사람들이 부러웠단다.

뭐 한다구 그때 안 죽구 여지껏 악착같이 살구 있는 거네, 내가. 언제구 죽어서 결국 끝날 인생을 말이야. 옛날에는 쎄멘시멘트 푸대 그걸루 봉투를 만들어 썼잖아. 그게 여러 겹이니까 박음질된 실을 잘 풀고 일일이 틀으면 봉투가 많이 나와. 영감이 그거 살살 풀어서 깨끔허니 땋아놓는 걸 또 아주 잘했어요. 어구 젠장, 나랑 아주 바꼈

대니까.

한번은 봉투 만든 거를 낙원시장에 내다 팔고 오면서, 탑골공원 거기를 들어가봤어. 엄마랑 셋이 해서 또 한바탕 난리를 치고 쌈을 하구는, 성당에서 노숙자들 잠도 재워주니까 잠은 거기 껑겨서 자는지 어쩐지 며칠을 안 보이더라구. 혹시나 해서 공원을 들어가본 거지.

쭈욱 둘러보니까 누가 자빠져 누웠는데, 그 옆에 눈에 익은 구두 짝이 보여. 탑 밑에 신문지 깔고 누워서는, 햇빛 가린다구 신문 쪼가리 하나만 얼굴에다 덮고, 다 낡아빠진 구두 두 짝을 신문지 한쪽 위에 나란히 벗어놨더라구. 가까이 가보니까 코를 골고 자빠져 자구 있어, 그 뜨거운 한여름 대낮에. 혹시나 해서 신문지 쪼가리를 들고 보니까 우리 재네 아버지야.

하도 어이가 없어서 멀찌감치 가서 가만히 지켜봤어. 조금 있으니까 꿈지럭꿈지럭 일어나서는 엉금엉금 어딜루 가. 그때는 파고다공원 담 밑으루가 수제비 장사 천지였어. 커다란 솥에다 굵은 소금만 한 움큼씩 털어 넣고, 밀가루 반죽 쭉쭉 떠서 한 양푼에 5원씩 팔았어. 그걸 선 채루 사먹구 앉았더라구. 어디서 5원은 생겼는지. 그래도 집에 가잔 소릴 않구 내비뒀어.

어느 날엔가는, 방에 창문이 요만 한 게 하나 있었는데 그걸 누가 뚜드리드라고. "누구세요" 하고 일어나는데, 삐쭉하게 열린 창문으루다 1000원짜리 종이돈 하나를 돌돌 말아서 밀어넣구 있는 거야. 창문을 열구 보니까 그냥 그대로 내빼. 으이그, 웬수…… 그런 사람을 우리 엄마는 속도 모르고 구박하고 미워하고 난리 치고. 그러니 나는 엄마 하는 거 보면 속상해서 엄마랑 싸우고, 영감 보면 또 속 터져서 거기다 분풀이하구. 나는 이 짝에다나 저 짝에다나 싸움으로 세월을 보내는 거야. 안 보이면 안쓰럽고 걱정되다가도, 눈에 보이면 나도 모르게 말이 막 나가. 그러구 한바탕 해대고 나면 나는 또 나대로 더 미치겠구.

아구, 내 속 문드러진 거를 누가 알어? 버선이면 확 까뒤집어서 나 보여주지…… 내가 그 인간을 보구 있으면 오장육부가 막 부어올라서 뻥 하구 터져버릴 거 같었어. 지금? 지금 뭐 한다구 그 웬수를 생각해? 그 인간 간 게 은젠데. 무슨 인연으로 나를 만났는지, 뭐에 씌어서 정임이 년 말구 나를 좋다구 했는지…… 불쌍하구 죄 되구…… 그 죄를 내가 받는 거지.

빚내서 들어간 5만 원에 5000원짜리 월세방을, 열 달만에 보증금 다 까먹어서 쫓겨나고 쫓겨나고 해대며 서울 변두리들로만 이사 다녔다는 이야기를 한바탕 달리더니, 다시 영감을 물고 이어진다.

살겠다고 지랄하다가 집구석이라고 들어오면, 영감은 방바닥에다가 신문지 좌악 펼쳐놓고는 무슨 공화당 민주당을 찾아쌓구, 대통령이 뭐 어떻다고 가락까지 넣어가며 풍월을 읊구 앉았는 거야. 소설책 같은 걸 또 몇 권 줏어다가 옆에다 놓구는 신문 다 읽고 나면 이젠 그 소설책을 붙잡구 시조를 읊구 앉았구. 장사하고 저녁에 늦게 들어오면, 나 배고프다고 엄마가 밥상을 준비해놓고 있다가 오자마자 딱

디미는 거야. 보리꽁댕기 밥을 양은솥에다가 해가지구는 솥째로 들고 들어오는 거지. 먼저 퍼놓으면 식는다고 일부러 솥째로 연탄불 옆에 놨다가 가져오는 거야. 애들은 먼저 와 있고 나도 배 창자가 차악 붙어서 허리가 꼬부라지지.

근데 밥상머리에 앉으려다 말고, 그 인간이 그렇게 신문 좌악 펼쳐놓고 경을 읽고 앉았느라 밥 먹으래도 꿈쩍두 안 하는 꼬락서니를 보면, 열이 솟구쳐가지구 배고픈 게 싹 다 날아가버리는 거야. 한번은 에라, 밥솥을 잡아채가지구는 휘익 마당에다 집어던졌어. 그랬더니 그 양은솥이 뚜껑 따로 솥 따로 마당에서 뱅글뱅글뱅글 돌다가 솥 밑구녁이 쑥 빠져버리데, 하하하.

하구, 참 이제 생각해도 기가 차서 웃음밖에 안 나와. 보리꽁댕기 밥은 밥대로 저기 가서 굴러떨어진 거지. 보리밥은 또 더 잘 풀어헤쳐지잖아. 그러면 우리 일본 간 큰딸이 콧물이 두 콧구멍에 지르르 나온 거를 후우훅 후우훅 딜여마시면서, 바가지랑 숟가락을 들고 나와서 그 흙 묻은 밥을 담는 거야. 흙을 일일이 떼내면서. 그럼 우리 엄마가 그걸 보구, "애들이 무슨 죄가 있냐? 너그들이나 먼저 먹어라" 하면서 애들 밥을 다시 채려줘. 그러구는 나더러 "밥이 무슨 죄가 있냐? 저럭 해서 버리면 뭐 먹구 사냐? 내일 아침에 당장 보리쌀 삶아 먹을 솥도 없는데……" 어쩌구 그래. 그러면 내가 "밥허지 마. 허지 마. 다 굶어서 뒈져뻐리게 밥허지 마" 그러면서 또 엄마랑 악다구니를 하는 거야. 그러니 그게 사람 사는 게 아니고 참 어이가 없는 거지. 굶기를 밥 먹듯이 했어. 그런 세상을 살았어요, 내가……

그러다가 우리 식구가 다 한강 모래사장으로 나앉았댔어. 내 참 살면서 벼라별 걸 다 했대니까, 하하하. 한날은 누가, "아유, 아줌니 이러고 있을 때가 아니야!" 그러는 거야. 없는 집뿐 아니라 돈 있는 집도 노인네들을 한강 모래사장으로 내보내서 자리 차지를 하고 그런대는 거야. 그러면 나중에 그걸 보상해주게 돼 있대는 거지.

그래서 "아니, 한강 어디에를 가서 어떻게 자리 차지를 하느냐?"고 물었더니, 한강 백사장에다가 천막을 치래. "아니 그게 무슨 소리냐? 한강 모래사장에다 어느 미친 사람이 천막을 치냐?" 그랬더니, 일단 가보래. 지금 노량진 다리 있잖아. 그 사육신묘하고 용산하고 사이. 그래 맞어, 한강대교. 그 밑에 한 1000세대 가차이가 백사장에다 천막을 치고들 산대는 거야.

밥 해먹구 저녁에, 작은딸을 업고 전차를 타고 마실 삼아 가봤어. 아구야 진짜, 오색 가지 불빛으로 천지가 환하게 번쩍번쩍하구, 카바레까지 있고 그런 거야. 그 백사장 위에. 그러구 한쪽으로 천막이 수도 없이 쳐졌더라구. 1000갱가는 몰라두 하여튼 사람들도 바글바글해. 한강 물을 끌어다 이은 건지 수돗물도 콸콸 나오고, 과일 가게, 채소 가게, 연탄 가게들 해서 아주 크으다란 동네 하나가 어엿하게 들어앉았는 거야.

어머나, 내가 이런 데를 왜 진작 몰랐을까? 눈이 번쩍 뜨여서 집엘 와서 애를 내려놓구는, 바로 교회로 가서 영감을 찾아냈지. 그래 종로 성당. 성당이나 교회나 그게 그거지 뭐. "아구 이 미련한 인사야, 지금 여기서 이러구 있을 게 아니다. 얼른 한강으루 가서 천막을 쳐라"그랬더니 "아니, 밑두 끝두 없이 무슨 한강 물 위에 천막을 치냐?"그래. 아구 웬수. 척 허면 알아들어야지. "한강 물 위가 아니고 백사장 우위다"그랬지, 하하하. "거기다가 천막을 아무나 치는 거냐? 법적으루다 그게 문제가 될 거다"그러구 연설을 풀구 앉았어.

그래서 내가 "아니, 지랄 엠병을 하구 앉았네. 지금 우리가 법 찾구 있을 때냐? 그렇게 돌아다니면서 그런 소식도 모르냐? 많이 배웠대는 사람이 그런 소식은 안 줏어오구, 5원짜리 수제비나 먹고 여기서 잠이나 처자면 다냐?"그랬어. "맨날 1000만 원만 외구 앉았지 말구, 얼른 가서 각구멍(나무 토막) 네 개에, 천막하구, 까만 기름 멕인 루뼁(지붕) 사구, 비니루두 한 마키 사구, 바닥에 깔 무시루 그 가마니 자리도 댓 장 사오라"구 난리를 쳤어. 그랬더니 "돈이 있어야 그런 거도 살 게 아니냐?"그러는 거야. 미쳐요, 내가.

그때 내 친구 하나가 돈 많은 영감한테 첩으로 들어가서 살구 있었어. 본처 밑으루 아들이 없어서 첩으로 들어가서 아들도 낳고 딸도 낳고 하니까, 영감이 따로 집을 해주고 생활비까지 많이 대주면서 두 집 살림을 하는 거지. 전라도 목포 여자야. 전라도 사람은 내가 별로 안 좋아하지만, 어쩔 거야, 내가 아수운데. 동대문 근처 한옥 개와집(기와집)에 살고 있었어. 간장 된장도 아주 수북수북하게 담아놓고 쌀도 쌓아놓고 사니까, 나는 그 집에 한 번 갈 때마다 간장 된장도 얻어다 먹고 쌀도 두어 됫박씩 받아다 먹구 그랬어.

그 친구를 찾아가서는 "야, 나 방세를 못 줘가지구 떨려나게 생겼는데, 5만 원만 빌려주라. 내가 잘되면 금방 갚을 거구 못 되면 언제 갚을지 모르니까, 받을 생각 말고 까먹고 있어라. 내가 어쨌든 죽기 전에는 갚는다" 그랬더니 그 자리에서 당장 5만 원을 내줘. 그러면서 나더러 "도망가라니까 지랄하고 사니?" 그러드라고. 도망갈 생각을 내가 왜 안 했겠어. 근데 애들도 애들이지만 엄마를 어디 둘 데가 없는 거야. 내가 우리 엄마랑 팔자가 엮이고 꼬인 거야. 어디 가서 뭘 보니까 전생에 내가 그 양반 속을 무지하게 썩인 서방이었대, 하하하. 아구, 누가 서방 때문에 도망을 못 가겠어? 자식들이 눈에 밟혀서 붙어 있는 거지.

그래가지구인저, 그 5만 원을 받아다 천막 지을 거를 다 샀지. 연탄 장사하는 니야까를 빌려서 그걸 다 싣고는 백사장으로 일단 간 거야. 모랫바닥이니까 말뚝이구 뭐구두 잘 박히드구만. 천막 하나 치는 거는 일도 아냐. 그 동네 사람들두 와서 도와주구. 그땐 우리가 동대문 근처 창신동에 살고 있었거든. 일단 천막을 쳐놓구는 큰딸한테 세 살배기 막내를 주구 천막을 지키게 하구는, 노인네랑 쟤들 아버지랑 나랑 아들이랑 넷이서 창신동에서 그 백사장까지 니야까로 살림을 실어 옮기는 거야. 우라질 놈의 항아리만 해도 여기저기서 은어다놓은 게 두 니야까나 되는 거야. 우리 엄마가 또 항아리는 절대로 못 버리게 했어. 아구 젠장할, 거기에 뭔 할매 귀신이 살구 있어서, 그걸 버릴래믄 팥죽을 쒀서 모셔내야 된대나 어쩐대나. 귀신 멕일 팥죽이 없어서 그놈의 항아리들을 짊어지고 오만 데 이사를 다녔대니까, 하하하.

하여튼 항아리만도 두 번을 왔다리갔다리를 하고 또 두세 번을 더 싣구 메구를 해서, 그 그지 같은 살림을 백사장으로 옮긴 거지. 자리를 넓게 잡았어. 우리 애들 살아본 거루는 젤 넓은 방이었지, 하하하. 가마니때기 펴놓고, 비니루 깔고, 천막 위에다 루삥도 얹구. 집 짓는 데 두 시간도 안 걸려. 거그 사람들이 나와 보구서는 항아리가 많아서 좋겠다더라구. 그게 무슨 소린가 했더니 옷이구 이불이구 젖으면 안 되는 거를 다 항아리에다 넣어두라는 거야. 그러구서는 뚜껑을 덮고 그 위에다가 돌을 줏어다 눌러놓으래. "그건 또 뭔 소리예요?" 그랬더니 한강 우라서 습기도 많고 장마 지면 옷이랑 이불이랑 다 쓸려나가니까, 항아리가 최고래는 거야. 어디 가서 흙을 퍼다가 물 붓구 개서 아궁이 만들어 솥 걸어놓으니까, 아구, 세상에 배가 저절루 불러오는 거 같아, 하하하. 셋집 아닌 집에서 살아본 거는 그게 처음이자 마지막이지.

한강 어디를 파면 쇳덩어리들이 나오는데, 거기서는 죄다 그걸 파먹고살더라구. 옛날 6·25 나고부터 홍수 나면 떠내려온 폭탄 그런 게 거기까지 떠내려와서 걸리고 파묻히고 한 거지. 모두들 고무 다라이 들고 다니면서 그걸 파다가 고물 장사한테 넘기는 거지. 그래서 엄마한테는 그걸 시키고, 나는 을지로 인쇄소 골목 가서 파지를 20 관석 사다가 머리에 이고 걸어와. 그럼 엄마가 어디로 받으러 나와서 같이 이고 와서는, 풀 쒀서 엄마랑 봉투를 만들어, 밤새. 새마을 공사장 가서 쎄멘 봉지도 주워오고.

황문자가 말하는 '한강 모래사장 위 천막촌'이 무슨 환상 도시처럼 영 믿어지지가 않아서, '한강' '모래사장' '천막' 등으로 그 시절 신문 검색을 했더니, 실제로 많은 기사를 찾을 수 있었다. 1964년 4월 3일자 『경향신문』에는 「삼남매 연탄가스 중독사」라는 제목으로 꽤 상세한 기사가 실려 있었다. 한강 모래사장에 판잣집을 지어 살면서 모래에 파묻힌 고철을 주워 생계를 잇던, 사십대 부부와 여섯 자녀 이야기였다. 기사는 그 시절 빈곤한 사람들의 삶이 어떠했는지를 잘 보여준다. 부부가 네 살 아이와 두 살 아이를 데리고 강원도 양구로 고철을 팔러 간 사이, 집에 남은 네 아이는 밀가루 죽으로 연명하며 부모를 기다렸다. 고철을 파는 일이 생각보다 늘어졌는지 아이들은 사고 나흘 전부터 학교에도 가지 못하고 구걸하며 지내야 했다. 그러던 어느 밤 연탄가스가 판자 틈으로 새어 들어온 것이다. 이 사고로 세 아이가 목숨을 잃었고, 남은 아이도 위독한 상태에 빠졌다. 기사는 빈 방에 그해 초등학교를 입학한 넷째 아이의 란도셀 가방과 공책이 구르고 있더라는 묘사로 끝난다. 현장을 처음 발견한 사람은 빚을 받으러 온 사람이라고 했다.

아마 그 즈음 물난리가 난 거다.

첫 번째 장마 때는 물이 그냥 들어왔다 나가서 항아리 덕을 많이 봤어. 근데 두 번째 장마 때는 난리가 난 거야. 하루는 봉투 팔아서 만든 돈으로 반찬거리 좀 사고, 보리쌀 한 됫박 쌀 한 됫박을 사고, 애들 줄 과일을 도매상에서 기스 난 걸로 싸게 사고 해서 전차를 타고 한강 집으로 오는데, 한강이 보이기도 전에 신작로가 허허바다가 돼서 사람들이 다 고무 다라이 타고 건너고, 한강 다리 위나 이쪽 용산 쪽에 다 나앉아 있는 거야. 여름이니까 장맛비가 오는구나 했지, 그렇게 난리가 날 줄은 꿈에도 생각 못했어. 뉴스가 어딨어, 뉴스가? 우리 같은 사람이 뉴스 듣고 앉았을 시간이 어딨냐고?

나중에 보니까 그 물난리가 강원도 댐들을 한꺼번에 갑자기 열어버려서 난 거라구 하더라구. 여름이니까 여편네들이 하나같이 소데나시에 깡통치마 입고 나와서는 구경을 하는 거여. 다리 건너 본동 언덕에도 구경꾼들이 쌔까맣구. 구경 중에는 물난리 불난리가 젤 재밌대잖아, 하하하. 난리 난 사람은 나고 구경할 사람은 구경하고 그러는 거야, 세상 사는 게. 안 그래? 아구야, 난리 당한 나두 구경이 재밌드라. 그러니 욕하구 말 것도 없어.

그래가지구인저 보니까, 그 백사장 마을은 싹 다 없어져버렸어. 물바다야 한강이. 살림들이랑 천막이랑은 싹 다 떠내려가고 사람들만 도망 나왔지, 사람도 많이 죽었더라구, 물에 떠내려가기도 하고. 우리는 아무도 안 떠내려갔어. 질긴 목숨이야. 살림이야 뭐 하나도 못 건지고. 항아리에 돌멩이 얹어놓으면 안 떠내려간다더만, 그놈의 귀신 할망구들도 항아리랑 같이 다 떠내려가버렸어, 하하하.

하여튼 죽어라 죽어라 하매 개판 5분 전이 된 거야. 개판 5분 전이 아니라 개판도 그런 개판이 없는 거야. 아구, 차라리 떠내려가서 죽은 사람들이 부럽더라구. 우리 엄마가 두구두구 뚝하면 "그 물난리에 항아리에나 들어앉았다 떠내려가버렸으면 좋았을걸, 좋았을걸" 했대니까.

노인의 이야기가 하도 신나게 달려서 끼어들 새가 없었지만, 미경도 한강 물난리를 안다. 미경이 물난리를 직접 겪은 것은 예닐곱 살, 서울 노량진에 살 때 엄마가 하던 가게에 물이 들었던 경험이 유일하다. 살림집은 가게 2층이어서 전혀 피해가 없었고, 어른들의 물난리 뒷감당을 조금 도운 정도의 기억이다. 내 일이 아닌 어른들의 일. 그저 심란한 마음뿐이었다.

남들이 겪는 물난리를 맨눈으로 직접 구경하거나, 티브이를 통해 구경한 적은 여러 번이다. 황문자 이야기 속 물난리를 구경하던 본동 언덕 위 사람들처럼, 시기는 좀 어긋나지만 미경도 본동 언덕 위에서 한강 물난리를 구경했다. 따져보니 황문자가 겪은 한강 물난리보다 4, 5년 정도 전이고, 어린 미경네 가게에 물이 들었던 그때일 수도 있다.

본동 언덕 위에서 구경한 한강 물난리 장면은 생애 동안 떠올리고 재해석하는 미경의 원체험 중 하나다. 노량진 집에서 한강으로 가는 길에는 도로 쪽을 돌아가는 길 말고 언덕을 넘어가는 빠른 길이 있었다. 그 언덕길을 가본 적이 없었는데, 물난리를 보러 동네 사람들을 따라서 처음으로 그 언덕 위에 올라갔다. 출렁거리며 세차게 쏟아져 넘쳐흐르는 흙탕물에 떠내려오는 죽은 소와 닭과 오리 등 가축들, 살아 꽥꽥거리는 돼지들, 집채와 가구들과 살림살이. 뿌리째 뽑혀 휩쓸리느라 죽은 것과 산 것들을 한 차례 더 휩쓸며 떠내려가는 나무 기둥과 거대한 뿌리들. 그 모든 것을 뒤집고 가라앉혔다가 다시 쑥 떠올리고 이내 삼켜버리는 급물살. 물살에 허우적대는 사람은 보았고, 죽어 떠내려오는 송장은 못 보았다. 하지만 많은 송장이 그 물살에 뒤섞였을 거다.

그 풍경을 바라보는 어린 미경의 감정 중 가장 강하고 또렷한 것은 설렘이었다. 두고두고 뒤져도 그 감정의 이름은 불안이나 두려움 이전에 우선 설렘이다. 한강과 본동 언덕 사이의 거리 덕에 본인의 불안과 두려움은 줄었을 거다. 안전한 위치에서 사물과 타인들의 멸滅과 고통을 주목하느라 따라붙는 죄책감이 뒤엉킨, 철없이 무책임하게 팔딱이는 호기심. 한여름인데도 몸이 떨렸던 것은 두려움보다는 결국 설렘 때문이었다.

그 첫 설렘 이후 생애 동안 보았던 태풍과 물난리와 불난리 등 비슷한 멸과 혼란의 현장들. 그 건너편에 여러 번 관찰하는 사람으로 있었다. 1971년 12월 25일 전 세계로 중계되었다는 대연각호텔 화재 사고 때는 중학교 1학년이었다. 2011년 요양원 근무 당시 죽음이 머잖은 노인들과 동일본대지진의 쓰나미 녹화 방송을 텔레비전으로 반복해서 보았고 나중에도 여러 번 찾아봤다. 2001년 미국의 9.11 테러 영상은 당시에도 여러 번 보았고, 요즘도 필요하면 유튜브로 찾아본다. 첫 목격에서는 소리든 감정이든 "아……"

이외의 다른 무엇도 없었다. 다시 보면서 두근거렸고, 어린 시절 본동 언덕에서의 첫 경험과 감정과 심리가 떠오르면서, 자신의 내면을 뒤지기 시작했다. 당하는 사람들은 저편의 아수라장 속에서 단말마를 지르며 죽음으로 휩쓸리고 있는데, 멀리서 혹은 화면으로 혹은 한참 나중에 관찰하는 미경은 집요하게 주시한다. 일단 무책임하게 들뜨는 마음. 당하는 자들과의 냉혹한 분리다. 눈이 감아지지 않는다. 그래야 쓸 수 있다.

욕망은 윤리보다 먼저 오는가. 우선 보고 싶다. 보면서, 즉각적이고 단순해서 우선 무책임한 욕망을 수긍하면서, 저쪽 고통의 부조리와 원통함에 덩달아 주저앉거나 외면하지 않을 거라면 이쪽의 욕망과 호기심과 죄책감과 목격의 쓸모와 더불어 저쪽의 고통의 쓸모를 노려보고 벼려낸다. 거대한 불가항력과 부조리 앞에 저항하는 자로 응한다. 결국 무너지더라도. 그것 말고 다른 어떤 인간의 길이 있는가.

윤리는 욕망의 향방에 관한 일이다. 처참이니 불쌍이니 하는 감정을 핑계로 눈을 감아버리거나 자리를 피해버리는 유약함을 비웃으며, 이를 악물고서라도 보아내겠다는 각오. 나중에 언제 입장이 바뀌어 아수라장도 관찰도 자신이 당하게 되어 목격한 자의 빚을 고스란히 되갚게 되리라는 불길한 예감에도 불구하고, 지금의 최선은 '목격'이라는 냉혹하고 건조한 욕망이자 실천이다. 목격해서 알아내야 쓸 수 있다. 새벽 문자를 확인한 아침부터 목격에 대한 욕망이 화다닥 살아나 황 노인의 행방을 차갑고 집요하게 주목하고 있다.

　그래가지구인저 수재민들을 한강국민학교루 넣은 거야. 거기뿐 아
니라 용산공고니 어디니 해서 여러 학교루 나눠 들어가게 했어. 방학
때니까 일단 학교루 넣은 거지, 개학 전까지 기한으로. 한강국민학교
복도를 차지하고 앉았는데 구제품이라고 나오는 게 보리쌀하고 쌀하
고 섞인 거 한 주먹, 밀가루 한 봉지, 라면 몇 봉지, 옷가지 몇 개, 그
걸 어디 놀 데가 없으니까 복도 바닥에 신문지 깔고 쪼로록들 놓고
있는 거야. 불이 있어야 밥을 해먹든 라면을 끓여 먹든 하지. 학교니
까 물이야 많은데, 솥단지도 없고 불도 없고, 쌩쌀에 쌩라면을 씹어
먹구 앉았는 사람도 있더라구. 애들은 배고파 죽겠다고 난리고. 쟤들
아버지는 한가하게 복도 한쪽에 양반다리 하구 신문에 물난리 난 소
식을 읽구 앉았구. 지랄, 물난리는 지가 당하구 있으면서 왜 그걸 신
문으로 읽구 앉았냐구? 뭐가 더 알구 싶어서? 그 인간이 그런 인간
이야. 50년이나 지난 얘긴데도 생각만 하면 속이 터져 내가.
　그런데다 우리 아들은 들어왔다 나갔다 하며 씨팔 좃팔을 찾아
쌓고, 지금 일본 가 있는 기집애는 코가 주르룩 나와 있구, 세 살 막
내딸은 이게 뭐 동네 잔치 난 건 줄 알고 까르르 웃어가면서 벌벌벌
벌 여기저기 기어다니다가, 이 사람 저 사람이 이뿌다구 안아주면 좋
다고 깔깔대고 난리구. 그니까 수재민들이 다들 어르고 놀고 안고 업
고 빨고 막 이뻐 죽는 거야. 그년은 생길 때부터 지 아부지가 지랄
옘병을 해서 생겼댔어. 먹구살기 힘들어서 내가 안 만들려 그랬거든.

그년 생길 때 이야기를 까먹기 전에 지금 하자. 생길 때만 아니라 지금까지, 그년이 내 발목을 잡구 늘어져요. 아구.

　육촌 시동생들까지 여러 식구가 방 두 개에 사느라 밤일을 못본 남편이 떡장사 하다 말고 연탄불에 팥 앉히러 들른 황문자를 덮쳐 치고받고 하다가 막내 만든 이야기, 20년을 풀쩍 건너뛰어 그렇게 생긴 딸년이 혼인도 안 한 채 딸 낳다가 죽을 뻔한 이야기, 또 20년을 건너뛰어 그 손녀를 작년까지 자기가 맡아 키운 이야기를 한바탕 달리고 나서, 뭐 하다가 얘기가 이리로 샜느냐고 묻길래 도로 한강국민학교에 데려다놨다.

　아, 맞다. 그래가지구인저 수재민 수용소에 먹을 게 없어서 그러고 있는데, 하루는 보니까 아줌마들이 어디서 하얀 쌀밥을 이고 들어오더라구. 아구, 이건 또 뭔가 하는데, 옆의 사람들이 집이두 당신도 이러구 있지 말라고, 애들 굶기면 어쩌냐구 그러는 거야. 그럼 어떡하느냐구 하니까, 학교 근처 어디 동네 나가서 수재민이라고 하면 다 밥을 준대. 어디를 가야 하냐니까, 이촌동이랑 삼각지 그리로 그냥 다니래, 부잣집 있는 동네로. 말을 안 하고 서 있기만 해도 부잣집들이니까 개들이 짖고, 그러면 식모들이 나와서 수재민이냐고 묻는대. 그렇다고 하면 다들 밥들을 준대. 그거 은어다가 애들 멕이래는 거지.
　참 생전 안 하던 동냥질을 할래니까 기가 딱 막히는 게, 아주 어디 가서 콱 죽어버려야 하는 건가, 얼루 도망을 가야 하는 건가, 그런 심정이 드는 거야. 그래가지구인저 또 어떡해? 새끼들 배를 쌩으루다 곯게 할 수는 없잖아. 뱉을 빼놓구 나서야지 어떡해. 내가 안 하면 그 잘나빠진 영감이 나가겠수? 아니면 다 늙은 엄마를 내보내겠수? 근데 또 막상 동냥질을 나갈려구 보니까 그릇이 있어야지. 살림 하나를 못 건지고 학교 복도루 들어간 거거든. 내가 집에 있었으면 뭐래두 건졌지. 근데 그놈의 고상맞은 영감이 뭘 챙기기나 했겠어? 애들이랑 엄마 데리구 나온 거만도 다행이지.

다른 사람들도 다 마찬가지여서 빌릴 데도 없어. 동냥 깡통도 없이 그냥 빈손으로 나왔지 뭐. 가랑비는 부실부실 오는데 그 비를 다 맞으며 돌아다녀도, 어디가 어딘지를 모르겠더라구. 학교 근처가 서부이촌동인가 뭐, 동부야? 거기가? 몰라, 동분지 서분지 뭐 이촌동 그렇대는데, 지금 찾아가래도 못 가.

가니까 부자 동네는 부자 동네더라구. 대문간에서 뭘 어떡할지를 몰라 우두커니 있으니까 인저, 진짜로 안에서 개가 컹컹 짖더라구. 그러구나니까 인저 또 어떤 허수름한 여자가 나와서는 "아줌마, 수재민이세요?" 그러구 물어. 그래서 대답도 못하고 고개만 끄덕끄덕했어. 그릇 가져온 거 없냐고 또 물어서 그것도 그저 끄덕끄덕하고. 그러니까 여자가 좀 있으라고 하면서 들어갔는데, 뭐를 그냥 빡빡 닦는 소리가 나더라구. 아니, 나 준다구 밥하느라 쌀 닦는 소리는 아닐 테구.

'가야 하는 건가……' 하구 있으니까는, 왜 그 울퉁불퉁한 누런 쌀 씻는 양은 설거지 그릇, 그래 함지박이라 그러나? 그 설거지 그릇

마냥 생긴 거. 그거 안 쓰는 거 놔뒀던 걸 꺼내서 철 수세미 같은 걸로 빡빡 닦는 소리였나봐 그게. 거기다가 뭐를 수북이 담아가지구 나왔더라구. 고맙다는 말도 제대루 못하구 고개만 숙여서 절을 하는데, 여자가 "다 먹으면 또 오라구"까지 하고 들어가는 거야. 고맙지, 고맙지. 배고플 때 밥이 젤로 고맙지.

지금 누가 수해 나서 그런 골목을 그러구 다녀봐. 당장 민원 신고 들어가서 경찰이 와서 끌어내버릴 거야. 그때는 부자들도 야박하지 않았어. 밥하는 여자가 줬더래두, 주인이 주라고 했을 거잖아. 여자가 들어가구 나서 뭐가 들었나 보니까 김치랑, 멸치 넣구 꼬추 졸인 거랑, 오이지 몇 개에다, 밥이랑 해서 꽤 많이 담아줬더라구. 근데 비가 부슬부슬 오니 그게 다 비를 맞을 거 아냐. 새끼들은 눈이 빠지게 기다릴 거고. 그래서 그 소데나시 앞자락을 벌려서 함지박을 덮는 둥 마는 둥 하구는, 달리다시피 해서 학교를 왔어.

그러느라고 그게 다 섞여서 저절루 비빔밥이 돼버렸을 거 아냐. 비를 맞았으니 물이 좀 질척거리구. 그러거나 말거나 엄마랑 애들이랑 영감까지 해서 그걸 마저 비벼서는, 함지박째 놓고 둘러앉아 먹는 거야. 옆에 사람더러 먹으라구 하니까, 어여 애들이랑 노인네나 멕이라구 하더라구. 그렇게 얻어온 것도 같이 나눠 먹구 그러드라구. 우리도 주구 얻구 그러구. 난리통일수록에 서로 챙기구 돕구 그런 게 생기더라구. 모르지, 요즘 세상에도 난리 나면 그럴라나……

아구, 내가 그러고 살았어. 참 그렇게 신 세월을 살았어. 시고 매운 시절을. 아닌 말로 거지 동냥까지 하구 산 거야. 애미하구 서방은 버리겠더라. 버려도 열 번은 버리겠더라. 새끼들 때문에 붙어 있었던 거고, 새끼들 때문에 살아진 거야.

근데 있지, 새끼들 때문에 살았다는 그 말은 뭐냐면, 그게 책임이 잖아. 낳은 애미의 책임. 그거 때문에 살아진 건데, 그래서 나는 너무 힘들어서 어린 새끼들이랑 같이 한 구뎅이에서 죽는 엄마들이 이해가 돼. 죽을라믄 혼자 죽지 애들이 무슨 죄냐고 욕하는 사람도 많잖아. 그 말도 틀린 말은 아닌데, 지가 도저히 못 살겠어서 죽기로 작정해버린 애미가 그런 세상에 어린 새끼를 두고 가는 그거가 더 무책임한 거 같아. 큰 애들이라면 몰라도 고물고물한 어린 새끼들이나 장애가 심한 새끼를 놓고 자기만 어떻게 죽냐? 오죽하면 죽을 생각을 했겠어? 아니 죽을 생각이야 없이 사는 여편네들이면 누구나 몇 번씩 하는 거겠지만, 오죽하면 진짜루 죽어버렸겠어? 근데 그 세상에 새끼만 놓구 죽어져? 새끼들 때문에 죽지 못해서 살든가, 아무리 해도 증말 못 살겠으면 새끼들 데리구 죽든가, 그게 애미 심정인 거 같아. 애미 애비 없이 그 어린 새끼들이 얼마나 힘들게 살지가 뻔한 거잖아. 만에 하나 잘 되는 사람도 없지 않겠지만, 세상이 그렇지가 않잖아. 글쎄, 모르겠어…… 무식한 내 생각으로는, 죽기로 한 거면 나라면 데리고 죽겠더라. 그렇게 못하겠어서 살아진 거지.

그런 유형의 죽음에 대해 미경이야말로 판단을 중지한다. 자신이라면 가난이나 고난으로 죽을 생각은 안 하겠다는 것만 확실하다. 자신의 목숨에 대해서라면, 쓸모의 끝에서 자유죽음을 선택

할 작정이고, 절망 때문에 자살하지는 않겠다는 작정이다. 가난과
고난이야말로 저항하는 삶의 밑천이다. 먼저 추락한 사람들 덕에
그럭저럭 살아지겠구나 싶다.

근데 보니까 창신동, 한강 모래사장, 한강국민학교 수재민 수용
소, 경기도 광주, 봉천동, 상계동…… 그런 데들은 거기서 만난 사람
들끼리 같이 몰려서 옮겨다니거나 따루따루 흩어졌다가 또 만나지드
라구. 수재민 수용소에서 광주루 갈 때, 그 전날 경찰 수백 명이 들
어와서 밤새 안 나갔어. 무섭지, 당연히. 다들 겁이 나서 잠도 못 자
고 쑤군대고 그랬어. 수재민 된 게 죄는 아니잖아. 근데 왜 그렇게 무
더기루 쳐들어오느냐고, 무슨 전쟁 난 거처럼 말이야. 총은 모르겠
는데, 경찰복에 구두에 모자에 해서 뭐라구 소리치며 착착착착 하
는 그런 것만으로도 겁에 질리지 안 질리겠어. 그러더니 다음 날 군
인 트럭들이 와서 수재민들을 아예 무더기로 실어날랐어. 그래~ 경
기도 광주. 전라도 광주 말구 지금 경기도 성남 말이야. 그때? 글
쎄…… 그때가…… 막내딸이 아장아장 걸음마 배울 때니까 김 선생
이 따져봐. 걔가 지금 쉰하나거든.

황문자와의 첫 만남인 실태조사 때 황문자는 주거 항목에서 질
문을 핑계로 저 동네들을 쭈욱 훑었고, 그때도 정식 인터뷰 때도
미경은 '경기도 광주'에서 소름이 돋았다. 첫 만남에서 황문자를
생애사 주인공으로 점찍은 이유이기도 하다. '광주 대단지 항쟁'은

국가의 강제 이주 정책에 맞서 시기별로 3만에서 10만 명까지의 도시 빈민이 항쟁에 참여해 일정한 성과를 얻어낸 첫 사건이다. 연도를 따져보니 박정희가 부산시장으로 있던 김현옥을 '서울 정비' 목적으로 서울시장으로 불러올린 게 1966년이고, 청계천 등 무허가 판자촌들의 광주 집단 이주는 1968년에 시작됐으며, 황문자네 등 수재민들이 여러 대의 군용 트럭에 실려 광주단지 허허벌판에 뿌려진 게 1969년경, '광주 대단지 항쟁'은 1971년이다.

광주 이야기를 더 듣고 싶었지만, 황문자는 자기의 기억 줄거리를 붙잡고 가느라 미경의 소름 같은 건 아랑곳도 하지 않았다. '광주 대단지 항쟁'을 머리로 아는 미경은 소름'씩이나' 돋고, 그걸 살아낸 황문자는 생의 여느 대목처럼 스쳐 넘어간다. 그때 실려간 곳이 경기도 광주였다는 것만 거듭 확인해서 급한 메모를 남기고, 황문자의 너울너울한 기억 줄거리를 그냥 따라갔다. 그러고는 '광주 집단 이주'에 대해 자료를 확인하고 질문을 만들어 황문자의 기억을 잘 꺼낼 예습을 했고, 다음 차례 인터뷰에서는 작심하고 시작을 광주로 잡았다.

근데 무더기로 실어다 쏟아만 놨지, 뭐 해먹구 살 게 없었어. 천막 살이야 한강서도 하던 거고 방세 안 나가니까 사글세 방보다 속은 편치. 그거는 괜찮은데, 뭘 어떻게 먹고살 거리가 없는 거야. 그런데다 영감이 자꾸 나가자구 하는 거야. 처음 갈 때부터 안 간다고 가지 말자고 아주 싫어했거든.

아니 글쎄 말야, 개학이 돼서 학교 복도를 내줘야 하니 나가기는 해야 하는데, 지가 뭐 방 얻을 보증금이 있기를 해, 얹혀살 친척이 있기를 해? 싫구 말구 할 뭐가 없는 거잖아. 더군다나 나라에서 없는 사람들 살라고 땅을 준대고, 우선 천막 치고 살다보면 부로꾸 집도 짓게 되고 그럴 거잖아. 우리 같은 사람이 땅 생길 일이 평생에 있겠어?

첨에 땅을 돈을 안 받구 줬거든. 나중에사 하는 소리가, 뭐 2년인가 3년 후부터 땅값을 할부로 내라구 했대더라구. 그러니 그때로는 일단 가야지 어떡해? 그래서 별수 없이 가기는 가놓구두, 뚝하면 나가자는 거야. 서울로 도로 가자는 거지. 낭중에는 아예 죽자 사자 하구 나가재네. 아닌 게 아니라 안 나가면 죽게 생겼었어. 그전부터 뚝하면 피똥을 싸구 설사를 쏟구 하더니, 거기 가서는 더 심해지더라구. 누구는 누구야, 웬수 서방이지. 아마 대장암이 그전부터 있었던 건가봐.

그런데다가 거기서 뭐 반장인가 조장인가, 우리 영감이 감투를 썼댔거든. 글짜 모르는 사람이 반이 훨씬 넘는 데다 나라가 뭐 우리를 속였느니 어쨌느니 난리가 나면서, 사람들이 쟤들 아부지를 그걸 시켰어. 본인은 절대루 안 한다구 우기는데 사람들이 억지로 씌워놓은 거야. 그 감투가 아주아주 싫대는 거야. 나는 좋더라구. 씨잘데기 없는 영감이 그런 감투라도 쓰구 하니 사람들이 나를 반장댁이니 반장 부인이니 하는 거가 좋았어. 근데 쟤들 아버지는 나라에서 하는 거에 반대를 하는 거는 무조건 반대였거든. 대한민국이 하는 거는 아뭇 소리 안 하구 다 따라야 한대는 거야. 근데 가만히 돌아가는 꼴이랑 반장들 모여서 회의하면서 나오는 소리가 웬통 불평불만들이라는 거야. 거기 그대로 있다가는 자기까지 빨갱이가 된대는 거야. 빨갱이 싫어서 부모 형제랑 재산 다 버리고 내려왔는데, 이남 와서 빨갱이 소리 듣는 거는 죽어도 안 하겠다는 거지.

그래서 결국 우리 식구는 거길 일찍 나왔어. 그때는 나가는 걸 맘대로 못할 때였거든. 근데 쟤들 아버지가 암에 걸려서 죽게 생겼다고 우기면서 뭔 서류들을 만들고 어쩌고 해서 나가도 된다는 종이쪽을 받아왔더라구. 그전만 해도 땅 주인이라는 딱지가 무지무지 올랐었는데, 우리 나올 때는 그게 또 불법이 돼가지고 딱지를 서울시인가 어디다가 주고 나가는 거라고 하드라고. 내가 뭘 알아? 유식한 영감이 그렇대니까 그런가부다 하지. 젠장 이왕 나올 거면 딱지 비쌀 때나 팔고 나왔어야 하는데, 그 인간이 아주 돈이라는 게 붙지를 않는 팔자인 거야.

공중변소, 공동 수도, 밥벌이, 영감의 반장 노릇 등 미경이 추려 온 질문들에 대해 황문자는 대강 술렁술렁 답하고, 자기 하고 싶은 말로 마음이 급했다.

알람이 울린다. 보던 자료들을 정리하고 가방을 챙겨 일어선다. 하나 건너 옆자리 컴퓨터에 주식 투자 프로그램 화면과 영화가 동시에 띄워져 있다. 영화는 미경도 여러 번 본 「엔딩 노트」다. 죽음에 바짝 다가간 사람들의 마지막 모습을 보며 주식 투자를 하는 칠십대 남자.

도서관을 나온다. 9월 초지만 정오의 볕은 뜨겁다. 뙤약볕에도 점심을 사먹으러 나온 사람들이 거리를 걷고 건널목 앞에 서 있다. 지희수가 점심 먹는 복지관으로 가는 노인들도 보인다. 오늘도지 할머니는 저 행렬 어디에 끼어 있을 거다. 어지럽고 졸리다. 발을 헛디디지 않기 위해 걸음 수를 센다. 발에 집중하니 발바닥 통증이 느껴지고 걸음 수는 놓친다. 아침에 구두를 고른 일이 지금으로선 실수다. 아침 7시에 정오까지의 일을 알 수는 없었다. 닥치는 대로 겪어내는 수밖에 없다. 오늘 집에 들어갈 때까지 혹 운동화보다 구두가 나은 어떤 일이 있을지도 모른다. 먼저 죽은 이들을 보니 죽어서도 모르는 게 사람 일이다.

10분 거리의 센터 앞에 도착해 휴대폰 녹음기를 누른다. 관리자들이 쓰는 작은 사무실로 들어가 출근부에 서명하고 있는데 조장이 다가온다. 각별히 더 보고할 것은 없다. 고생하셨다는 말에 이어 센터장이 만나자는 말을 전한다. 센터장 역시 조장을 통해 모든 것을 들었다며 치하의 말과 더 기다려보자는 말을 하고, 아무에게도 알리지 말 것을 다시 강조한다. 사무실을 나와 생활관리사들이 사용하는 큰 사무실로 들어간다. 약 40명의 생활관리사가 사용하는 개인별 책상과 컴퓨터, 사물함이 있는 공간이다. 10여 명의 관리사가 전화를 하거나 컴퓨터로 업무보고 중에 있다. 책상에 앉아 오늘의 안부 확인 전화를 마저 한 후 컴퓨터를 켠다. 황문자에 관해 '전화 5회 불통'과 '방문 2회 부재중'과 '계속 확인 중'으로 입력한다. 다른 보고들까지 마치니 12시 50분. 옆 사람들과 그저 그런 이야기를 나누고, 너무 피곤하니 깨우지 말라고 부탁하고, 휴대폰 진동으로 하고, 오후 1시 30분에 알람 맞추고, 녹음기 끄고, 책상에 엎드린다. 바싹 마른 솜이 검은 물에 빨려들어 잠기듯 잠은 흥건하게 달콤하다.

알람 소리. 머리가 한결 맑다. 센터 앞에서 버스를 타고 사하역에서 내려 노인 집 앞에 도착하니 1시 55분. 노인의 전화와 휴대폰

으로 연락한다. 똑같다. 곧 휴대폰이 울린다. 김창수다. 사하역이
라며 길을 묻는다. 최근 3년은 아들네랑 왕래가 없다고 황 노인이
말했었다. 3번 출구로 나와 직진하라 하고, 다시 휴대폰 녹음기를
누르고 대로변으로 나가 3번 출구 쪽을 바라본다. 오늘만 이 거리
를 몇 번 오고 가는가?

　1957년생이라기엔 한결 늙어 보이는 그을린 낯빛의 남자가 미
경에게 눈을 준다. 마른 몸에 헐렁한 잠바. 등에 멘 낡고 검은 배
낭은 꽉 차 있다. 아마 건설 현장의 노가다 장비가 들어 있는 듯
아래로 축 처져 있다. 제일 힘들 때 낳아서 학교도 제대로 못 보냈
다고 했다. '중졸'이 아닐 수도 있다.

　독거노인 복지 수혜자 남성 노인들은 생애 동안 대체로 노가
다 일을 가장 오래 했다. 저 또래가 되면 모두 근골격계 질환이 시
작되거나 통증 때문에 일을 못하게 된다. 기술로야 절대 떨어지
지 않는다고 우기지만, 그들이 젊은 시절 하던 기술 일은 이제 컴
퓨터를 못하면 할 수 없다. 날품으로라도 얻어걸리는 일이 시키는
것은 뭐든지 하는 가장 싸구려 잡역이다. 빈곤 노인 복지 현장에
서 일한 뒤로 미경은 지나치는 공사장에서 안전모 아래 흰머리가
드러난 늙은 노동자들에게 눈이 먼저 간다. 안 보이면 일부러라도
둘러본다.

　남자가 가까워지고, 미경이 "황문자 어르신"까지 말하자 그가
어중간한 웃음으로 눈을 맞춘 채 먼저 고개를 숙인다. 미경도 얼
른 작은 웃음을 만들어 고개를 숙인다. 서로 다른 연락이 없음을

확인한다. 골목을 들어서자 그가 앞서 집을 찾아간다. 지하 계단을 내려가고 미경도 따라간다. 그가 현관 비밀번호를 눌러 문을 연다. "8032#." 미경은 되뇌며 머릿속에 찍어넣는다. 집주인에게 아들의 방문을 알리지 않아도 돼서 다행이다. 내부는 아침과 같다. 아들이 어딘가로 전화를 걸고 이내 끊는다.

근처 커피숍으로 들어가 그가 아이스 아메리카노 두 잔을 현금으로 계산한다. 미경에게 물어봤다면 과일 주스를 시켰을 거다. 마주 앉자 "일하시다 나오셨나보네요" 하며 초면의 어색함을 트려는데, "한 달 전쯤 통화에서 어머니가 김 선생님 이야기를 했어요"라고 받는다. 아래 어금니 양쪽이 두어 개씩 빠진 게 보인다. 그 자리 위 어금니도 내려앉았거나 빠졌을 거다.

황문자가 미경을 "선생님"이라고도 하고 "작가"라고도 했단다. 당신 살아온 이야기가 책으로 나올 거라고도 했단다. 그가 보이는 깍듯함이 좀 이해가 된다. 아침에 통화에서 말한 "4, 5일 전"은 8월 30일이었다. 미경은 날짜만 정확히 짚으려고 했는데, 그는 난데없이 한 달 전으로 돌아가 쑥 본론으로 들어간다.

"한 달 전 언제 경찰한테서 동생이 죽었다는 연락이 왔어요. 전날 밤 그러니까 그게……"

그는 가방에서 수첩을 꺼내 뒤져본 후 말을 이었다.

"7월 28일 밤에 한강 천호대교에서 투신했다고 하더라구요. 서울이랑 지방이랑을 떠돌아다니며 노숙을 오래 했었나봐요…… 사실 저는 벌써 죽었을 거라구 생각했어요. 아니 그니까 뭐냐면, 죽었다는 연락을 기다렸던 거 같아요. 죽었기를 바랐어요……."

남자가 울먹이기 시작한다.

"맞아요. 그랬어요…… 그래야 나한테도 끝이 나는 거잖아요. 어머니한테 걔 이야기 들으셨지요? 엄마는 어떻게 이야기하셨는지 모르겠지만, 어머니한테야 아린 손가락이라 더 마음이 아프겠지만, 우리 입장에서는 제발 죽어서 안 나타나기만 바랐어요. 너무 힘들었어요, 걔 때문에. 연락이 될 때도 힘들었지만, 안 될 때도 힘들었어요. 연락만 오면 또 죽네 마네 하면서 돈 해달라는 소리나 하고 뚝하면 사고 치고, 그 뒷수습에 쫓아다니는 걸루 동기간에 자꾸 싸우게 되고 그랬어요. 근데 또 연락이 안 될 때는 안되는 대로 어디서 죽었나 싶고, 사채업자들이 계속 걔 찾는 전화해서 돈 대신 갚으라고, 안 갚으면 누구 하나 죽여버린다고 협박해서 돌아버리겠고. 여동생도 걔라면 아주 학을 뗐어요. 오빠라고도 안 부르고 얘기도 못 꺼내게 난리를 쳐요. 일본 가 있는 누나도 그놈 때문에 돈도 많이 뜯기고 속도 많이 썩었어요.

다행히 여동생이나 나나 뭐 빚 보증을 서준 건 아니니까 그놈 죽으면 어쨌든 빚은 걔 선에서 끝나는 거라구 하더라구요. 근데 막상 죽었다는 연락을 받으니까, 그것도 지 발루 강물에 투신해서 죽었다는 연락을 받으니까, 너무나 막 미치겠더라구요. 벌써 죽었고 아직 연락을 못 받는 거라고 생각했댔는데…… 일찌감치 죽지 않고 여지껏 살아 있었다는 게, 결국 지 발로 다리 난간에 올라가

강으로 떨어져 죽었잖아요. 그게 너무 불쌍하고 원망스럽고 욕도 나오고, 막 미치겠더라구요. 살았으면서도 연락을 안 할 때 지 새끼는 또 얼마나 힘들었겠어요. 제가 말한 딱 그대로 된 거예요."

흐느낌이 거세진다.

"이제 절대 연락하지 마라, 죽고 나면 연락 올 거니까 그때 내가 장례는 치러주마, 그랬거든요. 마지막 통화에서 제가 막 욕에 욕을 하면서 소리 질렀거든요. 그러고는 연락이 없었고, 그게 그대로 된 거잖아요. 내 말 땜에 연락을 안 했을 거예요. 나를 얼마나 원망했겠어요. 나두 따라서 죽어버리고 싶더라구요.

근데요, 개도 자기가 연락하면 식구들이 더 당한다는 것도 알았을 거예요. 그래서 더 못했을 거예요. 그놈이 속이 아주 여려터진 놈이거든요. 여린 놈이다보니 나쁜 친구랑 여자들을 끊어내지를 못하다가 인생을 말아먹은 거지요. 나쁜 놈이면 그냥 욕이나 하고 원수 삼을 텐데, 순해빠져가지구…… 그러니 사채업자들한테 시달리는 게 얼마나 더 힘들었겠어요…… 요즘 들어 더 많이 쫓겼더라구요……."

"모두들 많이 힘드셨겠네요……. 그럴 땐 장남이 제일 힘들지요."

처음 만난 또래 여자 앞에서 울면서 말을 쏟아내고 있는 남자를 홀로 놔두지 않으려면 어떤 말이 적당한가. "동생분이 정말 죽고 싶었겠네요"라는 말은 담아둔다. 따라 죽고 싶었을 형의 마음은 이해하지만, 말로 뱉는 것은 과장이나 변명이라는 생각도 한다. 모든 생각 이전에 우선 그의 손을 잡아주고 싶다. 나오는 이야기들을 황문자의 부재와 연결해본다. 한 달 전 자식의 자살과 지금 엄마의 부재. 엄마라는 사람들은 종종 따라 죽기도 한다.

어떤 어려움 속에서라도, 희망이 전혀 없더라도, 꼭 살아야 한다고 생각하지 않는다. 선택의 문제일 뿐이다. 미경은 주변 청년들의 자살도 자주 본다. 세상 속에 존재하기 위한 노력과 바람을 일찌감치 스스로 끝냈다. 수많은 밀어내기를 당했을 거다. 마음과 몸의 자리를 확보하지 못했고, 장차 확보하리란 희망도 보이지 않았을 거다. 애도도 명복도 쓸데없다. 죽음을 집는 세세한 사정을 알지 못한다. 사느냐 죽느냐는 각자의 선택이다. 먼저 결론을 낸 사람은 가시라. 무엇을 자기 터전으로 삼아 어떻게 살아가는가가 중요하다. 그러려면 왜 사는가에 대한 자신의 답을 가지고 있어야 한다. 사회적 타살의 여지에 대해 계속 싸울 일이지만, 죽음을 단행하는 것은 각자의 결정이다.

유난히 처참한 죽음이나 사회적 저항을 유발하는 죽음이 있다. 그 죽음에 대한 느낌과 행동 또한 산 사람들의 몫이다. 처절하고 기가 찬 죽음이나 자살 역시 끝이라는 의미에서는 일면 부럽다. 세상의 오만 가지 부당함을 일찍 알았더라면, 서둘러 죽는 게 나았을 수도 있겠구나 싶다.

삼십대 초반 이후 싸우는 맛을 알았고, 그 맛을 사는 맛으로 삼았다. 돈과 가족과 목숨을 최고로 치는 세상이 만들어내는 부조리와 고정관념에 저항하며, 오는 싸움을 자유롭게 선택해 즐기다가, 기운이 쇠하면 스스로 죽음을 집는 것. 미경은 그렇게 살기로 했다. 출생과 삶과 죽음이 우연인 세상에서 우연한 출생과 죽음은 감수하겠지만 우연한 삶은 살지 않겠다. 세상에 대한 답은 없고 늘 불확실하지만, 세상이 어떻게 되든 자신의 방향은 정했고, 죽음은 궁극의 위안이다. 어떤 비참한 상황에서도 사는 이유와 방법은 찾아내는 것, 그것이 인간의 길이다. 우연히 받은 목숨에 이유와 방식을 선택하는 것이 사람이다. 그러니 문제는 부당한 세상보다는 어떻게 사는가이다.

세상 속 누군가들은 불평등한 시스템을 굴려 이익을 챙기고, 그들을 포함한 시스템 속 모두가 결국 죽음으로 밀려든다. 죽음은 모두가 아는 종지부여서 비극도 절망도 아니다. 부당함을 만든 자들과 그에 공조해 이익을 챙기는 자들의 목숨이야말로 비극이고 절망의 원인이며, 그 비극과 절망에 맞서 싸우는 것이야말로 인간의 길이다.

미경은 김창수에게, 오래전 가출한 작은아들 이야기는 들었지만 사망 관련 이야기는 처음 듣는다고 말하고, 그러니 사망 시점부터 가능하면 아는 대로 상세히 이야기해달라 부탁한다. 그 말을 챙겨 들었는지 그렇지 않은지, 아들은 하던 이야기를 잇는다.

"근데요…… 더 미치겠는게요. 무서워서 장례를 못 치러주겠더라고요. 장례는 치러주겠다고 했는데 그걸 못하겠더라고요. 사채업자들 무서워서요. 사채업자들이 나한테는 계속 연락하고 찾아오고 그랬어요. 그놈은 행방불명이고 엄마는 다 늙은 노인네니까, 나한테만 연락을 하는 거지요. 올해 말이면 연락 끊기고 5년이 넘는 거라서 실종 선고 접수를 하려던 참이었어요. 법원에 접수하면 죽은 거랑 마찬가지가 되는 거래요. 제가 알아봤어요. 엄마야 반대를 하셨겠지만 저는 아직도 사채업자들에게 시달리고 있어서, 실종 선고라도 해서 끝을 짓고 싶었어요. 걔 인제 죽었다, 그러니까 나한테도 연락하지 마라, 그러면 되겠다 싶었댔어요.

그 사람들한테 시달리느라 죽어버리고 싶었어요. 근데 그놈 장례를 우리가 치르는 걸 알아봐요. 득달같이 달려들어 지랄을 할 거 아니에요. 제가 무슨 일을 하는지, 돈을 얼마나 버는지, 휴대폰 번호가 바뀌는지, 이사 가는지, 애들이 어떻게 사는지, 그런 걸 다 알고 있더라고요. 동생들에 대해서도 다 알고 있어요. 걔네들한테도 연락하고 막냇동생한테는 찾아가기도 했댔어요. 일본 사는 동생한테두 전화해서 쫓아가 다 뒤집어놓는다고 난리를 쳤대요. 그러니 당연히 그놈 죽은 것도 알 거고 장례 치른다는 것도 알 거잖아요.

그놈 죽었다고 경찰이 엄마에게도 전화를 했더라고요. 엄마한테 시신 확인을 시킬 수는 없어서 저만 갔어요. 여동생은 울다가 욕하다 뭐 갈 정신이 아니었어요. 안치실에서 경찰이 시신 인수니 포기니 그런 걸 묻더라고요. 저는 그런 걸 전혀 몰랐어요. 시체포기각서를 쓰면 나라에서 화장을 시켜준다는 말을 듣고 속으로 살았구나 싶었어요. 죽으면 끝인데 꼭 가족들이 장례를 치러야 되는 거도 아니잖아요. 안 그래요? 우리가 해도 뭐 장례식장을 잡아 삼일장을 하겠어요, 어쩌겠어요? 처자식도 없는 놈인데. 그렇지 않나요⋯⋯ 부를 사람도 없고, 부른다 해도 그 새끼 죽음을 뭐라고 말하냐구요. 시체를 포기하겠다고 했더니 엄마랑 통화를 해보라는 거예요. 형제보다 엄마가 더 앞 순서래요.

그 자리에서 엄마한테 전화했는데, 처음에 엄마는 막 난리를 치는 거예요. 네가 형이냐, 동생이 불쌍하지도 않냐, 막 욕하고 울고불고. 저는 저대로 그러면 나도 죽어버리겠다고, 그 새끼 때문에 식구들이 얼마나 힘들었는데 빚쟁이들이 어떻게 나올지 모르는데 나까지 죽는 꼴 볼 거냐고 막 지랄 지랄을 했어요. 엄마한테 그렇게 대들어본 건 평생 처음이었어요. 결국 신체포기각서에 서명을 못하고 나왔어요. 경찰은 시간 끌면 냉동실 비용 늘어나니까 빨리 결정하라고 하더라구요. 그게 다 나랏돈이라면서. 냉동실에 넣어둔대요⋯⋯ 나는 결정을 못하겠으니 엄마한테 연락해서 엄마가 하라는 대로 하라 그러구 나왔어요."

그는 신체포기각서와 시체포기각서를 헷갈려한다. 산 몸이냐 죽은 몸이냐가 다를 뿐 돈 없는 사람의 몸뚱이를 포기한다는 면에서 헷갈릴 만하다. "네, 그렇지요." "그러셨겠네요." "그럼요." ⋯⋯ 아들의 말 중 단어들을 추려 상황을 가늠해가는 한편 '이 남자는 왜 나를 붙잡고 마음을 뒤집어 보이나?' 생각도 한다. 작가여서? 자기 엄마 살아온 이야기를 다 아는 사람이라는 생각에? 엄마 이야기에 등장했을 자신을 변호하려고? 이유가 무엇이든 한 사람을 그냥 깊이 안아주고 싶다. 손이라도 잡아주고 싶다. 그동안 들었던 빈곤한 집 장남들의 생애 서사와 분열적인 심리들이 떠오르면서 그에 대한 호기심도 생긴다. 놔두면 자기 살아온 이야기로 넘어갈 판이다. 지금은 황문자에 관한 진도를 나가야 한다.

"경찰에서 어머니에게도 연락을 했겠네요? 뭐라고 답하셨대요?"

차례로 할 질문을 한꺼번에 하고 있구나. 마음이 조급하구나. "시신 인수 포기"와 "나라에서 화장을 치러준다"는 말에 공영장례가 떠오르고, 황문자와 참여했던 남성 노인의 공영장례가 떠오르고, 황문자에 관한 최근 한 달간 일정들이 순서가 뒤엉킨 채 주르륵 떠오르며 머릿속이 조급해진 거다.

두 고인의 공영장례

옥탑방 401호 이승필 노인은 5년 전 위암 수술과 3년 전 장암 수술을 모두 무료로 했고, 올해 7월 초 역시 공짜로 폐암 수술을 했다. 아닌 말로 '국민기초수급과 의료보호 1종'이 그의 노년에 웬 떡이 되고 있어서, 국가에도 복지 전달자들에게도 늘 고마워했다. 폐암 수술 들어가기 전에는 "이번에 죽어도 여한이 없다"는 말도 했다. 남성 독거노인으로는 드물게 늘 웃음과 호의가 많았고, 소소한 복지 서비스에도 감사하다는 말을 꼬박꼬박 붙였다. 여러 행사에도 가능하면 참석하고, 외식 초대에도 시간만 되면 나왔다.

미경이 담당하는 약 30명의 노인 중 7명만이 남성이고, 다른 지역도 성별 비율이 비슷하다. 그 남성들조차 집 바깥에서 모이는 행사나 식사 초대에는 안 가고 싶어해 늘 여성 노인 위주로 모였고, 관리자들은 늘 가능하면 할아버지들 참여를 끌어내라고 독려

한다. 행사 참여 때마다 뭐라도 하나 이상은 손에 들려 보내는 것이 독거노인 복지에서는 중요하다. 그러니 시간만 되면 참여하는 이승필로서는 여느 할머니들보다 행사도 많이 참여하고, 소소한 후원품도 많이 받는 편이었다. 할머니들은 불만이 나오지 않도록 돌아가면서 배정한다. 노인과 생활관리사 간의 친분에 따라 후원 물품이나 행사 초대가 불공정해지기 일쑤라는 게 일부 할머니들의 불만이다.

살아오신 이야기 좀 해달라는 말에도 이승필은 여느 남성 노인들과 달리 이야기를 쉽게 풀었다. 1945년 전북 부안 출생. 국민학교 4학년을 다니다 그만두었다. 집은 어린 시절에 장리쌀을 빌려다 먹는 처지였다. 자기네 논이 아주 없었던 거는 아닌데, 농사라고 지어봤자 식구들 먹기에 택도 없었단다. 자식을 열 넘게 만들어서 승필까지 겨우 셋만 건졌는데도 늘 먹을 게 부족했단다. 농사꾼 집 막내아들이 어릴 적 생각만 하면 배고팠던 기억에 눈물부터 난다면서 울먹거리다 말고 헛웃음으로 맺었다.

보릿고개면 해마다 장리쌀을 빌려다 먹고, 나중에 농사일로 갚았단다. 농번기에 불려나가 쌀 한 말당 사흘간 일을 해주는데, 그러느라고 내 농사를 짓지 못하니 자기 논에서는 다섯 가마 나올 게 두 가마밖에 안 나왔단다. 농사고 사람이고 때를 놓치면 엉망이 돼버린다고 했다.

결국 부모는 장돌뱅이로 나섰고, 어린 승필도 장사를 따라다니며 도왔다. 팔에 힘이 생기면서부터 공사장 벽돌공으로 일하는 동네 형 따라 노가다를 뛰었고, 벽돌 나르기부터 시작해 배운 도둑질이 그것뿐이라 예순이 넘도록 벽돌공으로 전국 공사장을 돌아다녔다. 스물아홉에 중매로 결혼하면서 서울 봉천동으로 이사해 계속 노가다를 했고, 아들 둘 낳고 한동안 벌이도 좋아 자기 집도 마련했단다. 마흔다섯에 딱 한 번 바람을 피웠고, 자식 둘 보는 자리에서 무르팍까지 꿇고 빌었건만 여편네가 그 딱 한 번을 끝내 용서를 안 해주더란다. 원래 여자가 독했단다.

맨손으로 쫓겨나다시피 나와 신림동에 부엌도 없는 방 한 칸 얻어놓고 계속 노가다를 돌면서, 두 아들 고등학교 마칠 때까지 학비를 대며 기회 되는 대로 식구들에게 돌아가려고 했단다. 여편네의 반대와 원망으로 자식들과도 점점 멀어져 결국 부자간의 연도 끊어져버렸다.

노가다 일 길게 한 사람들이 그렇듯 허리 협착증과 팔과 무릎 관절염이 심해 2010년 예순여섯부터는 노가다를 못했고, 좌판도 보따리 장사도 하다가 2012년 가하구 바사동 산동네를 거쳐 사하동 쪽방으로 들어오면서 아예 일을 그만두었다. 그러다가 독거노인 전수조사 때 미경의 전임자 손혜숙을 만나 독거노인 복지 대상자로 등록도 하고 기초수급자도 되고 의료보호 1종도 됐다. 그러니 손 여사가 세상에 없는 은인이 됐다. 수급자가 된 덕에 두 번의 암수술을 공짜로 했고, 작년부터는 담당자가 미경으로 바뀌었다.

자식들과의 연이 완전히 끊어졌다는 건 사실이 아닌 듯하다.

손혜숙이 업무 인수인계를 하며 미경에게 속삭여준 바로는, 2012년 기초생활수급자 신청을 해주다가 우연히 큰아들과는 가끔 만나는 것을 알게 되었다고 했다. 서류상은 물론 사회복지사나 센터장에게도 절대 비밀로 하라는 말도 했다. 큰아들과는 일부러 휴대폰 말고 공중전화로 가끔 연락도 하고, 명절 밑이나 생일에는 용돈도 좀 받는 것 같단다. 이런 경우 구청과 동사무소가 알까봐 용돈은 절대 통장으로 받지 않는다. 큰아들이 사는 게 넉넉한 편은 아니지만, 저도 나이 들다보니 생각이 좀 달라졌는지 애비를 수소문해 찾아왔더라고 이승필이 털어놓더란다.

미경은 큰아들 이야기는 아예 모르는 척했다. 평소 대화든 살아온 이야기를 듣는 과정에서든 혹은 연초마다 다시 하는 독거노인 전수조사 때 가족관계를 묻는 과정에서든, 그가 말하는 대로만 기록했다. 수급이 잘릴 수 있다는 불안감을 주지 않기 위해서다. 아니 그전에 손혜숙이 미경에게 한 말이 어디까지 사실인지, 혹 사실이더라도 현재까지 그 관계가 유지되는지 또한 미지수다. 빈곤한 사람들의 혈족관계는 변수가 많아 훨씬 불안정하다. 돈 많은 사람들의 혈족관계에서도 역시 돈이 주요 변수다.

"김 선생도 테레비에서 '불효소송'인가 하는 그 방송 봤지? 요즘은 있는 놈들도 재산 받고 나면 부모를 나 몰라라 해서, 자식을 고소하고 재판해서 준 거 도로 뺏니 못 뺏니 하며 싸우는 세상이더라구. 동기간에도 돈 땜에 결국 사단事端이 나고. 그거 보니까 아주 재밌어, 하하하. 슬프기도 하지만 너무 재미나더라니까. 내가 만고에 젤로 편하다는 생각이 든대니까. 땡전 한 푼 없으니까 달라는 놈도 없고 싸울 일도 없어, 나는. 방이 워낙에 쫍아터져서 양팔 벌리면 걸리적거리는 게 많은데, 맘적으로는 걸리적거리는 거 하나 없이 편해. 자식들 연락 없는 것도 그냥 잘됐다 여겨져. 연락되면 수급 짤릴까봐 오히려 겁난다니까. 없는 사람은 그럴 수밖에 없어. 있는 놈들은 있어서 지랄들이고, 없는 놈들은 없어서 또 부모 자식 간에 멀어지고. 그런 세상이 돼버렸어. 나 죽으면 구청에서 알아서 실어가고 태워버리겠지, 뭐. 내 자식들은 나 죽었다고 구청에서 연락 가도, 안 보겠다고, 화장해버리라고 할 거야. 믿을 거는 나라빡에 없어. 내가 김 선생 전화는 무조건 받을 테니 혹시라도 이틀 연짱으로 안 받으면 얼른 와서 문 열어봐요."

큰아들 건은 모르겠고, 이 양반이 미경에게 "김 선생만 알고 있으라"는 말을 붙이며 털어놓은 것이 하나 있다. 손 여사도 모르는 이야기란다. 올해 3월 노인의 생일 다음 날인 월요일 오후 5시경, 센터에서 주는 생일 선물인 봄 내의를 전하러 미리 전화를 하고 방문했다. 남성 노인이 만들었을 것 같지 않은 미역국과 전과 잡채를 네모난 밥상에 차려놓고 있었다. 평소에도 다른 남성 노인들과 달리 쫍은 부엌 공간에서 음식을 만들어 드시는 분이기는 했다. "어머나, 이걸 직접 다 요리하신 거예요?"라는 말에 노인은 환하게 웃었고, 같이 밥을 먹으며 '애인' 이야기를 털어놓았다. 마흔다섯에 했다는 "딱 한 번의 외도" 상대가 바로 지금 그 여자라는 거였고, 계속 사랑을 해온 거란다.

빈곤한 일흔다섯 남성 노인의 입에서 "사랑"이라는 단어가 그토록 스스럼없이 나오는 것이 낯설었다. 연애 감정이란 '상대의 어떠함에 대한 내 쪽의 상상력으로 불거진 신경증적 증상'이라는 것이 농담 삼아 하는 미경의 생각이다. 토요일 밤에 와서 이틀을 같이 지내다 오늘 새벽 출근했단다. "아유, 좋으셨겠네요. 두 분 관계가 정말 각별하네요. 그러기가 쉽지 않은데"라는 말에 입 벌어진 하회탈처럼 웃으며 이야기를 이었다.

처음 만날 때부터 여자분도 딸 아들 하나씩에 남편도 있는 가정부인이었고, 그걸 아는 여편네가 그쪽 집안에 알리겠다고 난리를 쳤더란다. 그걸 막으려다보니 자기는 돈 한 푼도 못 건지고 맨몸으로 쫓겨났던 거고, 이혼을 해주고도 두 아들 학비에 생활비도 꼬박꼬박 바쳤더란다. 여자는 계속 혼인한 상태였단다. 여자 쪽도 이혼해서 자신과 함께 사는 건, 그도 그녀도 말을 꺼내본 적이 없단다. 남편 때문은 아니고 애들 때문이었단다. 2012년에야 그 남편이 죽었다. 여자 쪽 형편도 좋지 않아 간병 일을 20년 넘게 하느라 몸이 많이 상했고, 요즘은 동대문에서 건물 청소 일을 한단다. 당신이 두 번의 암 수술을 하는 동안 그녀는 간병 일 하는 틈틈이 당신 간병도 했더란다. 이름은 권영희이고 나이는 동갑이란다.

작년 전수조사에서 두 번의 암 수술 전력을 말할 때 이승필은 자기는 언제 또 암이 재발할지 모르는 사람이고, 또 재발하면 이제는 절대로 수술하지 않겠다고 했다. 돈도 안 들고 수술도 힘들지는 않은데, 항암 치료가 아주 사람을 죽여놓는다는 거였다.

"늙은이들은 암도 진행이 느리대요. 수술하면 오히려 동티 나서 암세포가 더 극성을 부린대는 거야. 그러니 그냥 가지고 살다 죽는 게 더 오래 산대. 암세포도 나 따라서 늙어빠져가다가 나 죽을 때 같이 죽는 거지 뭐, 하하하."

올해 초여름 건강 검진 후 정밀 검사에서 폐암이 상당히 진행된 것이 확인되면서 말이 싹 뒤집혔다. 노인의 말이 뒤집혔다기보다 담당 의사가 수술을 당연한 것으로 치고 밀어붙이는 바람에, 가타부타할 뭐가 없었다고 했다. "어차피 꽁짜니까 뭐." 미경에게 하는 변명이었다.

수술 전날 미경은 병원에 찾아갔고, 거의 붙어 있다시피 간병을 한다는 그 여자분도 만났다. 미경이 그녀를 안다는 것을 그녀도 알고 있었고, 반갑게 인사를 나누며 통성명도 하고 휴대폰 번호도 나눴다. 큰아들도 한 번 다녀갔다고 했다. 수술을 마치고 항암 치료를 시작하기 위해 체력 회복을 기다리던 중 갑자기 혼수상태가 왔고, 중환자실로 실려 들어갔다가 한 시간 정도 후 사망했다. 권영희는 간호사에게 묻고서야 사망 소식을 알았고, 미경에게 전화했다. 그녀는 병원 측에 간병인으로 되어 있어 임종을 못했고, 중환자실로 옮기면서 병원에서 큰아들에게 연락을 했을 텐데 이후 나타나지 않았단다. 권영희는 큰아들의 연락처를 모른다고 했다. 7월 10일 미경의 업무보고에는 '이승필 종결, 종결 사유 사망, 사망 원인 병사'가 기록되었다.

사망 사나흘 후 이성균을 방문하러 간 길에 이승필의 방문을 열어봤다. 방은 싹 비워져 청소까지 되어 있었다. 이성균은 집주인이 401호 짐을 버리는 걸 보고 죽었나보다 했다며, 짐 몇 개는 1층 계단 밑 창고에 넣어두는 것 같더라고 했다. 어느새 따라 올라온 집주인에게 창고에서 이승필 노인의 영정사진이 있는지 찾아보겠다고 했다.

집주인은 다른 짐은 어쩔 거냐고 물었고, 미경은 권영희에게 물을 생각에 며칠만 보관해달라고 했고, 집주인은 "버리는 데도 돈이 들어간다"며 한 번 더 못마땅한 표정과 혓소리를 노골적으로 냈고, 미경은 "거울 앞에 있던 돼지 저금통장을 못 보셨냐?"고 물었고, 그는 못 봤다면서 열흘간의 방세와 전기세 수도세는 누구한테 받을 수 있냐고 물었고, 미경은 모르겠다고 답했다.

집주인 역시 미경의 대상자인 칠십대 후반의 남성 독거노인으로, 방 하나와 마루와 욕실이 있는 1층 공간에 산다. 그는 툭하면 "이 거지 같은 쪽방 건물 하나 때문에" 타령을 하며, 미경이 세 사는 독거노인들에게 주는 후원 물품들을 자기에게는 주지 않는다고 불만이 많다. 그의 말은 반 이상이 사실이다. 생일 선물이나 겨울 초입의 김장김치 등 모든 노인에게 주는 것 이외의 후원 물품은 대체로 기초수급자 우선이고, 물품 수가 좀 넉넉할 경우 차상위계층 등 빈곤 노인 우선이다. 그 설명을 여러 번 해왔지만, 그게 바로 차별이라며 나랏돈 꽁으로 먹는 게 무슨 벼슬이냐며 화를 내고 미경을 못마땅해한다. 쪽방들이 밀집해 있는 쪽방촌의 경우 집주인은 멀리 부자 동네에 거주하며 쪽방촌에 사는 관리인을 따로 두어 월세나 전입 전출을 관리하지만, 이곳은 쪽방 건물 두 채만 나란히 남은 정도이고 둘 다 집주인이 건물에 살며 관리도 한다. 그는 미경이 이 지역을 맡을 때부터 명단에 들어 있었다. 실제로 독거노인이고 고립사나 사고의 위험도 없지 않아 구태여 서비스 중지를 생각하지 않았다.

집주인이 옥상에서 내려가자 미경은 권영희에게 전화해, 남은 짐 처분을 집주인에게 맡길지 물었다. 권영희는 "그 사람이 입원하기 전 두어 개 물건을 챙겨주더라"며 영정사진에 대해서만 물었다. 미경은 영정사진은 자신이 챙기겠다고 하면서 남은 살림 처리는 집주인에게 맡기라고 권했고, 권영희도 그렇게 하겠다고 했다. 장례에 대해 들은 바 있는지 물었더니 없다고 답했다. 자식들이 시신 인수를 안 했으면 공영장례로 치른다고 알려주고, 확인되면 다시 연락하겠다고 했다.

창고는 미경도 드나들면서 봤던 곳이었다. 창고라기보다 2층으로 올라가는 계단 뒤편에 있는 어두컴컴한 공간이었고, 묵은 짐들이 던져진 채 낡은 투명 비닐로 덮여 있었다. 이승필의 짐뿐 아니라, 쪽방을 운영하다보면 생기는 오만 가지 짐들이 집주인의 처분을 기다리고 있었다. 바로 옆에 하수도까지 지나가면서 사시사철 바퀴벌레와 쥐들이 모였다 흩어지는 곳인데, 한여름이다보니 파리떼와 함께 냄새가 지독했다.

모든 종류의 퀴퀴한 냄새는 물론 '냄새'라는 단어조차 미경을 암울한 수렁의 기억으로 순간 이동시킨다. 예순이 넘어도 그렇구나.

열세 살 즈음 액취증이 시작되었다. 냄새나는 여자아이. 아버지에게서 유전된 증상이다. 아버지와의 싸움이 외부와의 혼돈이었다면 도둑질과 액취증은 내부의 수렁이었다. 세 종류의 막강한 혼돈의 수렁에 '공부 잘하는'과 '남자 같은'과 '계집애'가 뒤엉켰다. 시간이 지나면서 겉으로는 똑똑하고 적극적인 여대생을 가장하지만 속으로는 파열할 것 같았다.

몸과 뇌가, 존재가 파열할 것 같다는 말을 당시 일기장에 자주 썼다. 죄책감과 수치심, 모멸감과 자기 소외, 자긍을 넘은 자만과 자기 멸시 등이 뒤엉켰다. 의학적으로 '미친년'으로 넘어가지 않는 것이 이상했고, 시장 바닥을 돌아다니는 미친년들을 뒤쫓았다. 가장 이상한 점은 나중 언제 '좋은 사람'이 될 거라는 소망으로, 죽을 생각은 한 번도 해본 적이 없다는 거다. '좋은 사람'에 대한 소망은 어떻게 들어간 걸까. 어떻게 만들어진 걸까.

미경은 더러운 투명 비닐에 덮인 낡은 짐들 속에서 푸른색 보자기로 싼 종이 상자를 찾아냈다. 이승필도 작년 봄 복지관을 통해 장수사진을 찍었다. 입원 며칠 전 미경이 방문했을 때, 이승필은 벽에 걸어두었던 장수사진을 떼어 종이 상자에 넣으면서 미경과 눈을 마주친 채 웃었고, 미경도 그만큼의 미소를 보이며 고개를 끄덕였다.

이승필의 장례는 사망 한 달 정도 후 무연고 사망자를 위한 공영장례로 치러졌다. 황문자가 그 장례에 참여했다. 미경 쪽에서 가자는 얘기를 했던 건 아니다. 두 노인의 집이 50미터도 채 안 되는 거리이고 행사나 식사 초대 자리에서 마주쳐 알 수도 있겠다 싶어 사망 다음 날 소식을 전했는데, 황문자는 이승필에 대해서는 모르겠다고 하면서도 그런 노인은 장례를 어떻게 치르냐고 물었다. 당시는 아직 공영장례로 확정된 단계가 아니었다. 아들이 둘 있으니 그들이 장례를 치를 수도 있고, 시신 인수를 포기할 경우 공영장례를 한다고까지 말했다.

8월 초 어느 날 황문자가 먼저 전화해서 "그 할아버지는 장례를 치렀냐"고 물었다. 자식들이 시신 인수를 포기해서 공영장례를 치르게 되었고 아직 장례 날짜는 정해지지 않았다고 했다. 공영장례에 대해 여러 질문을 해서 설명해주었다. 혹시 장례 날짜가 정해지면 자기도 가도 되냐고 물었고, 갈 수 있다고 했다. 미경은 아들네가 하는 장례라면 갈 생각이 없었는데 공영장례로 정해지면서 가기로 마음을 정했고, '나눔과 나눔' 측에 '이승필, 남성, 1945년생, 7월 10일 사망, 가하구 사하동' 등을 알리며 혹 명단에 들어오면 알려달라고 해두었다.

'나눔과 나눔'은 서울시의 공영장례 준비와 진행을 맡는 사회적 기업이다. 미경은 빈곤 노인 현장에서 밥을 벌면서 공영장례에 여러 번 참여했고, '나눔과 나눔' 활동가들과도 알고 지내고 있다. 얼마 후 활동가 C가 전화해 이승필의 공영장례 일정을 알려주었다. 미경은 그날 동네 할머니 한 분과 같이 참여할 예정이고, 영정사진을 챙겨가겠다고 했다. 활동가는 그날 서울역 광장에서 출발하는 차편이 있다며 운전자의 연락처를 알려주었다.

권영희에게 전화해 공영장례의 일시와 장소를 알리자 아직도 장례를 치르지 않은 것에 놀라며 대체 그동안 시신은 어디에 있었던 거냐고 물었다. 사망한 지 30여 일 지나서였다. "냉동고" 소리는 빼고 병원 시신 안치실에 보관되어 있었다고 했다. 아들들이 오느냐고 물었고, 가족들이 시신 인수를 포기하더라도 공영장례에 참여하는 경우가 있다고 답했다. 그녀는 오지 않겠다고 하며 "선생님이 가주실 수 있으셔요?" 물었다. 가겠다는 말에 극구 미경의 계좌번호를 물었다. 장례에 참여하는 사람들 밥값을 보내겠다는 거였다. 참여 인원이 많지는 않을 거라는 말에, 남으면 '나눔과 나눔' 후원금으로 내달라고 했다. 장례 절차에 대해 더 묻길래, 가족과 돈을 떠나 함께하고 싶은 사람들이 모이는 따뜻한 장례식이라는 말과 더불어 간략한 설명을 했고, 사진을 찍어 보내주겠다고도 했다.

"파란색 보자기 속 영정사진을 장례에 가져갈게요. 어르신이 제게 언니와의 이야기를 해주실 때면 사랑과 행복이라는 말을 많이 쓰셨어요. 언니가 끝까지 옆에 계셔서 행복하셨을 거예요."

미경은 사랑이니 행복이니 하는 단어를 사용하고 있는 자신이 많이 낯설었지만, 그 통화에서는 그렇게 말했다.

황문자에게 장례 일정과 만날 장소를 알렸고, 동행했다. 그날은 오전 11시에 센터의 전체 회의가 있었다. 미경은 전날 오후 출근했을 때 조장에게 이승필의 무연고 사망자 장례에 참여하느라 회의에 참석하지 못한다고 알렸고, 조장은 난감해했다. 조금 후 센터장이 회의 불참과 결근으로 처리하도록 지시했다는 말을 전했다. 미경은 회의 불참은 맞고 결근은 아니라고 했다. 틈틈이 전화 업무를 할 거고, 다녀와서 방문 업무를 하겠으며, 저녁 6시 전에 센터에 들러 출근부 서명을 하겠다고 했다. 황문자가 동행하는 것은 알리지 않았다. 다른 말이 더 없었고, 나중에 확인하니 출근으로 되어 있었다.

생활관리사가 어느 시간에 하루 네 시간 근무를 채우는지는 각자 알아서 하게 되어 있다. 대부분 생활관리사는 초과 근무를 하게 되지만, 그럼에도 입사 초기부터 '1일 4시간' 업무보고를 깔끔하게 하는 법을 배워야 한다. 그걸 감시하겠다며 보건복지부는 'RFID'(무선 주파수 인식 시스템)를 도입하겠다고 한다.

당일 오전 9시에 서울역 파출소 앞에서 노숙인 인권단체 '홈리스행동' 활동가 A를 만났다. 삼십대 중반의 술 취한 남성 노숙인 B도 동행했다. 모두 A가 운전하는 봉고차를 타고 경기도 벽제에 있는 서울시립승화원으로 갔다. 먼저 도착해 있던 활동가 C가 모든 절차를 설명하고 안내했다. 장례는 오전 10시 30분에 시작했고, 두 고인에 대한 장례가 동시에 진행되었다. 다른 고인은 서울역 광장에서 5년 넘게 노숙하다 사망한 서른 살의 남성 이주현이었고, B는 서울역 광장에서 주현이 자신을 늘 형이라고 불렀다고 했다.

C는 고인들의 신분증명서와 사망신고서를 챙겨왔다. 이승필의 경우 미경이 알고 있던 것과 다른 사항은 없었다. B는 이주현의 생애에 대해서는 '죽기를 각오한 사람처럼 술을 퍼먹고 그럴 때마다 펑펑 울더라는 것' 이외에 아는 바가 거의 없다고 했다. 다만 두 종류의 서류가 이주현의 30년 삶을 간략하게 알려주었다. 8세에 부모 사망, 17세에 유일한 직계 존속이자 친권자인 할머니 사망, 남매 없음, 군 복무 후 인천 거주 중 교도소 수감, 아마 출소 후 서울역 노숙 시작, 사망 원인 뇌 기능 부전. B에 의하면 주현은 사망 전날에도 광장에서 술을 마시다 피를 토하며 쓰러졌고, 서울역 파출소 경찰이 119를 불러 병원에 실어갔는데 깨어나지 못하고 죽었다.

제대 위에는 주현의 얼굴 사진이 담긴 A의 휴대폰이 이승필의 영정사진과 나란히 놓였다. C의 제안으로 미경이 두 고인을 위한 조사를 맡았다. 이승필 노인의 긴 노가다 인생, 그가 차려준 밥상, 권영희와의 사랑, 세 번째 암 수술 후 맞은 죽음, 낙천적이고 친절한 말들을 이야기했다. 서류를 통한 C의 설명과 B가 한 말들을 모아서 청년 이주현의 짧은 삶과 술과 울음, 휴대폰 사진 속 분노가 담긴 맑은 눈에 대해 이야기를 나누었다.

아무 애증도 혈연도 없는 다섯 사람이 함께하고 싶은 마음 하나로 모인 공영장례는 단출하고 조용해서 좋았다. 의례에 담긴 소리와 색과 외양이 대부분 사람을 잠시 평안하게 해준다는 것은 인정하지만, 그래서 미경은 오히려 더 의례들을 의심한다. 모든 의례에는 사실을 덮어버리는 억압과 선전과 과잉이 들어 있다는 점에서 우선 거부감이 든다. 죽음 의례에는 종교들이 많이 끼어들어 위안과 부활을 뇌까린다. 미경으로선 공영장례 또한 산 자들을 위한 자리여서 안 가도 상관없다 싶지만, 죽은 자와 비슷한 처지의 참여자들과 함께하려는 마음으로 갈 수 있으면 가는 편이다. 권영희가 사진을 보니 마음이 편해진다며 감사하다는 문자를 보내왔다.

주현에 관한 B의 이야기와 그의 서류를 보며 C가 설명해주는 이야기를, 황문자는 조용히 귀 기울여 들었다. 제대에 놓인 휴대폰 속 주현의 얼굴에 자주 눈길을 보냈고, 제사를 마치고는 휴대폰을 달라고 해서 손바닥으로 사진을 쓰다듬으며 가슴에 품기도 했다. 살 만큼 산 이승필보다 서른에 죽은 주현이 더 안쓰럽게 여겨지는가보다 싶었다. 너무 일찍 죽었다며 소리 내어 우는 B를 황문자가 다독였고, 오래 살아봤자 좋은 꼴을 볼 희망이 있기나 했냐는 게 말로 꺼내지 못한 미경의 생각이었다.

권영희가 보낸 돈에 대해 일행에게 설명하고 C에게 봉투를 주었다. 승화원 식당에서 함께 점심을 먹었다. 오후에도 공영장례가 있다며 C만 승화원에 남았다. '홈리스행동' 차로 서울역까지 오는 동안 황 노인은 모두에게 감사하다는 말을 한 차례 한 것 외에는 내내 말이 없었고, 미경은 아무리 장례 후라도 오래 이어지는 황문자의 침묵이 낯설었다. 나중에 황문자는 지하철 안에서 공영장례의 과정에 대해 몇 가지를 물었고, 사하역에서 먼저 내릴 때 오늘 참 좋았다며 고맙다고 했다.

장례 머칠 후 방문했을 때, 황 노인은 또다시 공영장례에 대해 많은 것을 물었다. 미경은 먼저 자식들이 있지만 자기 죽음을 공영장례로 하려는 소신을 설명했다. 산다는 건 누구에게나 어느 정도씩은 무언가에 얽매이는 것이며 특히 가족관계는 출생부터 죽음까지 애착이자 족쇄라는 점, 미경 자신은 죽음을 통해 족쇄를 온전히 털어내고 싶다는 점, 돈과 가족을 최고로 치는 세상에서 족쇄를 벗어나는 방법 중 하나는 혈연을 넘어 자유롭고 간소하게 마침표를 찍는 것이며, 그것이 공영장례라고 설명했다. "애착이자 족쇄"라는 말을 황문자가 그대로 따라하며 고개를 끄덕였다. 하긴 황문자라면 미경보다 훨씬 더 깊게 공감되는 구절이겠다 싶었다.

미경의 언어들을 노인이 어떻게 이해하는지 충분히 알 수는 없었지만, 미경은 황문자의 언어로 설명하려고 노력했다. "참 좋네요." 이승필 노인의 삶과 가족관계와 권영희와의 관계에 대해서도 이야기하자 황문자는 말했다. "그렇게 살 수도 있는 거네요. 참 좋았겠네요." 그러고는 넋두리처럼 이었다. "요즘 내가 평생 모르던 거 못하던 거를 죽을 때가 다 돼가지구 배우고 있어요. 태어나서 이날 이때까지 그냥 남들 사는 대로만 따라 산 거예요. 그래야 하는 줄 안 거예요. 내가 원해서 선택이래는 걸 해본 적이 없어요……."

그 장례를 다녀온 후로 황 노인이 많이 달라졌던가. 한동안 존댓말을 써서 왜 그러시냐며 웃었고, 노인도 따라 웃으며 금방 평소의 말투와 표정으로 돌아왔다. 그 외에 다른 낌새는 없었다. 한여름이라 폭염 근무로 바빠서 변화를 못 알아챘을 수도 있다.

"그걸 엄마한테 물어보지는 못했어요. 엄마도 말을 안 하셨고. 경찰이야 당연히 연락을 했겠죠. 뭐라고 답했을지 걱정됐지만 차마 묻지는 못하겠더라고요. 내 생각은 다 말했으니까 이젠 엄마가 하자는 대로 하자, 그런 생각이 들기도 했고요. 그렇다기보다 그냥 엄마한테 미룬 거지요, 책임을.

한동안 경찰도 엄마도 연락을 안 해서 포기했구나 생각했어요. 안 그러면 장례를 치러야 되는 거잖아요. '잊어버리자⋯⋯' 그러고 있는데, 열흘 정도 지나 엄마가 전화했어요. 울거나 화를 낼 거라 생각했는데, 목소리가 아주 차분하더라구요. 엄마가 그렇게 차분하게 말하는 거는 처음이었어요. 시신 포기했으니 그리 알라고, 엄마가 스스로 결정한 거니까 마음 아파하지 말라고, 동생들에게도 엄마가 우겨서 어쩔 수 없었다고 하라고, 경찰한테다 앞으론 연락할 일 있으면 애들한테 하지 말고 엄마한테 직접 하라고 했다고……

제가 무슨 할 말이 있어요. 그냥 엉엉 울기만 했어요. 엄마는 괜찮다고 괜찮다고 하고. 그러다가 끊었어요. 2, 3일 후에 또 전화하셨던 거 같아요. '알아보니까 엄마가 살아 있으면 엄마가 결정하는 거라고 하더라. 누가 전화하면 나한테 묻지 말고 어머니한테 물으라고 답해라' 그러시더라고요. 나 속상할까봐 그러는구나 싶어서 알겠다고 하고 엄마도 너무 속상해하지 마시라고 했어요. 공영장례 그게 아주 좋은 거더라고. 김 선생은 자식도 있고 많이 배운 사람인데도 아들한테 자기 시신 포기하라 하고 공영장례로 할 거라고 하더라는, 좀 이해 안 되는 말도 했어요. 하여튼 엄마 마음이 많이 편하게 느껴져서 다행이라는 생각만 했어요. 그러고는 한동안 조용했어요. 저는 그냥 다 끝났다고만 생각하고 있었어요. 아니 아예 생각을 안 하려고 했지요. 시신을 포기했으니 공영장례든 뭐든 장례에 못 가는 걸로 알았어요.

그러다가 구청 어디라고 하면서 또 한 번 연락이 왔어요. 경찰 연락을 받고 보름이 좀 지나서였던 거 같아요. 경찰에서 구청으로 업무가 넘어가면서 엄마와만 연락하라는 게 제대로 전달이 안 된 거지요. 시체 포기를 다시 확인하고 그럴 경우 화장해서 어디 동산에 가루를 뿌린다는 걸 알리려고 전화한 거랬어요. 사실 그때 내가 놀란 건, 아직도 장례가 치러지지 않은 거였어요. 벌써 나라에서 화장해서 어디 뿌렸으려니 했어요. 지금 시신은 대체 어디

있느냐고 물으니, 냉동실에 들어 있다고 하더라고요."

잦아들었던 흐느낌이 쑥 올라온다.

"우리가 장례를 못 치르니까 그놈이 죽어서도 꽝꽝 언 채로 냉동실에 들어 있는 거잖아요. 생각 같아서는 이제라도 동생을 찾아다가 장례를 치러주고 싶었지만 그게 또 안 그렇잖아요. 엄마 마음도 겨우 다스려놓은 건데. 그래서 알겠다고 그렇게 하시라고 하면서, 엄마에게는 알려도 내가 알릴 거니까 다시 확인하는 걸로는 전화하지 말라고 했어요. 그걸 들으면 엄마가 또 얼마나 기가 막히겠어요. 하긴 벌써 알고 계셨겠지만······.

또 한동안 연락이 없다가 얼마 전, 그러니까 그 8월 30일에 엄마가 연락을 한 거지요. 그날도 목소리가 차분했어요. 이제 모든 게 마무리됐으니 마음 편하게 먹으라는 이야기였어요. 저도 뭐 다른 건 묻지도 않고 죄송하다는 말만 했어요. 아마 장례를 나라에서 치렀다는 얘기를 엄마가 들은 거구나 생각했어요. 그러고는 어젯밤 문자가 끝이었어요. 김 선생님이 하자는 대로 하라고. 바로 통화를 눌렀는데 처음에는 신호가 가지만 안 받고, 조금 이따 다시 했는데 폰이 꺼져 있더라고요."

어젯밤에 문자가 왔다는 소리는 처음이다. 이 말을 이제야 하는 건 의도된 것인가, 어쩌다보니 빼먹었던 건가. "김 선생님이 하자는 대로 하라"니. 이 남자에게 무엇을 하자고 하라는 건가.

지난 한 달이 넘도록 미경은 황문자의 나날은 새까맣게 모른 채 그녀와 통화하고 방문하며 그녀의 생애 이야기를 정리하고 있었다. 왜 노인은 작은아들의 죽음과 공영장례에 대해 말하지 않았을까? 그사이 이승필 장례도 같이 갔고, 공영장례에 대해 여러 이야기를 나누면서도 말이다. 자식의 자살이 남사스럽다는 생각에? 미경에게는 괜찮더라도 업무로 인해 센터에 보고돼서 주변에 알려질까봐? 자신의 생애사 책에서 그 대목은 빼고 싶어서? 지금 머릿속에 떠오르는 생각들은 아직 예상이고 그 예상조차 불확실하다. 예상인 사항을 울고 있는 남자에게 이야기할 필요는 없다. 우선 내용을 확인해야 한다.

"동생 건으로 자주 연락하진 않았어요. 해도 엄마가 먼저 했지요. 너무 힘들 때는 서로 연락을 안 하는 게 차라리 낫잖아요. 안 그런가요? 엄마가 알아서 하시겠다고 했으니 꼭 필요하면 전화를 하실 거라는 생각이었어요. 사실 동생 장례로는 할 말도 들을 말도 다 했고, 어쨌든 동생 일은 끝났다 싶더라구요. 큰 짐 하나를 내려놓은 거 같았어요. 내가 죽일 놈이지요."

죽음이라는 단어는 참 흔하게 쓰이는구나. 그러면서도 죽음의 실제에 대해서는 모두들 과잉하고 있구나.

"저는 그렇게 생각하지 않아요. 직업상 가족이 시신 인수를 포기해서 하는 공영장례에 가끔 가는 편이에요. 가족들 사정을 일일이야 알 수 없지만 나쁜 사람이라는 생각은 해본 적 없어요. 없이 사는 사람들일수록 가족관계가 징그럽게 뒤틀려버리는 경우가 많지요. 사람이 어때서가 아니라 돈이 그렇게 만들더라구요. 돈

욕심 때문이 아니라 돈이 너무 없어서요."

"징그러운 가족…… 그게 딱 맞는 말이네요. 저 어려서부터 내내 그랬어요. 엄마는 엄마대로 그랬겠지만 저는 저대로 장남이라서 정말 힘들었어요. 아버지는 더 그랬을 거예요. 엄마가 살아온 이야기들 하면서 제 원망 많이 했죠?"

"아니에요. 워낙 가난하게 사느라 자식들한테 제대로 못해줘서 미안하다는 이야기만 많았어요. 다행히 어르신은 성격상 고생을 힘들게만 느끼고 사신 건 아니에요. 고생한 이야기를 하면서도 항상 웃음과 힘이 넘치셨어요. 기억력도 좋고 말도 재밌게 하시는 아주 훌륭한 이야기꾼이셔요. 실제로 고생을 겪는 동안에도 힘차게 웃어넘기셨을 것 같더라고요."

"성격이 워낙에 센 양반이어서 그랬을 거예요. 근데 그런 성격이 다른 식구들을 더 힘들게 하기도 하잖아요. 아버지도 저도 많이 힘들었어요…… 어떤 때 보면 무지하게 독해요."

남에게는 안 보이는 독한 꼴까지 까뒤집어지는 관계가 가족이다. 김창수에게서 황문자의 행적에 관해 들을 이야기는 다 들었다. 그가 말하지 않은 혹은 다르게 말한 무엇이 있을 수는 있다.

활동가 C에게 연락했고 받지 않는다. 오후 장례를 치르는 중일 수 있다. 급할 건 없다. 이미 지난 일이라면, 일어날 일은 일어났고 치러질 일은 치러졌을 거다. 지금 그 확인이 급한 건 아니다. 아들이 일어날 생각을 하지 않아, 혹시라도 엄마와 연락되면 서로 알려주자고 한 뒤 먼저 일 핑계를 대고 일어선다.

지하철을 향해 가는 남자 등의 짐 보따리가 계단 아래로 사라질 때까지 배웅한다. 혼자가 되자 미경은 신작로 한 귀퉁이에 앉아 아들과의 대화 중 떠올랐던 생각들을 공책에 적어가며 오늘 일들을 정리해본다.

당신 영정사진 액자를 작은아들 영정사진에 사용하려나보다. 거울에 끼어 있던 가족사진 중 오려진 얼굴이 작은아들이겠구나. 어제나 오늘내일 중으로 장례 가능성이 있다. 김창수는 시신 인수를 포기하면 공영장례에 참여를 못하는 것으로 알지만, 황문자는 제대로 알고 있다. 8월 30일에 아마 '나눔과 나눔'으로부터 작은아들 장례 날짜를 받았을 거고, 노인은 혼자 참여할 생각으로 아들과의 통화에서도 날짜 이야기는 안 한 거다. 통화 목소리가 차분했다니 마음은 정리가 되어 있는 거다. 장례 일정은 대체로 장례 3일에서 5일 전에 확정된다.

집에 가서 이승필과 작은아들의 장례에 관한 절차와 일정을 정리해보면 좀 일목요연해질 거다. 그것 역시 급할 것 없다. 혹 아직 장례가 안 치러졌고 황문자가 요청한다면, 김경수의 장례에 갈 생각을 한다. 관찰하고 싶다.

오후 4시 6분. 피곤한 몸과 달리 정신은 말짱해졌다. 점심을 거른 터라 허기까지 왔지만 사하역에 또 온 김에 김영철 노인 건을 처리할 생각을 한다. 배를 채울 틈이 없다. 황문자 건이 어찌 될지 모르는 상황이니 다른 일들을 미리 처리해놓는 게 낫다. 사하동 주민센터 담당 사회복지사와 통화한다. 내근 중이란다. 5시 20분까지는 방문하겠다고 하고, 만일 못 가게 되면 다시 연락하겠다고 한다. 사하역 사거리에서 주민센터까지는 언덕길이다. 직선거리로야 멀지 않지만 젊고 성한 다리로도 힘든 길이다.

지난 통화에서 만사를 귀찮아하던 것과 달리, 김영철은 미경의 방문을 반긴다. 그 김에 단도직입적으로 말한다.

"어르신, 죄송한데 제가 지난밤 잠을 거의 못 잤고 오늘 일도 많았어요. 그래서 지금 무지하게 피곤하네요. 게다가 지금 4시가 넘어서 좀 있으면 동사무소 문 닫는 시간이에요. 담당 사회복지사가 자리에 있는 거 확인했어요. 그러니 제발 시간 끌지 마시고 지금 저랑 택시 타고 가서 의료비 신청이랑 기초수급 신청을 아예 하자고요. 지금 아니면 언제 또 할 수 있을지 모르겠어요. 오늘 좀 큰일이 생겨서 당분간 바쁠 것 같아요. 사실 의료비 지원이나 수급자 신청은 제 업무가 아니어서, 어르신이 싫다고 하시면 저도 더 이야기하지 않을게요."

단호함에 약간 짜증까지 묻은 미경의 말에 노인은 웃음을 담아 고맙다고 하고, 20분 후에 내려갈 거니까 먼저 나가서 택시를 잡아달라고 한다. 미경도 표정을 풀어 활짝 웃으며 방을 나온다. 시간도 시간이지만 성치 않은 두 다리로 계단을 내려오는 모습을 보이고 싶지 않은 거다. 목발을 1층에 내려다놓을지를 물으려다가 그냥 내려온다.

담당자가 까다롭게 굴면 한바탕 신경질이 돋아버릴 상태인데, 다행히 대체로 순조롭다. 사실 미경은 공무원을 만날 생각만 하면 미리 신경질이 나는 사람이다. 노인의 상황이 워낙 어려워 보이기도 하고 미경 역시 말과 표정에 전략적으로 사무적 지식과 건조한 무게를 실어서인지, 삼십대 초반의 남자 사회복지사는 평소보다 친절하다. 노인이 글씨를 거의 쓰지 못해 서명 외의 모든 글씨를 미경이 대필한다. 영수증에 적힌 병원비는 사흘 안에 입금될 거고 기초생활수급자 신청은 심의 절차를 거쳐 노인의 휴대폰으로 알려주겠다고 한다. 방문 조사를 할 수도 있지만, 주소지만으로도 주거 등 형편은 보나 마나라는 생각을 담당자도 할 거다. 입원 건은 노인이 아직 마다해서 마음 바뀌면 얘기하시라고 한다. 우선 미경이 김 노인을 챙기다가 상황이 좀더 안정되면 노인 장기요양 신청을 제안할 생각이다. 그러면 매일 세 시간씩 요양보호사로부터 일상생활 지원을 받을 수 있다.

택시로 노인의 집 앞에 도착하자 노인은 만 원짜리 두 장을 기사에게 주며, '선생님 집까지 모셔다드리라'고 한다. 미경이 말리며 내리려 했고, 노인의 표정이 간곡했고, 서로 고맙다는 말을 나눈다. 미경은 가나시장 앞까지 택시를 타고 간다. 이 길을 택시로 가는 일은 아마 거의 없을 거다. 짐 없고 시간이 넉넉할 때면 자주 걷던 길이다.

가나시장 홍두깨칼국수 집에서 김영철이 준 돈으로 아예 저녁

밥을 먹고 들어간다. 저녁 8시 10분. 정신 차려서 해야 할 일은 자고 일어나서 하자. 불가피한 살림살이로 꿈지럭거리기, 휴대폰 묵음과 충전, 귀마개 꽂기, 일단 잠자리. 알람 없이 자는 데까지 자자. 자는 동안 벌어지는 일은 일어나서 응하자.

9월 5일·1

새벽 1시 55분에 잠이 깬다. 문자와 통화 내역 확인. 황문자 관련
은 없다. 더 자보려다가 일어난다. 여섯 시간을 안 깨고 잔 것만 해
도 행운이다.

　미경은 새벽에 글 쓰는 시간을 최대한 확보하는 것을 중심으로
잠과 일상을 배치한다. 휴대폰 묵음을 소리로 전환. '뉴스 다시 보
기' 틀어놓고, 가스레인지에 커피 물 올려놓은 뒤 혈압약을 먹는
다. '저녁 식사 후 30분 내'라는 복약 권고를 무시하고 새벽 몇 시
에 깨든 커피 물부터 올려놓고 열 모금의 찬물과 함께 약을 먹는
다. 하루 한 알 복용을 깜빡하지 않기 위한 최선의 방식이다. 열
모금의 찬물 덕인지 좀 있으면 방귀가 나와주고 더 있으면 똥이
나와주는 게 보통이다. 수돗물을 틀어 얼굴을 대강 문지르고 커
피를 마시며 노트북을 연다. 뉴스를 흘려들으며 이메일과 SNS를

확인하고, 몇 군데 인터넷 서핑을 한다. 노인과 상관없이 세상은 저대로 흘러넘친다.

커피 다 마시고, 뉴스 중지해놓고, 책꽂이에 있는 업무용 달력을 꺼내 이승필의 사망과 장례 날짜를 확인한다. USB를 노트북에 꽂아 '황문자 폴더'를 열어 「0904 황문자 사라짐」한글 파일을 새로 만들고, 공책 기록과 기억을 바탕으로 내용 정리하고, 노트북에서 캘린더를 열어 이승필 사망 이후의 일정 흐름을 정리한다. 무연고 사망자 확인에서 공영장례까지는 빠르면 한 달 정도가 걸린다. 연고자 찾기에서 시작해 경찰과 구청 등의 행정 절차에 드는 시간이다. 시신 인수를 포기했더라도 '나눔과 나눔'에서는 장례나흘 전 즈음 가족이나 확인된 연고자에게 문자로 일정을 알린다.

7월 10일: 이승필 사망.

7월 11일, 12일: 이승필 죽음을 황문자에게 알림. 공영장례 간단히 설명.

7월 28일: 작은아들(김경수) 투신 사망.

7월 29일: 황문자와 큰아들이 김경수 사망 연락 받음.

황의 시신 인수 포기 날짜: 미확인. 공영장례 예상 날짜(0903)로 보아 8월 3일 전일 듯.

8월 초: 황문자가 미경에게 전화해 이승필 장례 건 질문. 공영장례 함께 가기로 결정.

8월 8일경: 이승필 공영장례 일정 확인. 황에게도 알림.

8월 12일: 이승필 공영장례 진행. 황문자도 참여. 청년 이주현 장례 함께.

8월 14일: 황문자 방문해 공영장례에 대해 상세 설명.

8월 30일: 김경수 공영장례 일정을 황문자가 통지받은 듯.

9월 2일 오전: 황의 요청으로 미경이 오전에 황 방문. (40만 원 받음)

9월 3일: 황 오전에 옷 차려입고 집 나감. 이후 돌아오지 않음. (김경수 장례 날일 가능성 있음) 밤에 황이 큰아들에게 문자. '김 선생이 하자는 대로 하라.' 이후 계속 휴대폰 꺼져 있었다고.

9월 4일: 새벽 2시경 황이 미경에게 연락(통화 불통 후 문자 남김), 미경은 오전 6시 47분 확인. 이후 황의 휴대폰 꺼져 있음.

이승필 사망 소식에 "그런 노인은 장례를 어떻게 치르냐"는 질문은 무연고 노인이든 자식과 관계가 이어지는 노인이든 모든 독거노인이 궁금해하는 사안이자 염려다. 그러니 당시의 황문자는 다른 노인들 정도의 관심만 있었던 거다. 그러다가 작은아들 사망 소식을 듣고 시신 인수 포기로 큰아들과의 말다툼을 거치면서 제대로 알아봐야 했던 거다. 미경에게 일부러 전화해 이승필의 장례에 대해 묻고, 공영장례에도 참여했다. 서른 살 청년 이주현의 죽음에 각별한 마음을 보였던 것도 작은아들 때문이리라. 장례 다녀와 만난 자리에서도 공영장례에 대한 세세한 이야기를 들었고, 그러면서 자식의 공영장례를 수긍한 거다.

김경수의 장례는 이미 치러졌을 가능성이 높다. 아직 아니더라도 황문자가 알아서 할 일이다. 공영장례에 대한 상세한 설명을 듣고 참 좋다고 한 양반이다. 물론 그날 마음이 그런 거고, 자살까지 한 어린 자식의 장례를 시신 인수 포기와 냉동고까지 거쳐 남의 주관에 맡기고 마음이 편할 수는 없을 테지만, 당신 마음은 당신이 정리할 양반이다.

현재 확인하지 못한 사항은 두 가지다. 첫째, 큰아들에게 보냈다는 '김 선생이 하자는 대로 하라'는 문자의 의미. 둘째, 황문자는 왜 작은아들의 자살과 장례를 미경에게 말하지 않았나. 두 번째 질문은 나중에 기회를 봐서 물어보면 되고, 기회가 없으면 모르고 넘어가도 된다. 생애사 주인공의 모든 것을 알 권리는 없고, 가능한 일도 아니다. 첫 번째 질문은 상황이 진행되면서 알게 될 거고, 지금으로선 알 수 없다. 지금은 할 수 있는 일을 하자. 황문자는 자신의 수레를 밀어올리다 죽음에 닿을 테고, 미경 또한 자신의 수레를 끌어올리다 죽으면 된다.

「황문자 완고 1」을 열어 '한 도시 빈민 가족의 생존사 1'을 다시 읽으며 원고를 만진다. 시간 순서는 적당히 포기하고, 오락가락하는 구술을 이주移住의 내력에 따라 정리하고 있다. '생존사 2'에서는 황문자 몸의 병증을 중심으로 구술을 모아 이전 내용과 중복된 것은 빼고 정리 중이다. 원고를 뒤질수록 '생존사 1'과 '생존사 2'의 내용이 뒤엉킨다. 아무래도 합쳐야 할까보다.

오전 7시 5분. 오전 11시에 전체 회의가 있다. 오늘도 황문자 관련 상황은 어찌 될지 모른다. 한숨 더 자고 일어나는 게 좋겠다. 열린 한글 파일들을 꼼꼼하게 저장해서 닫고 USB를 빼 가방에 챙겨넣는다. 오전 9시로 휴대폰 알람 맞춰 묵음으로 하고, 다시 잠자리에 든다. 황 노인 생각이 어둠 속에서 너울너울 이어진다. 작은 아들 장례가 있었거나 곧 있을 거다. 9시에 일어나면 활동가 C에게 전화해 확인부터 하자. 귀마개를 하고 눈을 감지만 잠은 오지 않는다. 눈 감고 누워 있기만이라도 하자. 황문자에게서 벗어나 다른 생각을 해보자.

알람 소리에 깬다. 황문자가 보낸 두 개의 문자. 발송 시간 7시 31분
과 37분. 미경의 잠자는 시간이 워낙 불규칙하기는 하다. 그렇더라
도 어딘가에 숨어 지켜보면서 잠든 틈을 노려 문자를 보낸다는 느
낌이 들 정도다. 김창수로부터도 부재중 전화 하나.

공영장례루할거에요 자식엄는두함니데려오세요.

난생첨으루 내소원대루하네요. 맞긴돈으루밥대접해주세오.

아직 장례는 안 한 거다. 통화를 누른다. 꺼져 있다. 자기 할 말
만 남기고 꺼버리는구나. 이젠 남의 생각 따위에는 관심 없고 자
기 요구 사항만 알리면 된다는 배짱이다. 마음이 편하구나. 이름

만 공영장례지 아예 상주 노릇을 하고 있다. 두 할머니를 데리고 오라니 시키는 대로 하자. 남의 죽은 아들을 위해서는 아니고, 황문자를 위해서다. 장례 날짜 적는 것은 까먹었구나.

자식 없는 두 할머니란 평소 황문자와 가까이 지내던 또래들이고, 미경의 대상자다. 최미자는 자식이 번성한 본부인 사는 집에 첩으로 들어가 자기 소생 없이 본부인과 그 자식들에게 천시당하며 살다가, 영감 죽자마자 쫓겨난 후 어렵고 서럽게 살아온 할머니다. 박영자는 자식을 낳지 못해 자신이 주선해 씨받이를 들였다가 죽이고 싶도록 눈꼴시고 더러워 결국 이혼을 요구해 위자료도 넉넉히 받아 본부인 자리를 박차고 나왔지만, 돈 간수를 제대로 못한 할머니다. 친정이 번족하지만 이혼하면서 그쪽과도 단절되었다. 호랑이 담배 피우던 시절 이야기 같지만, 지금 이 시절을 같이 살고 있는 사람들이다. 그 둘에게는 작은아들 일을 알려도 된다는 마음인가보다.

박영자가 두 살 많지만, 최미자가 더 늙어 보인다. 서로에 대해 대충 알고 있어, 둘이 같은 자리에 있으면 묘하게 날 선 감정과 시선과 말투가 조용하고 바쁘게 날아다닌다. 각각은 미경을 붙들고 상대를 흠잡기도 한다. 뭐로 따져도 내가 형님인데 형님 소리를 안한다는 거고, 지금 시대가 어떤 시대인데 그 꼴을 하고 누구 앞에서 본마누라 대접을 바라냐며 가소로워한다. 세세한 변명을 해줬다간 각자의 속만 더 시끄러워진다. 황 노인은 둘 사이와 각각을 재밌어하고, 셋이 모이면 황문자 덕에 즐거워진다. 노인들 판에서 하는 공부는 무궁무진하다.

아들에게 연락한다. 그에게도 아침 6시 50분경에 문자가 와 있었고, 8시경에 확인했단다. 문자 내용은 맘 편히 생각하라는 거랑 김 선생님이 하자는 대로 하라는 거란다. 문자 확인하고 바로 연락했는데 휴대폰은 꺼져 있었고, 바로 미경에게 연락했는데 역시 받지 않더란다. 미경은 받은 문자를 그대로 전달해달라고 한다. 그 김에 지난 3일 오전에 받은 문자도 부탁한다.

9월 3일

맘편하게먹고 김선생이하재는대루해라.

9월 5일

김선생하재는대루꼭해라 소원이다.

큰아들과 미경이 연락하고 있다는 걸 빤히 알고 있다. 자기 아들에게 대체 뭘 하자고 하라는 건가? 미경은 김창수에게 다시 전화해 자신에게 온 문자 내용을 알려주고, 곧 동생분 공영장례가 있을 거라고 하고, 어머니가 장례에 참여할 거라고 말한다. 시신을 포기했어도 장례식에 갈 수는 있냐고 아들이 묻고, 그 김에 미경은 공영장례에 대해 간략히 설명한다. 참석하겠느냐고 물으니 한참을 말이 없다가 못 가겠다며 말을 흐린다. 괜찮다고, 꼭 오셔야 하는 건 아니라고, 편한 대로 하시면 된다고, 자신은 갈 거라고 답한다. 황문자로부터 연락이 또 오면 서로 바로 알려주기로 하고 끊는다.

활동가 C의 휴대폰은 신호는 가는데 받지 않는다. 아마 오늘의 장례 준비로 벌써 바쁜가보다. 장례는 보통 하루에 두 번, 오전 10시 30분과 오후 1시에 있다. 갈수록 무연고 사망자가 많아지면서 같은 제단에 두 개의 위패와 영정사진이 올려지는 것이 보통이 되고 있다. 활동가에게 문자를 남긴다.

김미경이에요. 1963년생 김경수님의 장례 일시가 언제인가요?
아는 분이어서 참여하려고요.

안부 전화를 가능한 대로 많이 해놓고 전체 회의에 참여할 생각에 우선 밥부터 먹는다. 잠처럼 밥 먹는 일도 미경은 남들 규칙과 다르게 한다. 허기를 중심으로 하되 시간 날 때 먹어둔다. 당장 배가 고프지 않아도, 다음 먹을 시간이 너무 멀다 싶으면 일단 배를 좀 채워두는 식이다. 지하철에 앉아 세 정류장을 가는 동안 황문자 건에 대해 센터 측에 설명할 말을 생각해놓는다.

센터에 들어가며 녹음기를 누른다. 10시 20분. 먼저 황문자가 초대한 두 할머니에게 전화해 오늘내일 중으로 점심 초대가 있으니 앞뒤로 시간을 넉넉히 비워놓도록 한다. 둘 다 상대 할머니도 가는가를 묻고, 두 분만 초대한 거라고 하자 누가 초대했는지는 묻지도 않고 좋다고들 한다. 통화하는 소리를 듣고 다른 생활관리사들이 무슨 식사 초대냐고 묻는다. 센터 차원의 공식적 초대든 센터와 상관없는 다른 초대든, 노인복지 현장에서 식사 초대는 흔하다. 미경은 동네 노인 하나가 친구 몇 분만 초대하는 거라고 말해둔다. 지희수 할머니를 데려갈 생각을 하다 접는다. 시신 인수를 포기했어도 황문자는 어머니로 참여할 거고, 자살이나 시신 인수 포기 등이 알려지면 동네 노인들 사이에서 말이 나지 않을 수 없다. 게다가 무릎도 무릎이고 우울증 때문에라도 긁어 부스럼이 될 수 있다. 조문객 하나 없이 활동가 혼자 치르는 경우도 많고, 다른 고인의 조문객들도 있을 수 있다. 여차하면 오늘 오후 1시에 장례가 치러질 수도 있는데 두 노인네 동반하는 것만으로도 급하다.

남은 안부 전화를 하는데 조장이 다가와 센터장이 보자고 했다며 속삭인다. 센터장과 조장에게 지하철에서 생각해놓은 설명을 한다. 어제 퇴근 후 큰아들의 연락으로 만났다는 이야기와 작은아들의 한강 투신과 시신 포기, 오늘 아침의 공영장례로 예상되는 문자까지 대강 훑어 말한다. 장례 참여 여부와 두 할머니에 대해서는 말하지 않는다. 센터장은 놀라다 말고 죽은 사람이 황문자가 아님을 다시 묻고는 관심을 접는다. 둘 다 공영장례에 대해서는 알고 있다. "별일 없으신 건 확실하네요?"라고 센터장이 묻고 미경은 답을 안 한다. "아니 내 말은 어르신한테는 별일이……" 센터장이 얼버무리고 미경은 "네"만 한다. 황문자 관련 업무보고에 오늘 아침 문자로 안부 확인한 것만 적고 일체의 다른 내용은 빼라고 강조한다. 다른 직원들에게는 이야기하지 말라는 지시를 보태고 자리를 끝낸다. 미경이 예상하고 원하던 대로다.

조장의 관심사는 센터장의 지시 사항이고, 센터장의 관심사는 대상자 목록에 들어 있는 노인들의 숫자와 생사와 사고 여부와 후원 물품의 실적이며, 최종적으론 깔끔하고 따뜻하고 풍성한 보고다. 미경 역시 한편으론 이런 노인복지 시스템이 편하다. 시스템 차원에서 피차 기대와 요구가 거기까지이고 나머지는 자유롭게 열려 있는 점이 미경으로선 아주 유용하다. 최저임금만 수긍한다면 더없이 좋은 밥벌이이자 현장이다. 늘 싸울 것인가 체념할 것인가에 대한 선택의 연속이고, 늘 그 사이 어디 즈음에서 적당히 다음으로 간다. 늙어 죽어가는 과정과 같다. 결론 없이 질문이 이어지다가 끝이 올 것이다.

직원 회의가 시작되고 곧 활동가 C에게서 문자가 왔다.

김경수님 장례는 9월 3일 오후 1시였어요.

바로 통화를 누르며 회의실을 나온다. 안 받는다. 회의실 바깥 의자에 앉는다. 그렇다면…… 이후 노인의 문자는 모두 자신의 죽음에 관한 것인가. 거의 확실하다.

김경수 장례야 지나갔으면 그것으로 됐다. 오늘 받은 문자를 다시 연다.

빨라진 심장 박동. 최대한 냉정하자. 사람은 모두 죽는다. 여든 셋 노인의 죽음이다. 소원대로 한단다. 했는가. 하겠다는 건가. C에게 문자를 남긴다. 손가락이 떨리고 있구나. '급한 사항이니 틈나면 바로 연락 주셔요.' 휴대폰을 진동으로 하고 회의실로 들어간다. 20분 즈음 후 C에게서 연락이 온다.

김경수의 장례는 9월 3일 오후 1시에 시작되었다.

8월 말 구청에서 받은 고인 명단에 김경수가 있었고, 모친 연락처도 있었다. 활동가 중 하나가 장례 일정을 미리 문자로 보냈다. 문자 보내고 바로 전화가 왔고 김경수의 엄마라고 했다. 집 나갔다 한강에 떨어져 자살한 자식 송장을 포기한 어미라고 하며, 장례에 참여해도 되냐면서 울었다. 당연히 된다고, 그런 분들 많다고, 꼭 오시면 좋겠다고 했다.

3일 낮 12시 30분경 승화원 건물 앞에서, 활동가 C는 커다란 분홍색 보자기로 감싼 상자를 든 할머니를 만났다. 통화에서와 달리 노인은 차분했다. 무연고 사망자를 위한 빈소로 안내했다.

약 다섯 평 공간의 빈소 중 4분의 1을 차지하는 제사상과 제대에는 향과 초와 제사 음식들이 놓여 있고, 그 뒤에 위패가 세워져 있다. 두 개의 꽃바구니와 조문객을 위한 국화들이 그 앞에 있다. 노인은 분홍색 보자기를 열어 액자에 든 영정사진을 꺼내 위패 뒤에 세웠다. 오래전 여럿이 함께 찍은 사진에서 고인의 상체만 오려 확대한 것처럼 사진이 흐렸다. 다른 고인은 고시원에서 살다 요양병원에서 사망한 육십대 후반의 남성 노인 이철훈이었고, 고인이 다니던 교회 신자라며 또래 남녀 세 명이 참여했다.

함께 두 고인을 위한 빈소에 둘러앉는다.

고인을 위한 마지막 밥상으로 제사를 지낸다.

활동가 C가 조사를 읽자 황 노인이 말을 보탠다.

"경수야, 고생 많았다. 내 아들로 와줘서 고맙고 미안하다. 이제 편히 쉬어라. 이철훈님, 고생 많으셨어요. 편히 쉬세요."

제사를 마치고, 운구차에 실려온 관을 함께 맞이해, 화장로로 들고 간다.

담당 직원이 고인을 화로에 넣고 점화하는 것을 유리창을 통해 바라본다.

고인의 몸이 타는 동안, 산 사람들 여럿이 둘러앉아 이야기를 나누며 몸을 쉰다.

담당 직원이 다 타고 남은 하얗고 얇은 뼈를 마저 찧어 유골함에 담는다.

유골함을 안아 들고 여럿이 함께 유택동산으로 줄을 지어 간다.

유택동산에 도착해 위패 안에서 지방을 꺼내 불을 붙인다.

유골을 뿌려 자연으로 돌려보낸다.

황문자는 차분했고, 가끔 울었고, 때때로 울음이 복받치는 듯
했다.

황문자는 다음 날 오전과 오후에 있던, 네 명의 고인을 보내는
장례에도 참여했다. 오전 장례를 마치고 황문자가 밥을 사고 싶다
고 했다. 승화원 식당에서 다섯 명이 함께 점심을 먹었다.

9월 5일·4

C와 통화를 끝내고 나니 김창수로부터 문자가 들어와 있다.

엄마 돌아가셨다고 경찰에서 연락이 왔어요.

의자에 앉는다.

조장이 회의실 문을 열고 다가와 센터장님이 얼른 들어오랬다고 전한다. 황문자 어르신이 스스로 목숨을 끊으신 것 같다고 한다. 조장이 외마디 소리를 낸 뒤 다시 회의실로 들어가고, 곧 센터장이 나온다. 나오자마자 화를 내려다 미경의 눈길에 멈칫한다. 앉은 채로 센터장에게 대강 설명하고 확인 중이라고 말한다. 그에게는 자살이어서 문제고, 집이 아니어서 안심이다. 다른 사람들에게 말하지 말라는 것에 이어 기사가 나가지 않게 애써달라고 강조한다. 시신 확인이나 장례 참여는 생활관리사나 센터의 업무가 아니다. 가족이나 경찰을 통해 확인한 사망 정보를 보고 시스템에 기록만 하면 된다.

그랬구나. 여기까지 살기로 결정했고 실행했구나.

그녀를 마지막으로 만난 건 40만 원을 맡아달라고 했던 날이다. 영수증 삼아 찍은 사진에 황이 깔깔 웃었고, "톱으로 무릎을 썰어 쇠수세미로" 어쩌고 하면서 또 한 번 웃었다. 휴대폰을 뒤져 그날의 사진을 확인한다. 둘이 활짝 웃고 있다. 미경의 착오를 노인이 유도한 것인가. 미경이 문자를 오독한 것인가. 미경은 만에 하나라도 예감했던가. 불길한 예감에 노인에게 문자라도 한번 보내야 했던 건가? 어떤 문자를 보내야 했던가? 자살 예방 도우미 문자처럼 생명 존중과 희망을 담은 문자를? 그녀의 결정을 말릴 문자? 그러면 안 죽었을까? 안 죽는다는 것은 무엇인가? 더 되돌아보려다 그만둔다. 혼자 결정하고 밀고 갔다. 곧 실행할 죽음을 작정하고서 대체 누구와 의논할 수 있는가? 특히 3일 이후로는 미경을 위해 소통을 끊고 자기 말만 한 거다. 진심으로 원했고 실행했다. 생애 마지막 한 달, 자신의 의지로 자신을 위해 살았다.

잘하셨습니다. 고생 많으셨습니다.

김창수에게 전화하려다 하지 않는다. 황이 죽었다면 미경의 손에서 떠난 일이다. 모든 산 자들에게서 떠난 일이다. 장례에 대한 관심은 죽은 자를 놓고 벌이는 산 자들의 모습에 주목하기 위해서다. 황문자의 삶과 죽음에 대해 이제 미경이 먼저 나설 일은 없다. 남의 죽음은 호들갑을 부릴 일이 아니다.

황문자에 대해서라면 자신의 장례에 대해 그녀가 아들과 미경에게 수차례 부탁한 것이 있다. 현행법상 아들이 결정할 일이다. 노인이 원한 장례가 혈족을 넘어 자유롭기 위한 거라면, 황은 자신이 할 일을 다 했다. 남은 일이라면 평생 선택이라는 걸 해본 적이 없다던 그녀가 마지막으로 소원한 바를 이루어주는 것이며 아들도 그걸 알고 있다. 그러니 기다릴 일이고, 물으면 정확하게 답하면 된다. 결정은 자식들의 일이다. 혹 노인의 뜻대로 되지 않더라도 이제 노인과는 상관없는 일이다. 다만 황문자 평생의 유일한 선택이자 소원을 위해서라면 기꺼이 연극에 끼어들겠다.

회의가 끝나갈 무렵 김창수가 전화했다. 경찰에서 연락이 왔고, 경기도 고양시 승화원 인근 야산에서 시신이 발견되었고, 발견 당시 사망해 있었고, 두 개의 유서를 남겼단다. 지금 병원 안치실로 가려는데 같이 가달라고 한다. 울먹이고 있고, 동시에 차분하다. 그도 혹 예감을 했을까. 지금은 동대문 근처 공사장에서 일하고 있단다. 벽제 승화원 가는 시외버스를 탈 수 있는 남대문 근처에서 한 시간 후 만나기로 한다.

버스를 타고 가는 동안, 이승필의 장례에 대해 노인이 질문했던 날 이후 황과 함께한 일정, 그녀와 나눈 대화, 노인이 맡긴 40만 원,

오늘 오전 황의 문자와 C와의 통화에 대해 이야기한다. 옆자리에 앉은 김창수는 조용히 떨며 집중하고 있다. 그러다가 그가 공영장례에 대해 묻고, 미경은 황문자에게 했듯 세세히 설명한다. 노인이 되뇌었던 "애착이자 족쇄로서의 가족"을 넘어서려는 미경의 소신과 어미의 뒤늦은 소원 타령이 김창수에게 어떻게 이해되는 걸까. 그는 눈을 감은 채 깊고 천천히 숨을 들이마시고 내쉰다. 아직 가늘게 떨고 있다.

"제 장례도 공영장례로 해달라고 아들에게 다짐을 받아놨어요."

"……아들이 받아들이던가요?"

"처음엔 화내고 듣기 싫어하더니, 여러 차례 차분하게 설명하니까 이제는 제 소신을 이해하더라고요. 후배와 동료와 공영장례를 주관하는 기관 활동가들에게도 미리 이야기를 해놨어요."

잠시 침묵하던 그가 말을 잇는다.

"그제 밤 엄마 문자 읽으면서 느낌이 좀 이상했어요. 김 선생이 하라는 대로 하라는 그 문자요. 엄마가 스스로 목숨을 끊을지 모른다는 생각이 들었어요. 말이 씨가 될까봐 꺼내지 못했어요."

그래. 미경도 그도 그 문자에서 자유죽음을 예감했던 거다. 말 없이 한동안 창밖을 내다보던 김창수가 다시 말을 잇는다.

"경수 죽은 걸 모르셨다면, 투신 직전 일도 모르시겠네요. 이 얘기를 제가 해드리는 게 엄마 뜻일 거 같네요……. 투신 당일 오전에 경수가 사람을 죽였어요. 최근에 사채업자 한 명한테 집중적으로 시달리면서 도망다녔나봐요. 그러다가 그 전날 잡혀서 여관에 붙들려 있다가, 칼로 찔러 죽이고 도망친 거예요. 이미 숨이 끊어진 사람을 계속 찔러댔다고 하더라고요. 여관 주인 신고로 살인 현장 근처 CCTV를 추적하다가 천호대교에 투신하는 것까지 확인됐다고 하더라고요. 제 손으로 경수 장례를 못 치른 제일 큰 이유도 살인에 대한 보복이 무서워서였어요…… 동생들은 살인에 대해서는 몰라요. 끝까지 알리지 않으려고요."

지난 한 달, 노인 생각의 흐름에 관한 퍼즐 맞추기가 맞아들어가는 느낌이다. 결단한 순간 산 사람들을 위해서 홀로 남은 일을 하며 죽음의 길을 만들어간 거다.

뙤약볕 속을 걷다 안치실로 들어서자 이마에서 시작된 오싹한 한기가 등골을 통해 온몸을 휘감는다. 된통 아프겠구나. 엄마의 얼굴을 확인하며 아들이 통곡한다. 경찰의 사체 확인 시각은 오전 11시 15분이고, 의사의 사망 추정 시각은 오전 8시경이다. 사체 확인 당시 사진과 지도를 경찰이 보겠느냐고 물었고, 김창수는 마다했다. 미경이 대신 보겠다고 하자 경찰이 파일을 펼쳐준다. 오전 8시면 환한 시간인데 깊은 숲속인지 꽤 어둡다. 나무줄기의 크기로 보아 커다란 나무인 듯한데, 밧줄이 걸쳐진 위치는 높지 않고, 황문자의 발끝이 땅에 거의 닿은 채 매달려 있다. 중단할 수 있었고, 중단하지 않았다. 죽음으로 넘어가기까지 진심으로 원했다. 독한 가슴 통증으로 눈이 감기고 얼굴이 일그러진다. 야산 주소와 현장 위치가 표시된 지도를 사진 찍는다.

경찰이 봉투 하나를 아들에게 건네고, 아들이 받아 윗주머니에 넣는다. 시신 인수에 대해 묻는 경찰에게 김창수는 조금만 시간을 달라고 한다. 경찰이 둘을 번갈아보며 냉동고 비용 이야기를 하고, 미경이 단호한 시선으로 경찰을 마주본다. 경찰이 먼저 자리를 뜨고 김창수와 미경도 안치실을 나온다. 안치실 밖 의자에 주저앉은 김창수가 유서를 펼쳐 읽다가 다시 통곡한다. 울음을 가누고 유서를 미경에게 건넨다. 굵은 손가락으로 꾹꾹 눌러 썼겠구나.

자식들에게

잘해주지모태 미안하다. 난열씨미살아서 미련업다. 맘정하니참조타. 남이시키는대로살지말고 자기뜻대로살면조캤다. 맘아파하지 마라라. 꼭 공영장례로 해달라.

김미경선생에게

평생남들흉내만내고 내뜻대로 살아본적 업섯어요. 죽을날을정해노코서야 내뜻대로 살게됫어요. 추카해주새요. 김선생은내맘잘알지요. 애들한태 잘말해주새요. 내책못보고가서어굴해요 하하하. 죽은거까지다써서 널리알려주새요.

울어지는구나. 축하드립니다.

김창수가 동생들에게 연락하겠다며 건물을 나간다. 잠시 후 돌아와 앉으며 말한다.

"막내가 언니 태우러 공항에 갔다 같이 오겠다고 하네요. 저녁 나절에나 올 거 같아요……."

한참을 침묵하다 묻는다.

"공영장례로 하려면 엄마를 얼마나 냉동실에 놔두는 건가요?"

빠르면 한 달 정도다. 극빈자도 아니고 단절되고 해체된 가족도 아닌데, 자식으로서 어미의 시신인수 포기각서에 서명하고 한 달 동안 시신을 냉동고에 넣어두었다가, 남들 손에 장례를 맡기는 것…….

공영장례로 할 거면 그 전에 가족들이 모여 시신 없이 이별식을 하는 것도 좋은 방법이라고 이야기한다. 한참 후 아들이 말한다.

"지독한 고집쟁이네요, 엄마는. 너무 힘들지만 엄마 뜻대로 해드려야지요. 선생님이 동생들에게도 잘 설명해주세요."

아들이 경찰에게 시신 인수를 포기한다고 알린다.

둘 다 점심을 걸렀다. 미경이 우선 밥부터 먹어두자고 해, 인근 식당에서 밥을 먹었다. 혼자 가고 싶다. 김창수도 혼자 있고 싶을 거다. 미경이 잠시 다녀올 데가 있다며 두 시간 안에는 돌아올 거라고 한다.

"다녀오세요. 저는 못 가겠어요……."

병원에서 나와 택시를 탄다. 기사에게 주소를 불러주고 붉은 점 표시가 있는 지도를 보여주며 최대한 가까이 가달라고 한다. 산 중턱 어디 즈음에서 택시를 내려, 근처 주민인 듯싶은 사람에게 현장 지도를 보여주며 길을 묻는다. 알려준 대로 산속으로 더 들어가다 길을 잃고 헤맨다. 나뭇등걸에 걸터앉는다. 택시에서 내리면서부터 다리가 후들거렸다. 온몸에 진땀이 흥건하다. 다시 지도를 펼쳐 주변을 두리번거린다. 중단하지 않겠다. 이른 아침 노인이

중단하지 않고 홀로 찾아가 자신의 마지막 자리로 선택한 나무를 찾아가겠다.

헤매다가, 좁은 길 입구에 걸쳐진 붉은 폴리스 라인을 발견한다. '출입 금지'가 선명하다. 길이랄 것도 입구랄 것도 없는 숲의 한 귀퉁이다. 더 들어가야 만날 수 있다.

도벽의 시절, 멈추고 싶었던 소망도 발각되어야 멈출 수 있다던 핑계도, 규범과 학습으로 인한 굴종의 측면이 크다. 어떤 도둑질은 정당하다. 그 시절 수렁에 빠져 허우적대느라 멈춤만을 갈망했다. 결국 멈췄고, 이후 규범과 질서에 복속하며 예순을 넘겨 살아왔다. 이제 합법적인 밥벌이 노동이자 '대단하시다'라는 칭찬까지 얹히는, 설렘과 위험의 경계 앞에서 멈추지 않겠다. 가는 데까지 경계 너머를 탐하고 걸어가리라. 필요하다면 법의 경계도 넘어 규범과 질서에서 밀려난 존재와 소리와 입장을 더 알아내리라. 기껏해야 죽음일 뿐이다.

시간이 지나며 도벽은 다른 목록의 중독으로 이동하거나 두어 개의 중독이 동시다발로 진행되는 방식으로 변화했다. 폭식과 구토의 반복, 흡연, 독서, 강박적으로 홀로 있기, 군중 안에서 자기 내면으로 들어가거나 숨기, 새벽 시장과 교외선 떠돌기, 종교들 떠돌기…… 도둑질은 엄마의 돈 심부름 삥땅에서 시작해 다른 식구의 돈, 중고등학교 시절 다른 아이의 책상이나 사물함 속 참고서 혹은 돈, 대학 도서관과 강의실의 가방과 지갑, 복도의 사물함 속 다양한 물건, 서점의 책, 가게와 시장의 여러 물품으로 이어졌다. 필요한 물건이 아니어도 발각 위험이 없는 순간이면 습이 발동하곤 했다. 멈출 수 없었다. 발각되는 것 말고는 멈추지 못할 거라고 되뇌었다.

대학 4학년 때 강의실에서 학우의 돈을 훔치다가 발각됐다. 발각과 도피와 회귀와 망신을 살아내며 시간을 견뎠다.

도벽을 비롯해 도벽으로 인한 증과 습을 다 떠났다고 여기던 2015년, 여러 언론에서 뉴스로 다룬 한 의류 도벽증 환자를 보았다. 그는 부산의 의류 매장들을 돌아다니며 많은 옷을 훔쳤다. 매장 CCTV를 추적한 경찰에 의해 검거된 그의 집 방 한 칸에는 입지도 포장을 뜯지도 않은 옷들이 그대로 쌓여 있었다는 추적 보도도 있었다. 매장 주인과 경찰에게 "나를 잡아줘서 감사하다"라고 말했던 그의 심정을 미경은 고스란히 공감했다. 대학 복도를 따라 일렬로 비치된 수많은 사물함 중 빈 사물함 몇 개를 정해 새벽을 틈타 훔친 책과 물건들을 집어넣었고, 어떤 사물함에 넣었는지 기억에 담지 않아 곧 잊어버리곤 했다. 발각을 진심으로 바랐던가. 발각되기엔 영리하고 주도면밀하고 민첩했다. 예상치 못한 돈다발에 삐끗했고, 발각되었다.

화가 테오도르 제리코의 그림 「도벽 환자의 초상」의 '공허한' 눈에 전적으로 동의한다. 불안과 긴장에 붙들린 채 행위를 마친 후 혹은 발각 직후의 얼굴이리라. 막연한 분노와 극도의 긴장, 쾌快와

독毒, 일탈과 위태로움, 두려움과 경계 넘기, 허기와 열정. 폭식과 구토를 반복하던 시절 어느 때에, 모든 것의 시작은 허기라는 생각을 했다. 마음이 너무 고팠다. 허기를 채우기 위해 퍼먹어댔고 읽어댔고 미워했다. 위가 꽉 차면 손가락을 입에 넣어 위와 식도를 거슬러 토해냈다. 위하수와 위궤양이 반복됐다. 병원도 친구도 없이 그 시절을 홀로 살아냈구나. 도벽이 발각된 후 폭식과 구토는 차차 잦아들었다.

이후 다른 자리에서 다른 사람들 속에 섞여 다른 자신으로 사는 동안 도벽은 한편으로는 돈에 대한 결벽潔癖으로 뒤집어졌고, 진보적 사회운동을 하면서는 불평등에 대한 입장으로 명확하게 들어앉았고, 여성주의를 만나면서 규범과 질서 바깥으로 내몰린 사람과 상황을 대하는 태도 및 입장의 변화로 이어졌다. 한편 망신의 시기를 한참 지나 쉰을 넘어서면서 몸과 마음의 습과 증은 발각과 망신으로는 제거되지 않았다는 사실을 깨달았고, 나아가 제거할 걸림돌이 아니라 다르게 바라보고 제대로 밟고 설 디딤돌임을 알게 되었다. 그리고 이미 스스로 일어서 딛고 나아가고 있다는 것도 알게 되었다.

습과 증은 단지 몸의 습관이나 마음의 증상이 아니다. 그것을 넘는 상처이자 어두움이며, 그 시작점인 허기야말로 자신 안의 마르지 않은 샘이자 열정의 원천임을 알아나갔다. 혼돈의 시절 이후에도 미경은 중독이자 열정의 다양한 목록을 이동하며 살아왔다. 자기 파괴적이거나 생산적인, 괴상하거나 창발적인, 위태롭지만 누구들은 멋지다고 말하는 여러 집중과 일탈의 목록들. 미경은 타협하거나 외줄 타기를 하며 안전하거나 아슬아슬하게 일탈과 열정을 즐기며 살아가는 중이다. 그 내용과 외연에 관한 각자의 규범과 고정관념에 따라 누구들은 비난하고 누구들은 칭찬한다. 남이야 뭐라고 하든 미경으로선 도벽의 습과 중독의 증을 다스리고 전략하며, 삐끗 헛디뎌 추락과 망신의 나락으로 떨어지지 않도록 관리하면서, 계속 자기 길을 만들며 어쨌든 밥은 먹고 살아가는 중이다.

어제 새벽 황문자의 문자는, 노인을 꼬여 구술생애사 작업을 하며 그럭저럭 다독여가던 미경의 허기를 느닷없이 다시 적확하게 찌른 것이다.

음흉하고 분열적인, 치밀하고 집요하며 순간 포착적인 증상과 습은 그대로 남은 채, 작금에는 글쓰기로 소위 '승화'라는 걸 하면서 자신 속 허기와 욕망을 채워나가고 있다. 그 시절의 상처와 어두움과 허기를 닮은 사람들, 가난하고 냄새나고, 죄책과 가책과 중독에 빠져 있고, 밀려나고 억눌리고 멸시당하고 스스로 멸시하는 사람들을 쫓아다니며, 그들의 삶을 훔쳐 보고 훔쳐 들으며 글과 말로 만들어 살고 있다. 최저임금과 하루 네 시간의 노동을 수긍하고 노인복지 현장에 잠입해 도둑질을 계속하고 있다. 미경은 도둑년이었고 여전히 도둑년이다.

몸을 숙여 폴리스 라인 아래로 들어가 산속으로 더 걸어간다. 풀과 나무와 흙 냄새가 좋다. 자신의 겨드랑이 냄새도 코에 훅 닿는다. 사람의 냄새다. 온통 커다란 상수리나무들이고 한여름의 울창한 잎사귀들로 벌써 어둑어둑하다. 더 들어가면 죽기에 좋겠구나. 오후 5시 3분. 헤매는 사람만이 길을 만든다. 자신의 길은 홀로 부딪친 혼돈과 방황과 시행착오들 이후에야 만들어지더라. 아니, 혼돈과 방황과 시행착오들이 이미 길의 시작이더라. 멈추지 않겠다. 황문자가 마침내 선택한 길을 찾느라, 미경은 자신의 길을 이어가고 있다.

더 헤매다 폴리스 라인과 흰색 페인트로 둘러진 나무 하나를 발견한다. 단단한 줄기와 가지들에 진녹색의 상수리 잎이 무성하고, 아직 덜 익은 열매들이 오종종히 매달려 있다. 나무 전체를 사진에 담는다.

황 노인은 언제 무슨 이유로 죽음을 결단했을까. 회귀 불가능한 경계를 스스로 넘어서는 결행에 대해 산 자가 충분히 추적하거나 이해하는 것은 불가능하다. 지금 확실한 것은 그녀가 자유의지로 죽음을 선택했다는 점이다. 어떤 '자유'도 사회 구조와 무관할 수 없다는 점에서 그녀의 자유죽음은 사회적인 것이기도 하다. 그럼에도 비참이나 자괴감과 직결된 '예방해야 할 자살'이 아님은 명확하다. 모든 죽음에 대해 개인적이고 사회적인 이유를 최대한 이해하려는 노력은 산 자들의 사회를 위한 질문이고 의논이다.

사람에는 두 가지 부류가 있다. 자기 삶의 이유와 목적을 계속 질문하면서 살아가는 사람과 그냥 닥치는 대로 살아가는 사람이다. 혹은 한 사람의 생애에 그 두 가지 시절이 섞여 있다. 생애 인터뷰 중 '닥치는 대로 살았다'는 말을 거듭하던 황문자는, 적어도 김경수의 죽음과 이승필의 공영장례 이후 자기 삶의 이유와 목적에 관해 이전의 어느 시절보다 더 깊이 생각하고 결정해나갔으며, 매 순간 전략하면서 자기 뜻을 산 자들에게 전했다. 외롭고 치열하고 명확하게. 한 번 더 폴리스 라인을 넘어간다. 나무 기둥을 쓰다듬고, 두 팔을 활짝 벌려 깊게 안고, 온몸을 기댄다.

김창수는 병원의 지하 카페에서 눈을 붙이고 있었다. 미경은 조금 떨어진 자리에 앉아 조장에게 사망 확인 보고를 하고, 담당 노인들에게 안부 전화를 했다.

막내와 언니가 저녁 7시경에 왔다. 밥은 오다가 사먹었다고 한다. 두 딸이 엄마의 시신을 확인했다. 안치실을 나와 울음과 소란과 한숨이 있었고, 질문과 답이 있었고, 의논들이 있었다. 김창수는 말이 적었고 입장은 단호했다. 미경은 딸들의 질문에 답하고, 황문자와 김창수에게 했던 이야기들을 다시 했다.

막내딸이 많이 울었고, 옆에서 언니가 동생을 다독였다.

"우리가 또 붙들었다간 두고두고 꿈자리에 와서 원망하시겠네."

모두들 살짝 웃었다.

딸들과 의논해 미경은 동네 할머니들에게 황문자가 경기도 사는 친구 장례식에 갔다가 급하고 편하게 죽었다고 알렸다. 모두들 부러워했다. 9월 7일 오전, 절에서 가족들만 모여 추도식을 했다. 추도식 후 자식들은 동네 노인들에게 떡을 돌렸다.

10월 8일

황 노인의 죽음과 공영장례 사이 한 달여 동안 갖은 일이 일어났다. 변했다 할 건 없었다. 미경은 이틀을 된통 앓았고, 김영철 노인의 입원에 동행했다. 병원비가 300만 원의 절반이 조금 넘은 입원 12일 차, 병원 측의 만류에도 불구하고 퇴원해버렸다고 김영철이 알려왔다. 통증은 많이 줄었다며 더 낫고 말고 할 병이 아니니 약 처방이나 최대한 길게 해달라고 했고, 의사도 더 말리지 않더란다. 퇴원 이틀 후 미경이 옥탑방을 방문했다. 이성균은 일 나가고 없었다. 김영철이 퇴원하고 돌아오니 이성균이 방을 청소해놓고 기다리더란다. 영희와 철수를 데리고 와 돌보는 방법을 꼼꼼히 알려주더라며, 이제 담배는 옥상에서나 피워야겠단다.

10월 8일 오전 10시 30분, 서울시립승화원에서 황문자의 공영장례가 있었다. 황이 초대하라고 한 두 할머니, 아들 며느리와 작은딸, 미경, 활동가 C가 참여했다. 삼총사 중 남은 둘은 부르지 않았다. 지희수는 우울증이 더 심해졌고, 이경혜는 다리 힘이 더 빠졌다.

다른 고인은 성명 미상의, 돌이 채 안 된 남자 아기였다. 딸이 영정사진을 두 위패 사이에 놓았고, 미경은 황문자의 생애 이야기 책『축하해주세요』를 사진 앞에 놓았다. 아기의 유골과 노인의 유골을 섞어 허공으로 보냈다. 함께 밥을 먹고, 아기가 살지 않고 간 각자의 삶으로 돌아갔다.

작가의 말

말로 자주 하던 소리를 글로 써보자.

중학교 1학년 때 우연히 교내 백일장에서 장원이라는 걸 하면서 마흔이 넘으면 소설을 쓰며 살고 싶다는 생각을 했다. 글이란 삶의 산전수전과 우여곡절을 겪고서 만들어져야 한다는 생각이었고, 마흔 즈음이면 산전수전과 우여곡절이 상당하리라는 믿음에서였다. 마흔둘 즈음 1년 반 정도 소설 쓰기를 붙들었고, 실패했다. 겨우 마흔으로는 산전수전이고 우여곡절이고는 택도 없다는 걸 한참을 더 살고서야 알았다.

어쨌든 그 실패 후 '문학'이라는 글쓰기는 내 생애에 없다 싶어 마음을 접었고, 그전 12년이 그렇듯 그후 16년도 '사회운동'이라는 걸 하면서 성명서와 규탄서, 보도자료류의 글을 쓰며 살았다. 16년이 끝나갈 무렵, 남들 살아온 이야기를 재료로 '구술생애사'라는 글쓰기를 시작했고 지금도 계속 하고 있다. 그러다가 최근 2,

3년 사이 소설을 쓰고 싶다는 욕망이 되살아났다. 구술생애사 작업의 어떤 귀퉁이들에서 픽션이라는 방식으로 구멍을 뚫어내면, 구술생애사와는 좀 다른 무늬와 쓸모의 글이 만들어지리라는 생각에서였다. 그래서 시작했고, 이번에 첫 소설이 만들어졌다.

그러고 보니 구술생애사도 소설도, 문학에 관한 마음을 접은 자리에서 시작되었다. 구술생애사가 무언지도 모른 채 노인들 살아온 이야기를 듣고 글로 만드는 과정에서 구술생애사라는 걸 알게 되었듯, 이제 시작하는 소설 쓰기 역시 어디서 배워본 적 없이 그냥 시작했다. 생애 한 바퀴를 돌아 환갑을 맞고, 5년을 더 묵혔다가 나오는 소설이다.

이미 혼돈과 방황이 시작됐던 중학교 1학년 시절, 나중 언제 방하나를 얻어 혼자 살면서, 방을 나가 사람을 만나고 돌아다니다 방으로 돌아와, 그 만남에 관해 글을 쓰면서 밥을 벌어먹고 싶다는 생각을 했다. 그 시절의 바람을 이루고 사는 듯해 족하다.

마지막 퇴고를 마무리하는 2022년 9월 5일 새벽, 아버지가 돌아가셨다. 퇴고를 완료하고 죽은 아버지에게 간다.

나에 대한 끈질긴 의심 하나가 있었다.

'왜 나는 어둡고 더럽고 가난한 사람들과 현장을 쫓아다니며 사는가? 왜 그런 사람들과 자리에서라야 사는 맛이 나는가?'

공적 자아가 상대적으로 큰 사람인가보다 싶기도 했고, 덕이든 탓이든 삼십대 초반에 겪은 예수와의 충돌 때문인가 싶기도 했다. 둘 다 틀린 말은 아니겠지만 최근에야 더 정확한 내면의 이유를 알게 되었다. 십대 초반부터 시작해 내 젊은 시절을 온통 혼돈에 빠뜨린 아버지와의 싸움과 액취증, 멈출 수 없었던 도벽의 수렁. 이후 계속 쪼개고 뜯어내고 되풀이 해석해 까발려내도 여전히 내 안에 흉터로 남아 굳어 있는 더럽고 퀴퀴하고 음흉하고 불온하고 가난한 내 소갈머리. 그것이 내 밑천이더라. 딱딱한 흉터를 다시 쑤셔 한 가닥씩 풀려나오는 부유물과 실마리가, 내 바깥의 그 비슷한 존재와 자리들을 찾아 돌아다니며 탐하고 있는 거다. 그런 자리와 사람이라야 나와 촉觸이 맞는다는 느낌이다. 내 속 시작자리가 그 흉터라는 걸 알고 나니, 이제야 내가 좀 믿어진다.

내가 믿어질수록 더 조심할 일이다. 활동가 정체성보다 작가 정체성의 비중이 조금 더 커지고 있는 걸 보니, 위험한 자리에 서 있는 거다. 위험을 잘 감당하자. 글보다 사람과 삶이 훨씬 더 먼저다.

어린 시절 아버지와의 싸움은 모든 규범과 가치관을 의심하게 했고, 그 의심 덕에 내 길을 만들었다. 의심 중 중요한 하나는 모든 정상성正常性들이 도무지 믿어지지 않는 거다. 이번 소설에서는 빈곤과 가족 이탈, 늙음과 죽음을 싫어하는 사회 전반의 공고한 정상성에 시비를 걸었다. 논란을 바란다.

늙은 신인 소설가 하나를 만들어내시느라 고생하신 함윤이 편집자님, 이은혜 편집장님, 이현정 디자이너님, 강성민 대표님과

'글항아리'의 많은 분들, 그리고 세세한 평을 써주신 오은교 선생님께 깊이 감사드립니다.

이 결말을 축하해주세요

오은교(문학평론가)

요양보호사와 생활관리사 등 노인 돌봄 노동 현장에서 구술생애사를 쓰는 작가 최현숙의 첫 번째 소설『황 노인 실종사건』은 독거노인 생활'관리'사의 입장에서 도무지 '관리'될 수 없는 생명의 근기와 취약성에 대한 이야기를 담고 있다.

　서울시 변두리의 독거노인을 담당하는 2년 차 생활관리사이자 구술생애사 작가 김미경은 어느 새벽 '끈내두한댈거업서요인저미안해오'라는 문자를 보내놓고 연락이 두절된 담당 노인 황문자를 찾아 나선다. 소설은 독거노인 실종 문제를 해결해나가는 탐정문학의 외양을 띠는 동시에 행불의 내막을 추측케 할 황문자의 자기 생애 서술을 교차시키지만, 결과와 근거가 될 두 개의 이야기는 하나의 끝단으로 말끔히 만나지 못한다. 결과는 하나이고 근거는 무수한 이 이야기는 복지관 서류 속 세 줄이나 대중 르포르타주 속 다섯 줄로 처리될 삶과 죽음에 대한 단일한 서사를 거부하며 뻗어나가더니 이윽고 대응관계를 이루는 추리 소설적 쾌감 너머의 질문을 건져 올리기 시작한다. 가부장제와 죽음의 의례, 고독사의 증대와 국가의 복지 체제, 여성 노동의 특수성과 친밀성 및 요양 산업의 관계, 아프고 노쇠한 몸을 대하는 공동체와 개인의 서사 등 소설이 던지는 물음들은 돌봄 노동에 대한 시각의 대전환을 요청하는 우리 시대의 과제들을 넉넉하게 포함한다.

빈곤한 이들의 죽음을 기록하는 것은 무슨 의미일까. 오래 묵은 불우에는 어떤 구조와 감정과 태도가 깃들어 있는가. 그 불길한 풍문들의 꼴과 겹은 무엇인가. 비참과 암담의 표지가 아니라면 좀처럼 비치지 않는 가난한 노인들의 삶과 죽음, 독거노인 생활관리사 김미경이 노인들 곁을 바장이게 된 까닭은 바로 그 "죽음에 관한 흔해 빠진 소문이 거짓임을 확인하기 위해서다."(본문 54쪽)

김미경의 담당 노인이자 구술생애사 대상자인 황문자는 평범한 노년의 독신 여성이다. 경상도에서 태어나 일찍 아버지를 여의고 한국전쟁 발발 즈음 시작한 장사를 기반으로 가족의 생계를 책임져온 미등록, 무학의 이 여성은 "평생 내 손으로 식구들 먹여 살려야 하는 팔자"(46쪽)를 원망하는 것을 자력 삼아 생을 헤쳐온 도시 하층민이다. 친정어머니를 모시고 살 수 있다는 이유로 자신과는 달리 많이 배웠다는 이북 출신 남자를 만나 가족을 이루지만, 반공 이데올로기 사회의 이방인으로 살며 한껏 졸아든 "삼팔따라지" 무능한 남편은 살림에 전혀 보탬이 되지 못했고, 그와 함께 딸려온 시댁 식구들과 줄줄이 태어나 각자대로 말썽을 피우는 자식들을 뒷바라지 하느라 닥치는 대로 온갖 일자리들을 전전해왔다. "이 없으면 잇몸으루 살구, 내 꺼 없으면 남의 껄루 먹구살면"(47쪽) 된다는 그의 씩씩한 회고처럼 장사와 동냥을 비롯해 안 해본 일 없이 자기 손으로 삶을 꾸려온 삶의 내력은 자부심으로 남기도 했지만, 끝이 없는 빈곤의 굴레 속 짐이 되어버린 아픈 남편과 노모의 객사를 바라던 심경을 스스로 들킨 일이나 가족 간 다툼과 절연으로 애가 말라버린 사정들은 지워지지 않는 상처로 남았다. "너무 없이 사는 거는 그렇게 죄를 많이 짓는 일"(127쪽)이라는 걸 반복해서 체험했지만, 그 가혹한 세월에도 불구하고 재생산을 통한 계급 반전은 이루지 못했다. 여순사건과 한국전쟁, 서울 대홍수와 경기도 광주 대단지 항쟁, IMF, 도시 재개발 등의 굵직한 현대사가 배경으로 흐르는 가운데, 황문자의 장남은 일용직 건설 노동자가 되고, 딸들은 조국을 등지거나 비혼모가 되었으며 손위 형제들의 뒷바라지로 유일하게 고등 교육을 받은 막내는 사업 실패 후 행방불명되었다.

고단하고 억척스럽게 버텨온 만큼 사정이 허락하는 한 배움과 베풂의 인정 경제에 참여하며 이웃 공동체와 친교를 맺어왔던 황문자는 "낙천성과 고생과 전략이 뒤엉켜"(35쪽) 있는 말년의 눈빛으로 자신의 삶을 담은 이야기가 책이 된다는 사실에 열성으로 기뻐했다. 육아와 병수발의 수고를 내려놓은 "요즘이 가장 행복하다"(44쪽)고 되뇌었던 말이 진심이 아닐 수 없는 그의 돌연한 실종은 그렇기에 더욱 의문을 남긴다. 마지막이라도 원한이 남지 않는다는 미지의 결단을 통보한 채 사라진 황문자는 가벼운 "나들이 차림"(132쪽)으로 집을 나선 후 다시 돌아오지 않았다.

황문자를 따라가는 화자 김미경 또한 노년의 독신 여성이다. 양반집 규수로 딸을 키우고 싶었으나 "경제적 가장이 되지 못한 열등의식을 순종하지 않는 딸과 아내에게 폭력으로 푸는 아버지"(23쪽)와의 불화와 사춘기에 시작된 액취증과 도벽은 그를 규범적인 삶으로부터 멀어지게 했다. 일찍이 시장통에서 일수 걷는 법을 익히게 하고 야밤에 돈 심부름을 시키면서도 '계집 단속'을 하거나 큰아들에게는 궂은일을 시키지 않는 부모의 이중성을 알게 된 어린 미경은 빚과 액취증으로 인해 또래 사이에서 배척당하며 평등하게 돌아오지 않는 관심으로 벌어진 내면의 허기를 메우기 위해 도둑질을 시작했다. 심부름 값 '삥땅'으로 시작된 소녀의 도벽은 대학생이 되어 학우의 돈을 훔친 것이 발각되어 큰 망신을 당할 때까지 멈춰지지 않았다. 그는 아버지에게 탈출하기 위해 선택했던 가난한 남자와의 결혼 후 아이를 낳아 고되게 사는 와중에도 "나는 누구며 무엇을 하고 살 것인가?"(179쪽) 하는 물음을 놓지 못해 "좁은 부엌 부뚜막에 양은 밥상을 펴놓고 책을 펼친 채 앉았다."(178쪽) 김미경은 남편과 불화하며 사회운동을 시작하고, 이혼 후 자녀로부터 분리되고, 어머니의 죽음을 기점으로 혈육과의 단절을 선언한 후에야 비로소 자기만의 방과 시간을 가지고 싶다는 오랜 꿈을 이룰 수 있었다.

긴 세월을 돌아 김미경은 세상에서 소외된 삶을 향한 자신의 관심, 그리고 사회운동과 글쓰기로 승화되는 소명의식이 액취와 도벽이라는 몸의 증과 습이 옮겨붙은 자리임을 알게 된다. "몸과 마음의 습과 증은 발각과 망신으로는 제거되지 않았다는 사실을 깨달았고, 나아가 제거할 걸림돌이 아니라 다르게 바라보고 제대로 밟고 설 디딤돌임을 알게 되었다."(280쪽) 여자답지 않은 여자의 몸으로, 냄새 나는 신체를 견디고, 도벽을 끊기 위해 중독의 목록을 전전하며 살아온 김미경은 이제 그 열정과 도착을 운동과 글쓰기에 몰아넣으며 자신의 흉터가 세상의 상식과 통념을 의심하게 해주는 통로가 되었음을 마주한다. "용서니 화해 따위가 아니라 해명하고 싶다. (…) 이해해도 좋고 뒤늦은 욕이나 훈계를 해도 좋다. 자신을 설명하고 싶다." 김미경은 그 "딱딱한 이기의 깡치"(180쪽)로, 타인의 재산을 도난하고, 가족의 인정을 거부하고, 이웃의 삶을 글로 옮겨 쓰며 자신의 밥과 약을 지어 먹던 그 염치 없음의 저력으로 사회의 정의와 불평등의 역사를 끝까지 노려보고자 한다. 망신과 모욕 속에서 밀려나고 쓸려나 요행처럼 도달한 지금의 자리와 스스로의 영혼을 보존하기 위한 순전한 자기 욕망이 가시화되지 않는 세상의 낮은 삶들을 살피고 그 염려와 분노를 정치적 메시지로 전환해낼 동력이 될 수 있음을 증명하고자 하는 것이다.

황문자 이외에도 김미경이 가까이에서 관찰한 가난한 노인들의 삶은 매양 불행하지도, 그렇다고 노상 다복하지도 않다. 정성스레 분재와 반려동물을 기르며 생활을 가꾸는 이도 있고 아픈 이웃을 위해 음식을 만들어 방문하는 이도 있지만, 동시에 길 하나 건너 이사 간 후 아픈 무릎 탓에 친구와 영영 헤어져 현관 의자에만 붙박인 이도 있다. 공짜 밥을 먹기 위해 생떼를 부린 통에 친구 하나를 만들지 못하는 이와 그 억지를 따지고 들어 피차 서러운 꼴을 드러내는 이도 있고, 늘그막에 사랑하는 이를 만나 연애를 하는 이도 있다. 김미경 또한 노인들의 사나움과 고약함을 마주할 때면 자신 안에 혐오와 회피가 부지불식간에 솟아남을 마주하며 빈곤한 자들의 처지를 구별 짓는 버릇을 멈추지 못하지만, "미워할 거면 가진 놈들의 극악하고 거대한 악다구니와, 그 악다구니에 고상함과 합법의 외피를 씌워주는 돈과 권력의 편향을 미워할 일"(193쪽)이라고 스스로를 환기할 정도로 운동에 잔뼈가 굵다. 미경이 관찰한 바에 따르면, 부자 노인이라고 해도 다가오는 소멸의 시간을 피할 수 있는 방법은 없다. 모두가 한뜻으로 죽음을 바라지만 대궐 같은 집에서 왕성한 식욕만 내보이며 주변을 절망케 하는 이도 있고, 은퇴 후 달라진 몸과 생활의 살림을 감당하지 못해 고급 자택에서 홀로 목을 매는 이도 있다. 죽음은 계급을 막론하고 찾아오지만 마지막 모습은 처지에 따라 상이하게 수습된다.

"미경 업무의 주요 목표는 독거노인의 자살과 고립사 예방"(52쪽)으로, 노인 복지 현장의 노동자들은 '생명지킴이' 등으로 불리는데 허울 좋은 자살 예방 교육은 구조적 관점에서 바라본 원인이나 대책에 대해서는 거의 언급하지 않는다. 생애 내내 이어진 구조적 불평등과 낙인에 관해서는 눈 감은 채 고령 사회로 인한 국가

재정이나 사망 방식의 청결성에 대한 우려가 예방 사업의 주를 이루고 있으며 황문자로부터 심상치 않은 문자를 받은 미경에게 떨어진 복지센터의 주문 또한 '입단속'뿐이다. "정리하면 노인이 안 죽어서 문제가 크다는 것이고, 그러니 죽는 것은 필요한데 죽는 방식은 산 사람 생각해서 보기 좋게 죽으라는 요구다"(53쪽). '위생적이고 비싸고 존엄한 죽음'과 '거북하고 저렴하고 비참한 죽음'으로 죽음 또한 양극화된 사회에서 소설의 마지막에 등장하는 '공영장례'는 남다른 울림을 선사한다.

가족이 인도를 거부하거나 연고가 없는 시신은 지자체와 시민단체의 지원을 통해 공영장례를 치르게 된다. 혈연을 중심으로 보험, 예식, 종교 산업 등이 혼재된 오늘날의 장례 문화는 대가족 체제와 마을 공동체의 와해, 경제 위기 등의 이유로 새로운 국면을 맞이했다. "죽음 이후의 결정권을 자식들에게만 주는 것으로 인해 노인의 말년은 삭제되기 십상"(96~97쪽)인 데다가, 장례가 개인과 가족의 문제로 전가되는 방식으로는 빈곤으로 인해 가정이 해체된 독신이나 홈리스의 마지막 길을 배웅할 수 없다. 가족 의례를 넘어선 사회적 장례의 필요성, 죽음 문화에 대한 전반적 재고찰이 요청되는 가운데 혈연관계가 없음에도 "함께하고 싶은 마음 하나로 모인 공영장례는 단출하고 조용"(242쪽)하게 그려진다. 간소한 단상과 진심 어린 조사로 이루어진 소박한 절차, 동네 노인의 공영장례를 방문한 황문자는 "돈과 가족을 최고로 치는 세상에서 족쇄를 벗어나는 방법 중 하나는 혈연을 넘어 자유롭고 간소하게 마침표를 찍는 것이며, 그것이 공영장례"라는 미경의 설명을 듣고 "애착이자 족쇄"라는 구절을 유심히 따라하며 고개를 주억거렸다. "그렇게 살 수도 있는 거네요. 참 좋았겠네요."(244쪽)

다른 많은 가난한 노인처럼 죽음에 대해 하나의 확고한 신념이 없어 보이던 황문자는 왜 돌연 그런 마지막을 선택했을까. 엇나간 자식을 키운 어미의 속죄의식을 치르기 위해서? 사채업자들의 보복이 두려워서? 남은 이들에게 짐이 되기 싫어서? 삶이 부여한 족쇄와 애착을 털어버리고 싶어서? 정확히 알 수 없고 하나로 추릴 수도 없다. 다만 자명한 사실은, 뭐 하나 "내가 원해서 선택이래는 걸 해본 적이 없"(244쪽)다던 이 가난하고 못 배운 여자가 생애 처음이자 마지막으로 가져볼 수 있는 유일한 선택지를 알게 되자 그것에 돌이킬 수 없이 매혹되었고, 이를 치밀하고 전략적으로 성공시키기 위해 삶의 마지막 시간을 보냈다는 것뿐이다. "미경의 착오를 노인이 유도한 것인가. 미경이 문자를 오독한 것인가. 미경은 만에 하나라도 예감했던가. 불길한 예감에 노인에게 문자라도 한번 보내야 했던 건가? 어떤 문자를 보내야 했던가? 자살 예방 도우미 문자처럼 생명 존중과 희망을 담은 문자를?"(271쪽) 황문자의 결심에 대한 그 복잡한 무지, 도리 없이 사회적이고 궁극적으로 개인적인, 그 갈무리 될 수 없는 죽음의 길을 김미경은 '자유'라고 부르기로 한다.

자발적으로 죽음을 선택하는 개인들의 결심을 저지하는 일에 세상의 복지와 돈이 소용되고 보상의 기약 없이도 호혜와 훈기를 나눠줄 손길이 어딘가에 있다는 것을 모르지 않지만, 황문자의 삶을 읽고 나면 자기 죽음의 성취를 '축하'해달라는 황문자의 마지막 요청을 거절하는 일은 그의 죽음을 막는 일보다 더 불가능해 보인다. 김미경은 황문자의 숨을 마지막으로 지탱해주었던 나무를 찾아가 깊게 포옹하고, 고인의 이야기를 담은 책 『축하해주세요』를 영정사진 앞에 놓는다. 황문자의 유골은 성명 미상의 각난아이의 것과 함께 허공으로 흩어지고, 김미경은 묵념한다. "진심으로 원했고 실행했다. 생애 마지막 한 달, 자신의 의지로 자신을 위해 살았다. 잘하셨습니다. 고생 많으셨습니다."(271쪽)

'사는 게 다 그렇다'라는 허랑한 달관과 '억울해 못 죽겠다'는 정념의 악다구니 사이에 문학적 글쓰기의 한 역할이 있다면, 황문자의 가능한 모든 말과 침묵, 몸짓과 표정이 지면 위로 유유히 흘러가며 고유한 무늬를 이뤄가는 이 책은 그 자신의 목적을 성취한다. 가난한 타인의 삶에 개입한 구경꾼 작가로서 감히 느낀 '설렘'을 회피하지 않고 '목격'하는 것이 사회적 글쓰기의 욕망과 책임이라 주장하는 최현숙의 이 소설은 빈곤과 죽음의 관념에 대한 정상성을 도전적으로 신문한다. 삶의 결말은 죽음이라지만, 질문의 결말은 또 다른 질문뿐이다. 다시 처음의 물음, 빈곤한 이들의 죽음을 기록하는 것은 무슨 의미일까. 작가는 김미경의 입을 빌려 이렇게 말하는 듯하다. "아직 살아 있으니 닥친 김에 의심의 진도를 더 나가보는 거" 말고는 다른 도리가 없다고. 결론을 낼 수도, 그렇다고 멈출 수도 없는 이 김미경의 질문들을 이제 독자가 받을 차례가 되었다.

황 노인 실종사건

초판인쇄 2022년 10월 14일
초판발행 2022년 10월 25일

지은이 최현숙
펴낸이 강성민
편집장 이은혜
책임편집 함윤이
제작 강신은 김동욱 임현식
마케팅 정민호 이숙재 김도윤 한민아 정진아 이민경 정유선 김수인
브랜딩 함유지 함근아 김희숙 고보미 박민재 박진희 정승민

펴낸곳 ㈜글항아리 | 출판등록 2009년 1월 19일 제 406-2009-000002호

주소 10881 경기도 파주시 회동길 210
전자우편 bookpot@hanmail.net
전화번호 031-955-2696(마케팅) 031-955-1903(편집부)
팩스 031-955-2557

ISBN 979-11-6909-038-4 03810